아르센 뤼팽 전집 **3**

기암성

Arsène Lupin

아르센 뤼팽 전집 **3**

기암성 | 모리스 르블랑
L'Aiguille creuse | 소서영 옮김

황금가지

차례

『기암성 L'Aiguille creuse』의 무대가 된 프랑스 노르망디 지방의 에트르타 절벽. 말년에 모리스 르블랑은 이곳에 별장을 짓고 머물렀다. 사진 왼쪽에 보이는 바위가 바로 〈바늘바위〉이다.

총성

레몽드는 귀를 기울였다. 다시, 두 번에 걸쳐 그 소리가 들려왔다. 한밤의 정적을 이루는 잡다한 소음들과 또렷이 구분되는 소리였지만 너무 작아서 가까운 곳인지 먼 곳인지, 거대한 성벽 사이에서 들려오는 것인지, 아니면 정원의 어느 컴컴한 구석에서 들려오는 것인지 가늠하기 어려웠다.

그녀는 조심스럽게 잠자리를 빠져나왔다. 그리고 살짝 열려 있는 창문을 밀어젖혔다. 잔디와 수풀로 이루어진, 달빛 비치는 평온한 풍경 위로, 부러진 원주들과 불완전하게 남아 있는 궁륭(穹隆), 형태만 어렴풋한 회랑, 조각난 날개벽 등 옛 수도원의 흩어진 잔해들이 비극적인 윤곽을 이루며 도드라졌다. 사물의 표면을 떠도는 산들바람이 헐벗은 채 꼼짝 않는 나뭇가지들을 스치듯 가로질러 막 떼를 지어 싹을 틔우는 작은 잎들을 흔들었다.

그리고 갑자기 다시 그 소리가 들렸다. 이번엔 그녀의 왼편, 그녀가 머무는 곳 바로 아래층, 그러니까 성의 서관을 차지하고 있는 살롱 안쪽이었다.

이 젊은 아가씨는 활달하고 군센 성격이었음에도 두렵고 불안해졌다. 그녀는 밤에 입는 가운을 걸치고 성냥을 집어들었다.

「레몽드……, 레몽드……」

숨소리처럼 여린 목소리로 누군가 옆방에서 그녀를 불렀다. 옆방으로 통하는 문은 열려 있었다. 레몽드가 더듬더듬 다가가자 사촌 쉬잔이 방에서 나와 그녀의 품에 뛰어들었다.

「레몽드 너야? 너도 들었어?」

「그래……, 너도 깨어 있었구나?」

「한참 전에, 개 때문에 깬 것 같아. 이제는 짖지 않네. 몇 시쯤 되었을까?」

「네시 정도 되었을 거야」

「들어봐……. 살롱에서 누군가 걸어다녀」

「위험할 것 없어. 너희 아버님이 계시잖아, 쉬잔」

「하지만 아버지가 위험하면? 작은 살롱 바로 옆에서 주무시는걸」

「다발 씨도 계시니까……」

「성 반대편이지……. 그에게까지 들릴 거라고 생각해?」

그들은 어쩔 줄 몰라 망설였다. 누군가를 부를까? 도와달라고 외칠까? 감히 그럴 수가 없었다. 심지어 자신들의 얘깃소리마저 위험스럽게 느껴졌다. 갑자기 창문에 다가서 있던 쉬잔이 비명을 삼켰다.

「저길 봐……. 연못 옆에 누가 있어」

정말 한 사내가 빠른 걸음으로 멀어지고 있었다. 그는 상당히 큼지막한 물건을 가슴에 안아 옮기는 참이었는데, 그녀들로서는 어떤 물건인지 알아볼 수 없었다. 그 물건이 자꾸 다리에 걸려 그의 걸음을 방해했다. 그들은 그가 옛 예배당 근처를 지나, 담이 움푹 패인 곳에 난 쪽문으로 다가가는 것을 보았다. 거기서 그 사내는 갑자기 사라져버렸다. 여느 때와 달리 전혀 경첩이 삐걱거리는 소리가 들리지 않은 것으로 보아 문은 열려 있던 게 분명했다.

「그는 살롱에서 나왔어」

쉬잔이 중얼거렸다.

「아니, 층계와 현관이라면 좀더 왼쪽으로 나와 있어야 해. 그렇다면 혹시……」

그들은 똑같은 생각을 떠올렸다. 그리고 몸을 기울여 밖을 내다보았다. 그들 밑으로 사다리 하나가 건물 정면 벽을 따라 이층까지 걸쳐져 있었다. 희미한 불빛이 돌로 된 발코니를 밝혔다. 그리고 또다른 사내가 역시 무언가를 안고서 발코니를 넘더니, 사다리를 따라 재빨리 미끄러지듯 내려가 같은 길로 사라졌다.

쉬잔이 겁에 질려 기운을 잃고 주저앉으며 웅얼거리듯 말했다.

「누구든 불러! 도움을 청해야 해!」

「누가 올까? 너희 아버님……? 그런데 다른 패거리가 더 있어서 아버님께 해를 끼치면 어쩌지?」

「하인들에게 알릴 수 있을 거야. 너의 초인종은 그들의 층이랑 통하잖아」

「그래, 맞아. 그럴듯한 생각이야. 그들이 제때에 도착하기만 하면!」

레몽드는 침대 곁에 있는 전기 초인종을 찾아 손가락으로 눌렀다. 위쪽의 작은 종이 진동하자, 아래층에서도 어떤 소리를 감지한 게 분명한 듯했다.

그들은 기다렸다. 정적은 더욱 끔찍해졌고 실바람조차 더 이상 잡목의 이파리들을 흔들지 않았다.

「무서워, 무서워……」

쉬잔이 계속 중얼거렸다.

그러다가 밤의 심연 속에서 갑자기 그녀들 밑으로 격투 소리가 들렸다. 가구들이 뒤집히며 내는 굉음, 고함소리, 뒤이은 끔찍하고 불길한 거친 비명소리, 무언가 도살당할 때나 냄 직한 신음소리…….

레몽드는 문을 향해 달려나갔다. 쉬잔이 애타게 그녀의 팔에 매달렸다.

「안 돼……. 날 두고 가지 마. 무서워」

레몽드는 그녀를 밀쳐내고 복도를 내달렸다. 바로 쫓아나선 쉬잔이 비명을 내지르며 벽 이쪽저쪽으로 비틀거렸다. 레몽드는 계단에 이르자 단숨에 층계들을 지나, 서둘러 살롱의 큰문을 향하다가 갑자기 문 발치에서 못 박힌 것처럼 멈춰섰다. 그러자 쉬잔이 그 옆으로 무너지듯 쓰러졌다. 그들 맞은편 겨우 세 발짝 떨어진 곳에 한 사내가 등불을 들고 서 있었다. 그는 두 명의 아가씨들에게 휙 다가와 불빛으로 시야를 막고는 오랫동안 그들의 얼굴을 살펴보았다. 그러더니 전혀 서두르는 기색 없이 아주 차분한 동작으로 운전사용 모자를 쓰고 종이 뭉치와 지푸라기 두 줄기를 주워들었다. 이어서 그는 카펫에 남은 흔적을 지우고 발코니로 다가가 돌아서서 두 아가씨들에게 깊숙이 절을 하고는 사라져버렸다.

먼저 쉬잔이 커다란 살롱과 아버지의 방을 가르는 작은 내실로 달려갔다. 하지만 들어서자마자 소름 끼치는 광경에 그녀는 완전

히 겁에 질려버렸다. 어스름한 달빛 속에 두 사람의 몸뚱이가 꼼짝하지 않고 나란히 바닥에 누워 있는 것이 보였다.

「아버지, 아버지! 아버지 맞아요? 무슨 일이죠? 괜찮으세요?」

그녀는 둘 중 한 사람에게 몸을 기울인 채 실성한 것처럼 외쳐댔다.

다음 순간 제브르 백작이 몸을 움직였다. 갈라진 목소리로 그가 말했다.

「걱정할 것 없다……. 나는 다치지 않았어……. 그런데 다발은? 그는 살아 있니? 칼은? 칼은……?」

그 순간 두 명의 하인이 촛불을 가지고 도착했다. 레몽드는 다른 몸뚱이 앞으로 몸을 숙였다. 그리고 그가 백작의 비서이자 신뢰받는 심복인 장 다발이라는 것을 확인했다. 그의 얼굴은 벌써 죽음으로 인해 창백해져 있었다.

그러자 그녀는 일어서서 살롱으로 돌아가, 벽에 걸린 무기들 사이에서 장전되어 있는 총 하나를 집어들더니 발코니로 나갔다. 그자가 사다리의 첫번째 단에 발을 올려놓은 지 1분도 지나지 않았다. 그렇다면 여기서 멀리 가지 못했을 것이고, 다른 사람들이 이용하지 못하게 사다리를 거둘 정도로 신중을 기했다면 더욱 그러할 것이다. 아니나 다를까, 그녀는 곧바로 옛 수도원의 잔해를 따라 걷고 있는 그자의 모습을 보았다. 그녀는 총을 어깨에 걸치고는 침착하게 겨눈 후 발포했다. 사내가 쓰러졌다.

「됐어요! 맞았어요!」

하인 하나가 환호했다.

「저 녀석은 잡았어요. 제가 가죠」

「아니, 빅토르, 다시 일어났어. 계단으로 내려가서 곧장 쪽문

12

으로 가요. 거기를 통하지 않고는 도망칠 수 없을 거야」

빅토르가 서둘러 나갔다. 하지만 그가 정원에 이르기도 전에 사내가 다시 쓰러졌다. 레몽드는 다른 하인을 불렀다.

「알베르, 저기 그가 보이죠? 커다란 회랑 근처에……」

「예, 풀밭에서 기고 있군요. 저 녀석은 끝장났어요」

「여기에서 그를 감시해요」

「빠져나갈 방법이 없어요. 폐허의 오른쪽은 훤히 드러난 잔디밭이니까……」

「그리고 빅토르는 왼쪽 문을 지키고 있으니……」

그녀가 총을 다시 들면서 말했다.

「아가씨, 가지 마세요!」

「아니, 가겠어」

그녀가 단호한 어투와 단정적인 몸짓으로 말했다.

「놔둬. 아직 탄약 한 통이 남아 있으니까, 그자가 움직이기만 하면……」

그녀는 밖으로 나갔다. 잠시 후 폐허를 향해 가는 그녀의 모습이 보였다. 그는 창문 너머로 그녀에게 소리쳤다.

「그는 회랑 뒤쪽으로 기어갔어요. 더 이상 보이지 않아요. 조심하세요, 아가씨……」

레몽드는 그 사내가 도망갈 만한 모든 탈출로를 차단하기 위해 옛 수도원 주위를 돌았고, 곧 알베르의 시야에서 벗어났다. 몇 분이 지나도 그녀가 안 보이자 그는 걱정이 되었다. 그는 계속 폐허를 주시하면서 충계로 돌아 내려가는 대신 사다리에 닿아보려고 애썼다. 마침내 사다리에 닿는 데 성공하자 그는 재빨리 내려가 그 근처에서 사내가 마지막으로 모습을 보였던 회랑으로 곧장 달려갔다. 삼십 보쯤 떨어진 곳에서 그는 빅토르와 함께 주변을 찾고 있는 레몽드를 발견했다.

「어떻게 됐어?」

그가 물었다.

「도저히 찾을 수가 없어」

빅토르가 말했다.

「쪽문은?」

「거기서 오는 길이야. 여기, 그 열쇠」

「그렇지만……, 어딘가에 분명히……」

「하! 그 녀석 문제는 확실히 결정 났어. 지금부터 십 분 후면 그 녀석은 우리 거라고. 강도 녀석!」

농장에서 총소리에 깨어난 농장지기와 그의 아들이 도착했다. 농장 건물은 오른쪽으로 꽤 멀찍이 떨어져 있긴 했지만 성벽 안에 자리잡고 있었다. 그들은 오는 동안 아무도 마주치지 않았다.

「아무렴, 당연하잖아」

알베르가 말했다.

「그 불한당은 폐허를 떠나지 못했어. 어느 구멍엔가 처박혀 있는 걸 끄집어내게 될 거야」

그들은 체계적인 수색을 진행했다. 모든 덤불을 뒤지고 원주 밑둥에 감겨서 무성하게 끌리는 넝쿨 식물을 치워냈다. 성당이 확실히 잠겨 있는지, 깨진 창문은 없는지도 확인했다. 수도원 주위를 돌아보고 모든 구석과 후미진 곳을 점검했다. 그러나 수색은 아무 결실이 없었다.

유일하게 발견한 것은 황갈색 가죽으로 된 운전사용 모자뿐이었다. 그 남자가 레몽드에게 부상당해서 쓰러진 바로 그 장소에서 주운 것이었다. 그걸 빼곤 아무것도 없었다.

아침 여섯시, 우빌라리비에르의 경찰은 신고를 접수하고 현장에 도착했다. 사건의 전말과 곧 주요 용의자를 체포할 거라는 사실, 〈범인의 모자와 범행에 사용된 단검을 발견함〉이라고 기술한 쪽지를 디에프의 검사실에 속달로 발송한 다음이었다. 열시가 되자 두 대의 자동차가 성으로 이어진 완만한 비탈길을 내려왔다. 위엄 있는 칼레슈(덮개가 있는 사륜마차 또는 그 형태의 자동차——옮긴이)에는 검사보와 서기를 대동한 예심판사가 타고 있었다. 또 다른 하나, 소박한 카브리올레(이륜마차 또는 그런 형태의 자동차——옮긴이)에는《루앙 신문》기자와 파리의 어느 큰 신문사를 대표하는 젊은 기자가 자리 잡고 있었다.

오래된 성이 모습을 드러냈다. 예전에 앙브뤼메지 수도회 원장의 공관이었다가 혁명 때 훼손된 것을 제브르 백작이 복원하여 지난 이십 년 간 소유하고 있었다. 성은 시계 탑이 솟아 있는 본관과 날개처럼 양옆에 붙어 있는 두 개의 별관으로 이루어져 있었다. 별관은 석조 난간이 달린 층계로 둘러싸여 있었다. 정원을 둘러싼 성벽 너머 노르망디 특유의 높은 절벽으로 이루어진 고원 저편, 생마르게리트 마을과 바렁주빌 마을 사이로 한 줄기 푸른 선을 이룬 바다가 보였다.

그곳에서 제브르 백작은 금발의 예쁘고 가냘픈 딸 쉬잔과 조카 딸인 레몽드 드 생베랑과 함께 살고 있었다. 레몽드는 이태 전 아버지와 어머니가 동시에 죽는 바람에 고아가 되어버렸고 그 후 그가 거두어들였다. 성의 생활은 조용하고 규칙적이었다. 이따금 몇몇의 이웃이 방문을 왔다. 그리고 여름이면, 백작은 두 아가씨를 거의 매일 디에프에 데리고 갔다. 백작은 키가 크고 잘생겼으며 근엄해 보이는 얼굴을 가진 반백의 사내였다. 그는 굉장히 부유했으며 비서 장 다발의 도움을 받아 스스로 자신의 재산을 관리하고 소유지를 감독했다.

예심판사는 들어서자마자 크비용 반장으로부터 첫번째 수사 보고를 들었다. 용의자는 곧 잡힐 듯했지만 체포는 아직 이루어지지 않았고, 그들은 정원으로부터 빠져나가는 모든 출구를 철저히 감시하고 있었다. 도주는 전혀 불가능했다.

그러고 나서 일행은 일층에 있는 참사회실과 수도원 식당을 지나 이층으로 올라갔다. 한눈에 보아도 살롱에는 아무 이상이 없었다. 가구 하나, 장식품 하나도 위치가 달라진 게 없었고 그 가구들과 장식품들 사이에 어떤 빈자리도 없었다. 오른쪽과 왼쪽에 인물군상을 묘사한 매우 훌륭한 플랑드르 파의 태피스트리가 걸려 있었다. 안쪽으로는 신화의 장면을 그려놓은 아름다운 그림 네 점이 세월의 흔적이 엿보이는 액자 속에 담긴 채 화판 위에 얹혀 있었다. 그것들은 루벤스의 유명한 작품들로, 플랑드르의 태피스트리와 마찬가지로 제브르 백작이 외삼촌인 스페인의 대귀족 보바딜라 후작으로부터 물려받은 것이다. 예심판사 피열 씨는 그것들을 유심히 살펴보았다.

「만일 절도가 범행의 동기라면 이 살롱은 어쨌든 그 대상이 아니었군」

「어찌 알겠소?」

과묵하지만 입을 열면 언제나 판사의 견해에 반대되는 방향으로만 하는 검사보가 덧붙였다.

「이것 보게, 이 양반아. 도둑이라면 전 세계에 널리 알려진 저

16

태피스트리와 그림을 옮기는 것에 제일 먼저 관심을 가질걸세」

「그럴 겨를이 없었던 것일지도 모르죠」

「바로 그것이 우리가 알아볼 일이지」

그때 제브르 백작이 들어왔고 의사가 뒤를 따랐다. 백작은 자신이 피해자였던 공격으로부터 별다른 충격을 받지 않은 듯 두 명의 법관을 기꺼이 환영했다. 그런 다음 그는 내실의 문을 열었다.

그 방에는 사건이 발생한 후 의사를 제외하고 아무도 들어가지 않았는데 살롱과 대조적으로 난장판이었다. 두 개의 의자가 뒤집혀 있었고 탁자 하나는 주저앉은 상태였으며, 여행용 추시계, 서류 정리함, 편지 상자, 그 밖에 여러 가지 물건들이 땅바닥에 널려 있었다. 흩어진 흰종이 몇 장에 피가 묻어 있었다.

의사는 시체를 덮어둔 천을 걷었다. 장 다발은 벨벳으로 된 평소의 복장에 징을 박은 편상화를 신은 채 바로 누워 있었고, 팔 하나가 그의 몸 밑으로 접혀져 있었다. 그의 윗옷을 풀어헤치자 가슴을 관통하고 있는 커다란 상처가 보였다.

「즉사했을 겁니다」

의사가 단언했다.

「칼에 한 번 찔린 걸로 충분했어요」

「분명히 살롱의 벽난로 위 가죽 모자 옆에 놓여 있던 그 칼이겠지요?」

판사가 말했다.

「그렇소」

제브르 백작이 확인시켜 주었다.

「그 칼은 바로 여기서 주웠소. 그것은 살롱의 무기 장식 사이에 있던 것이라오. 내 조카딸인 생베랑이 총을 꺼낸 것도 거기서 죠. 그리고 운전사용 모자에 대해서라면, 그건 살해범의 것인 게 확실하오」

피열 씨는 다시 방의 몇 가지 사항들을 조사하고 의사에게 몇 가지 질문을 던진 다음, 제브르 씨에게 그가 본 것과 아는 것을 얘기해 달라고 부탁했다. 백작은 이렇게 설명했다.

「나를 깨운 것은 장 다발이었소. 그때도 이미 푹 잠들어 있진 못했는데, 발걸음 소리가 들린다는 느낌에 잠깐 정신이 들었기 때문이오. 갑자기 눈을 뜨는 순간 내 침대 발치에 서 있는 그를 보았소. 촛불을 손에 들고서 지금 보시는 것처럼 옷을 다 갖추어 입고 있었는데, 그는 종종 아주 밤늦게까지 일을 하곤 했기 때문에 별로 새삼스럽진 않았다오. 그는 아주 흥분한 상태로 내게 속삭였소. 〈살롱에 누군가 사람들이 있습니다.〉 실제로 소리가 들리더군요. 나는 일어나서 바로 이 내실의 문을 살며시 열었습니다. 바로 그 순간 큰 살롱 쪽으로 난 다른 문이 열리면서 한 사내가 나타나더니 달려들어 내 목덜미에 주먹을 날리는 바람에 나는 정신을 잃고 말았소. 예심판사, 나는 이 모든 것을 별로 상세하게 설명드릴 수가 없군요. 핵심적인 사실들 말고는 잘 기억이 나지 않는 데다가 모든 일이 아주 순식간에 벌어졌으니까 말이오」

「그러고 나서는요?」

「그 다음은 나도 모르겠소. 내가 정신이 들었을 때 다발은 치명적인 부상을 입고서 바닥에 쓰러져 있었다오」

「금방 떠오르는 의심이 가는 인물이 없습니까?」

「전혀」

「당신께 원한을 가질 만한 사람은?」

「내가 아는 한은 없소」

「다발 씨도 역시 적이 없었습니까?」

「다발이? 적이라고요? 그는 정말 훌륭한 인물이었소. 장 다발이 내 비서였던 그리고 내 심복이었다고 말할 수 있는 지난 이십 년 동안, 그의 주변에서 호의와 우정 말고는 어떤 것도 본 적이 없소」

「그럼에도 누군가가 침입했고 살인이 일어났지요. 이 모든 일에는 무슨 동기가 있을 텐데요」

「동기요? 물론 도둑질일 테요. 명백하고 단순합니다」

「그래서 뭔가 도난당한 것이 있습니까?」

「전혀」

「그렇다면?」

「아무것도 훔쳐가지 않았고 아무것도 없어지지 않았다고 해도, 최소한 무언가를 가져가긴 했소」

「무엇을 말입니까?」

「그건 나도 모르겠소. 하지만 내 딸과 조카딸은 두 명의 남자가 연이어 정원을 가로질러 갔다는 것, 그리고 그 두 남자가 상당한 부피의 짐을 옮기고 있었다는 것을 확실히 증언할 거요」

「그 아가씨들이……」

「그 아가씨들이 헛것을 봤다고요? 나도 그렇게 믿고 싶소. 사실 나도 오늘 아침 이후로 수색과 이런저런 추측들에 지쳤으니까요. 그들에게 직접 물어보는 편이 낫겠소」

큰 살롱으로 사촌간인 두 사람이 불려왔다. 쉬잔은 파랗게 질려서 여전히 몸을 떨고 있었으며 거의 말을 할 수 없는 상태였다. 좀더 활기 있고 대담한 레몽드는 갈색 눈동자가 금빛으로 반짝여

더 아름다워 보이기까지 했다. 그녀는 지난밤의 사건들과 거기서 자신이 맡았던 역할을 이야기했다.

「그러니까 아가씨, 그 사실은 확실한 거군요」

「물론이에요. 정원을 가로질러 간 두 남자는 어떤 물건을 운반하고 있었습니다」

「세번째 남자는?」

「그는 빈손으로 이곳을 떠났습니다」

「그의 인상착의를 알려주실 수 있습니까?」

「그는 줄곧 등불로 우리들을 눈부시게 만들었어요. 제가 말씀드릴 수 있는 것은 큰 키에 뚱뚱한 몸집이었다는 것 정도입니다」

「당신에게도 그렇게 보였습니까, 아가씨?」

판사는 쉬잔 드 제브르에게 물었다.

「예……, 아뇨. 아니었어요」

잠시 생각에 잠기더니 쉬잔이 말했다.

「저는……, 제게는 중키에 마른 편으로 보였어요」

피열 씨는 미소를 지었다. 같은 사건에 대해서도 증인들의 견해나 인상은 종종 엇갈리기도 했다.

「그렇다면 우리는 여기에, 키가 큰 동시에 작고 뚱뚱하면서 마른 살롱에 있던 한 인물과 또다른 한편으로는 두 명의 인물, 그러니까 이 살롱에서 없어졌지만……, 여전히 남아 있는 무언가를 가져간 혐의가 있는 정원의 두 인물을 다루고 있는 게로군요」

피열 씨는 자신도 곧잘 인정하는 바이지만 비비 꼬아 말하기를 즐기는 판사였다. 또한 구경꾼을 꺼리거나 자신의 수완을 사람들에게 보여줄 기회를 마다하지도 않는 판사였는데, 살롱에 모여드는 사람들의 숫자가 늘어나는 것으로도 알 수 있었다. 기자들에 이어 농장지기와 그의 아들, 정원사와 그의 부인이 합류했고 거기에 성의 하인들과 디에프에서 자동차를 몰고 온 두 명의 운전사들이 더해졌다. 그는 말을 이었다.

「세번째 인물이 사라져버린 방식에 대해 합의를 보는 것도 역시 문제로군요. 아가씨, 당신은 이 총으로 이 창에서 쏜 것입니까?」

「예, 그자는 수도원 왼편, 가시덤불 속에 거의 묻혀 있던 묘석 위로 쓰러졌습니다」

「하지만 다시 일어났지요?」

「절반만이었죠. 빅토르가 쪽문을 지키기 위해 곧바로 내려갔고 저도 그 뒤를 쫓았습니다. 저희 하인인 알베르더러 여기 머물러 감시하라고 했지요」

이번에는 알베르가 증언을 했고 판사는 결론을 내렸다.

「그러니까 당신의 증언에 따르면, 그 부상자는 당신의 동료가 쪽문을 감시하고 있었으므로 왼쪽으로 도망치지 못했을 것이고, 잔디밭을 가로질렀다면 당신이 보았을 것이므로 오른쪽으로 도망치지도 못했으리라는 것이군요. 그러니까 논리적으로 생각해 볼 때, 그는 지금 이 순간에도 우리 눈앞에 놓인 저 상당히 협소한 공간 안에 있다는 것이고」

「저는 그렇게 믿습니다」

「당신도 그렇습니까, 아가씨?」

「예」

「그리고 저 역시 그렇습니다」

빅토르가 말했다.

검사보가 빈정대는 어조로 소리쳤다.

「수사할 영역이 좁으니, 새벽 네시부터 진행된 수색을 계속하기만 하면 되겠군」

「어쩌면 좀더 운이 따를지도 모르지」

피열 씨는 벽난로 위에서 가죽 모자를 집어 살펴보더니 크비용 반장을 따로 불러 이야기했다.

「반장, 곧바로 경관 한 명을 디에프에 있는 메그르 씨의 모자 가게에 보내게. 혹시 가능하다면 이 모자를 누구에게 팔았는지 메그르 씨에게 알려달라고 하시오」

검사보가 〈수사할 영역〉이라고 부르는 곳은 성과 오른편의 잔디밭 그리고 왼쪽 성벽과 성의 맞은편 성벽이 이루는 각, 이 셋 안의 공간이었다. 그 말은 즉 중세 시대에 명성을 떨치던 앙브뤼메지 수도원의 잔해가 여기저기 돌출되어 있는 곳, 사방 백 미터 정도의 모서리들로 이루어진 사각형의 공간이라는 것이었다.

풀이 밟힌 자국을 통해서 곧바로 도망자의 도주 경로가 확인되었다. 두 곳에서 거의 말라붙은 검은 핏자국이 발견되었다. 그러나 수도원의 끄트머리에 위치한 회랑을 돌아서자 더 이상 아무 흔적도 없었다. 전나무 잎이 깔려 있어 지면에 자취가 남지 않았던 것이다. 그렇다고 해도 대체 어떻게 그 부상자가 아가씨와 빅토르, 알베르의 눈을 피할 수 있었을까? 하인들과 경관들이 이미 뒤져본 몇 개의 덤불과 벌써 그 밑에까지 수색을 끝낸 몇 개의 묘석들 말고는 더 찾아볼 만한 데도 없었다.

예심판사는 열쇠를 지닌 정원사에게 샤펠듀 예배당을 열도록 했다. 그 성당은 정말 조각으로 이루어진 보석이라 할 만한 것으로 세월과 혁명에도 손상을 입은 흔적이 없었다. 그리고 입구의 섬세한 조각 장식과 호리호리한 인물군상들의 작은 입상들 때문에 언제나 노르망디 고딕 스타일의 경이로움 중 하나로 여겨졌다. 예배당의 실내는 아주 단순하고 대리석 제단 말고는 어떤 장식도 없는지라 아무런 은신처도 제공할 수 없었다. 게다가 일단 안으로 들어갈 수 있어야 했다. 하지만 무슨 수로?

수색은 폐허의 방문자들이 입구로 사용하는 쪽문에서 끝이 났다. 문은 성벽과 마차들이 버려져 있는 잡목림 사이에 좁게 난 움푹한 오솔길로 이어져 있었다. 피열 씨가 몸을 굽혔다. 길에 있는 먼지들이 미끄럼 방지용 테가 달린 바퀴 자국을 보여주었다. 사실, 레몽드와 빅토르는 총을 쏜 후에 자동차 시동 소리를 들은 것 같다고 했다. 예심판사가 넌지시 말했다.

「부상자가 공범들과 합류했을 수도 있겠군」

「불가능합니다!」

빅토르가 외쳤다.

「우선 제가 거기에 있었고, 아가씨와 알베르가 여전히 그를 볼 수 있었습니다」

「요컨대 뭐야, 그가 어디엔가는 있어야 할 것 아니오! 밖이든 안이든. 다른 가능성은 없지 않소!」

「그는 여기 있습니다」

하인들은 완고하게 주장했다.

판사는 어깨를 들썩이더니 꽤나 침울해져서는 성으로 돌아갔다. 정말 사건은 조짐이 좋지 않았다. 도난당한 게 없는데 뭔가를 훔쳐갔고 포위된 자는 모습도 없었다. 전혀 유쾌한 구석이 없는 사건이었다.

시간이 한참 흘렀다. 제브르 씨는 법관들과 두 명의 기자를 점심에 초대했다. 모두 조용히 식사를 마치자 피열 씨는 하인을 심문하기 위해 살롱으로 돌아갔다. 그런데 말발굽 소리가 안뜰에서 들리더니 잠시 후 디에프에 보낸 경관이 들어왔다.

「그래, 모자 판매상을 만나보았나?」

판사가 다급히 외치며 얻어온 정보를 재촉했다.

「어떤 운전사에게 그 모자를 판매했답니다」

「운전사!」

「예, 운전사가 가게 앞에 차를 세우고 자기 손님을 위해서 노란 가죽으로 된 운전사용 모자를 구입할 수 있는지 물었답니다. 남아 있던 게 바로 그 모자고요. 그자는 치수도 신경 쓰지 않고 값을 치르고는 떠났습니다. 몹시 서두르더라더군요」

「차종은?」

「사인승 쿠페(운전대가 차체 밖 앞쪽에 있는 2인승 자동차 —— 옮긴이)였답니다」

「그게 며칠이었다던가?」

「며칠이라니오? 바로 오늘 아침 일이라는데요」

「오늘 아침? 도대체 지금 무슨 소리를 하는 건가?」

「그 모자는 바로 오늘 아침에 팔렸다고요」

「말이 안 되잖아. 그건 지난밤 정원에서 발견되었다고. 거기 놓여 있으려면 그보다는 먼저 팔렸어야 할 게 아닌가」

「오늘 아침이에요. 모자 가게에서는 그렇게 말했습니다」

잠시 당황스러운 순간이 이어졌다. 예심판사는 어리둥절해져서 사태를 이해하기 위해 애썼다. 갑자기 어떤 해답이 떠오른 듯, 그가 벌떡 일어났다.

「오늘 아침 우리를 태우고 온 운전사를 데려오게!」

크비용 반장과 경관이 서둘러 마구간을 향해 달려갔다. 몇 분이 지나서 반장 혼자 돌아왔다.

「운전사는?」

「그는 식당에서 식사를 대접받았습니다. 거기서 점심을 먹은 다음에……」

「그런 다음?」

「사라졌습니다」

「차를 몰고서?」

「아닙니다. 우빌에 있는 부모님 중 한 분을 뵈러 간다는 핑계를 대고 마부의 자전거를 빌렸답니다. 여기 이것이 그의 모자와 저고리입니다」

「그렇다면 맨머리로 떠났다는 건가?」

「그는 주머니에서 모자를 끄집어내서 썼습니다」

「모자라고?」

「예, 황갈색 가죽이었던 것 같습니다」

「황갈색 가죽? 하지만 말도 안 돼, 그건 여기 있는걸」

「하지만 예심판사님, 정말로 그의 것도 같은 모자입니다」

검사보가 비아냥거리듯 말했다.

「우습군요! 정말 재미있네요! 모자가 두 개 있습니다. 진짜인 하나는 우리들의 유일한 증거물인데 가짜 운전사의 머리에 얹혀 사라져버렸죠! 다른 하나인 가짜를 지금 손에 들고 계신 겁니다. 허! 그 간 큰 사내가 아주 감쪽같이 우리를 속여넘겼군요」

「그자를 잡아! 그자를 데려와!」

피열 씨가 외쳤다.

「크비용 반장! 자네 부하 둘을 말에 태워 보내게. 달리라고 해!」

「멀리 가버렸을 텐데요」

검사보가 말했다.

「아무리 멀리 있다고 해도 반드시 그를 잡아야 하네」

「저도 그러길 바랍니다. 하지만 예심판사 어르신, 우리의 수사력은 아무래도 이곳에 집중시켜야 할 듯싶습니다. 제가 저고리 주머니에서 지금 막 발견한 이 쪽지를 읽어보십시오」

「저고리라니?」

「운전사의 저고리요」

검사보는 피열 씨에게 연필로 몇 단어가 씌어진, 두 번 접은 종이를 건넸다. 조금 경박한 글씨체였다.

〈대장이 죽는다면 아가씨에게 나쁜 일이 있을 것이다.〉

이 사건으로 분위기가 술렁거렸다.

「말귀를 알아들으면 안녕을 취할 수 있는 법이죠. 우리는 경고를 받았습니다」

검사보가 중얼거렸다.

예심판사가 말을 이었다.

「백작님, 걱정 마시기 바랍니다. 아가씨들도 마찬가지입니다. 이 협박은 별것 아닙니다. 검찰이 바로 이 자리에 있으니. 필요한 모든 조처들이 취해질 것입니다. 당신들의 안전은 제가 책임지겠습니다」

그는 두 명의 기자들을 향해 돌아보며 덧붙였다.

「그리고 기자 분들, 당신들이라면 신중하게 행동해 주리라 믿소. 이 수사에 참여하게 된 것도 나의 배려 덕분이 아니겠소. 그러니 그 성의를 잊는 일은……」

그는 어떤 생각이 떠올랐는지 갑자기 말을 멈추고는 두 젊은이를 차례로 훑어보더니 그중 한 명에게 다가갔다.

「당신은 어떤 신문 소속이오?」

「《루앙 신문》입니다」

「신분증이 있소?」

「여기 있습니다」

그것은 믿을 만한 문서였다. 문제 삼을 것이 없었다. 피열 씨는 다른 기자를 불렀다.

「그러면 당신은, 기자 양반?」

「저요?」

「그래, 당신이오. 당신이 어떤 언론사에 소속되어 있는지 묻고 있소」

「맙소사. 예심판사님, 저는 여러 신문에 글을 쓰고 있어서……」

「신분증은?」

「없습니다」

「저런! 어떻게 그럴 수가 있소?」

「한 신문사에서 신분증을 발급받으려면 그곳에 지속적으로 글을 써야 하지요」

「그런데?」

「그런데 저는 임시 고용인일 뿐이거든요. 제가 여기저기에 기사를 보내면 채택되거나……, 거부되는 거지요. 상황에 따라서 결정되는 겁니다」

「당신 이름은? 무슨 서류라도?」

「제 이름은 당신에게 아무 의미도 없을 겁니다. 그리고 서류는

가지고 있지 않습니다」

「그렇다면 당신의 직업을 증명할 만한 아무 서류도 없다는 말이오?」

「저는 직업이 없습니다」

「좌우간 이 양반아!」

예심판사는 약간 거칠게 소리쳤다.

「속임수로 이곳에 잠입해 수사 기밀을 얻어내고도 여전히 신분을 감추려는 건 아니겠지」

「예심판사님, 저는 판사님께서 제가 왔을 당시 아무것도 묻지 않으셨다는 사실, 그러므로 저 또한 아무 말씀도 드릴 수 없었다는 사실을 상기해 주셨으면 합니다. 게다가 제게는 수사가 비밀리에 진행되는 것으로 보이지 않았습니다. 모두가 여기에 모여 있었지요. 심지어는 용의자 한 명도 참석해 있었으니까요」

그는 차분하게 최대한 예의 바른 어조로 이야기했다. 그는 아주 젊은 사내로 키가 훤칠하고 깡마른 체구에, 너무 짧은 바지와 꽉 끼는 재킷을 입고 있었다. 얼굴은 소녀처럼 장밋빛이 돌고 머리를 짧게 깎아 이마는 시원스러웠으며, 손질이 형편없는 금빛 수염이 나 있었다. 그의 눈은 총기로 반짝였다. 그는 전혀 당황한 기색이 아니었고 비꼬는 구석이 없는 친근한 미소를 지었다.

피열 씨는 노골적인 불신의 눈으로 그를 노려보았다. 두 명의 경관이 다가왔다. 젊은 청년은 쾌활하게 외쳤다.

「예심판사님, 판사님께서 저를 공범 중의 하나로 의심하시는 것은 분명하군요. 하지만 그렇다면 왜 제가 적당한 순간에 달아나지 않았을까요? 제 동료처럼 말입니다」

「어쩌면 빠져나갈 수 있다고 믿는 구석이 있었을지도……」

「어떤 바람도 이치에 맞지 않았을 겁니다. 잘 생각해 보세요, 예심판사님. 그러면 온당한 논리에 이르겠지요」

피열 씨는 그의 눈을 똑바로 쳐다보더니 딱딱하게 말했다.

「쓸데없는 소리는 그 정도면 충분해. 당신 이름은?」

「이지도르 보트를레」

「직업은?」

「장송드사유이 고등학교의 졸업반 학생입니다」

피열 씨는 그의 눈을 들여다보았고 메마른 어투로 말했다.

「지금 뭐라고 지껄이는 거지? 졸업반 학생이라니……」

「장송 고등학교입니다. 라퐁페가, 번지는……」

「하! 이건, 정말이지」

피열 씨가 소리쳤다.

「당신 나를 놀리는군! 더 이상 시답잖은 장난은 곤란해」

「예심판사님, 오히려 판사님의 경악이 저를 놀랍게 한다는 말씀을 드려야겠군요. 제가 장송 고등학교의 학생이라는 사실을 거스를 만한 게 뭐가 있죠? 혹시 제 수염이 그런가요? 걱정하실 것 없습니다. 제 수염은 가짜니까요」

이지도르 보트를레가 턱의 가짜 수염을 뜯어내자 더 젊고 분홍빛인 진짜 고등학생의 얼굴이 드러났다. 하얀 이를 드러내어 천진난만한 웃음을 지으며 그가 말했다.

「이제는 납득하시겠습니까? 그래도 여전히 증거가 필요하신가요? 자, 받아서 읽어보시죠. 여기 제 아버님이 보낸 편지에 씌어져 있지요. 〈이지도르 보트를레 앞, 장송드사유이 고등학교 기숙생.〉」

납득했든 안 했든, 피열 씨는 이 사태가 전혀 마음에 들지 않는 듯했다. 그는 퉁명스런 어조로 물었다.

「여기서 무얼 하는 거지?」

「그러니까……, 배우고 있습니다」

「그러라고 학교들이 있는 거지……, 자네 고등학교 말이야」

「예심판사님, 잊으셨군요. 오늘 4월 23일은 부활절 방학이 한창일 때입니다」

「그래서?」

「그래서 저는 그 방학을 제 좋을 대로 보낼 전적인 자유가 있다는 거지요」

「자네 아버지는?」

「아버님은 멀리 사브와 끄트머리에 살고 계시는데, 제게 망슈 해변 지역을 여행해 보라고 권해 주신 것이 바로 제 아버님입니다」

「가짜 수염을 붙이고?」

「아! 그건 아니죠. 그건 제 생각이었습니다. 고등학교에서 저희들은 신비로운 모험에 대해 자주 이야기를 하고, 사람들이 변장을 하고 나오는 탐정 소설을 읽고는 합니다. 복잡하고 끔찍한 여러 가지 사건들을 상상하곤 하지요. 그래서 저는 뭔가 재미있는 것을 원했고 가짜 수염을 붙인 겁니다. 게다가 여기에는 사람들이 저를 좀더 진지하게 대해 준다는 이점도 있는 터라, 파리의 기자 행세를 할 수도 있었습니다. 그렇게 해서 별 볼일 없이 일주일 이상을 보내던 차, 어제 저녁에 루앙의 기자 한 분과 친분을 나누는 기쁨을 얻었고, 오늘 아침에 앙브뤼메지의 사건을 알고 나서 그는 아주 친절하게도 반반씩 돈을 내서 자동차 하나를 빌려 함께 가자고 제안한 거죠」

이지도르 보트를레가 이 모든 것을 어찌나 활달하고 약간은 천진스럽게 자연스러운 방식으로 이야기하던지, 거기서 어떤 매력을 느끼지 않는다는 것이 거의 불가능했다. 피열 씨 자신조차 경계심을 늦추지 않는 와중에서도 그의 이야기에 즐거움을 느꼈다.

그는 덜 퉁명스런 어조로 물었다.

「그래서 자네는 이 탐험에 대해 만족하나?」

「아무렴요! 저는 이런 류의 일에 한번도 참여해 본 적이 없는데다가, 이번 사건은 흥미로운 점들로 가득하니까요」

「게다가 자네가 굉장히 바라 마지않던 그 복잡하고 신비로운 요소들도 부족하지 않을 테고」

「그리고 정말 흥미진진한 것들이죠, 예심판사님! 그 모든 진상들이 어둠 속에서 뛰쳐나와 서로 무리를 지으며 조금씩 진실을 형성해 가는 모습을 보는 것만큼 흥분되는 일이 있겠습니까」

「진실이라! 정말 그렇게 말했나, 젊은이? 그 말은 즉 자네는 이미 수수께끼의 해답을 알고 있다는 건가?」

「오! 아니지요」

보트를레가 웃으며 말을 이었다.

「다만……, 어떤 부분들에 대해서는 일종의 의견을 말할 수 있을 것 같습니다. 그리고 다른 몇몇 부분에 대해서라면 너무나 명확한지라 결론을 내리기에 충분해 보입니다」

「흠! 점점 더 흥미로워지는군. 이제야 나도 뭔가를 이해하게 되겠군. 사실 부끄러운 일이지만 자네에게 고백하자면, 나는 아무것도 모르겠거든」

「그것은 곰곰이 따져볼 시간이 없으셨기 때문입니다, 예심판사님. 핵심은 곰곰이 따져보는 것이지요. 어떤 사실이 자기 안에 이미 어떤 설명을 포함하고 있지 않은 경우는 정말 드뭅니다. 판사님의 견해도 그렇지 않습니까? 어쨌든 저로서는 조서에 기록된 것들을 확인해 보았을 뿐입니다」

「놀랍구먼! 그래, 가령 내가 자네에게 이 살롱에서 도난당한 물건이 무엇인지를 묻는다면?」

「저는 그것들이 무엇인지 안다고 대답하겠습니다」

「멋지군! 이 친구는 소유주 자신보다도 그 점에 대해 더 잘 알고 있군. 제브르 씨에게는 없어진 것이 없다는데, 보트를레 군에게는 있는 것 같아. 그로서는 아무도 알아채지 못한 책장 하나와 등신대의 조각상 하나가 부족하다는 게지……. 그럼 내가 살인자의 이름을 묻는다면?」

「마찬가지로 역시 알고 있다고 대답하겠습니다」

모든 참석자들이 술렁거렸다. 검사보와 기자가 다가왔다. 제브르 씨와 두 젊은 아가씨들도 보트를레의 침착한 확신에 강한 인상을 받은 듯 귀를 기울이고 있었다.

「자네가 살인자의 이름을 알고 있다고?」

「예」

「어쩌면 그가 있는 장소도 알겠군?」

「예」

피열 씨는 손을 비볐다.

「내가 운이 좋군! 이 체포는 내 경력에서 아주 영광스런 일이 될 거야. 그럼, 자네는 지금 당장 그 엄청난 발견들을 알려줄 수 있겠나?」

「지금부터요? 예……, 아니 그보다는 판사님만 괜찮으시다면 한두 시간 뒤가 좋겠는데요. 판사님이 벌이시는 수사에 끝까지 참석한 다음에 말입니다」

「그렇게는 안 되지. 지금 당장 하게나, 젊은이……」

바로 그 순간, 이런 상황이 시작된 후로 이지도르 보트를레에게서 시선을 떼지 않고 있던 레몽드 드 생베랑이 피열 씨에게 다가갔다.

「저, 예심판사님……」

「아가씨, 왜 그러죠?」

이삼 초 동안 그녀는 보트를레에게 시선을 못 박은 채 망설이더니 피열 씨에게 말했다.

「저 신사 분께 왜 어제 쪽문으로 이어진 오솔길을 거닐었는지, 그 이유를 물었으면 합니다」

상황이 어이없이 뒤바뀌었다. 이지도르 보트를레는 충격을 받은 듯이 보였다.

「저요, 아가씨? 저 말입니까! 당신이 어제 저를 보았다고요?」

레몽드는 여전히 시선을 보트를레에게 고정시킨 채 자신의 증언이 확실한지에 대해서 따져보는 것처럼 생각에 잠겨 있다가 차분한 어조로 이야기했다.

「저는 오후 네시경 숲을 지나가고 있었는데, 오솔길에서 저 신사 분 정도의 키에 저렇게 옷을 입고, 그의 수염처럼 손질된 수염을 하고 있는 젊은 분을 만났습니다……. 그리고 그가 자신을 숨기려고 한다는 인상을 받았습니다」

「그게 저였다고요?」

「분명히 말씀드리기엔 제 기억이 좀 희미하네요. 하지만 분명 그런 생각이 드는 게……, 그렇지 않다면 저렇게까지 닮았다는 것은 너무 묘한 일이잖아요」

피열 씨는 난처했다. 이미 공범 한 명에게 당한 뒤인데, 자신이 고등학생이라고 주장하는 자에게 또다시 말려 들어가는 것일까?

「자네 대답은 뭐지, 신사 양반?」

「아가씨가 잘못 생각한 것이고, 그걸 증명하는 건 아주 쉬운 일입니다. 어제 그 시간에 저는 뷜레로즈에 있었습니다」

「증명해야 할 거요. 그래야 할 거야. 어쨌든 상황이 조금 달라진 것 같군. 반장, 경관 하나를 시켜 이 신사 분을 모시고 있도록 하게」

이지도르 보트를레는 몹시 불만스런 표정을 지었다.

「오래 걸리겠습니까?」

「필요한 정보들을 모을 시간이 있어야겠지」

「예심판사님, 되도록 가장 신속하고 조용하게 정보들을 모아주시기를 부탁드립니다」

「어째서?」

「저의 아버님은 연세가 많으십니다. 아버님은 저를 매우 아끼세요. 저 때문에 그분을 걱정시켜 드리고 싶지 않아요」

피열 씨는 그 목소리에 깔린 눈물 어린 어조가 불쾌했다. 그건 신파극의 한 장면 같았다. 그렇지만 그는 약속했다.

「오늘 저녁……, 아무리 늦어도 내일까지는 만족할 만큼 알게 될걸세」

오후가 지나갔다. 판사는 수도원의 폐허로 돌아갔다. 조처를 취해 모든 호기심 많은 방문객들로부터 입구를 막은 다음, 아주 꼼꼼하고 체계적으로 그 지역을 나누어 구역 하나하나마다 조사해 나갔고 자신이 직접 모든 수사를 지휘했다. 하지만 날이 질 무렵에도 진전된 것은 전혀 없었고, 그는 성에 쳐들어온 한 떼의 기자들을 앞에 두고 이렇게 큰소리쳤다.

「신사 분들, 모든 것은 부상자가 저곳에, 즉 우리 손닿는 곳에

있으리라고 추정하게 합니다만 실제 현실은 그렇지가 않습니다. 그러므로 겸허하게 저희 견해를 밝히자면 그는 달아난 것이 분명합니다. 아무래도 밖에서 그를 찾게 될 것 같습니다」

그러나 신중을 기하기 위해 그는 크비용 반장과 협의하여 정원을 계속 감시하도록 조처해 두었다. 두 개의 살롱을 새로이 검사하고 성을 완전하게 돌아본 후에 모든 필요한 정보들로 무장하고 나서야, 그는 검사보를 대동하고 다시 디에프로 가는 길을 밟았다.

밤이 되었다. 내실은 잠가놓아야 했기 때문에 장 다발의 시신은 다른 방으로 옮겨졌다. 그 지역의 아낙 둘이 쉬잔과 레몽드의 도움을 받아 시신을 지키며 밤을 샜다. 아래층에서는 이지도르 보트를레 청년이 산림감시원의 주의 깊은 감시를 받으며 옛 기도실의 긴 의자 위에서 잠들어 있었다. 밖에서는 경관들과 농장지기 그리고 열두어 명의 이 지역 농부들이 폐허와 성벽 주변을 감시했다.

열한시가 될 때까지는 모든 것이 고요했다. 하지만 열한시 십분이 되자 성의 반대편에서 총성이 울려퍼졌다.

반장이 소리쳤다.

「조심해! 두 명은 여기를 지킨다! 포시에와 르카뉘……. 나머지는 모두 뛰어가」

모두가 달려가기 시작했고 왼편으로 돌아 성을 지났다. 어둠 속에서 그림자 하나가 슬그머니 사라졌다. 그러자 바로 두번째 총성이 더 먼 곳, 거의 농장이 끝나는 곳에서부터 울려퍼지며 주의를 끌었다. 그리고 그들이 무리를 지어 과수원의 경계를 이루는 울타리에 이르렀을 때, 갑자기 농장지기가 살고 있는 집 오른편에서 불길이 치솟았다. 곧바로 또다른 불길이 굵직한 불기둥을 이루며 솟아올랐다. 천장까지 짚으로 채워진 곳간이 불타고 있었다.

「나쁜 놈들!」

크비용 반장이 외쳤다.

「그 녀석들이 불을 놓고 있어. 애들아, 튀어나가! 이놈들, 멀리 가지는 못했을 거다」

그러나 바람이 불줄기를 본채 쪽으로 몰아갔기 때문에 당장 눈앞의 불부터 꺼야 했다. 모두들 불 난 곳으로 달려나와 보상을 약속하며 격려하는 제브르 씨 본인보다도 더 열심히 불끄는 일에 전념했다. 사람들이 겨우 불을 잡았을 때는 새벽 두시였다. 모든 추적은 헛수고가 되어버렸다.

「날이 밝으면 뭘 좀 알 수 있겠지. 분명 뭔가 흔적을 남겨놓았을 거야……. 그 녀석들을 잡고 말겠어」

반장이 말했다.

「도대체 뭣 때문에 이런 공격을 했는지라도 안다면 기분이 나아지겠소만……. 지푸라기 더미에 불을 놓는 짓은 내가 보기에는 아무래도 전혀 쓸모가 없는 짓이오」

제브르 씨가 덧붙였다.

「저를 따라 이리 오시죠, 백작님. 목적이라면 제가 말씀드릴 수도 있을 것 같군요」

그들은 함께 수도원의 폐허에 도착했다. 크비용 반장이 소리쳐 불렀다.

「르카뉘? 포시에……?」

다른 경관들은 벌써 보초를 서기 위해 남아 있던 동료를 찾는 중이었다. 마침내 쪽문으로 가는 길목에서 그들을 발견했다. 그들의 입엔 재갈이 물려 있고 눈은 헝겊으로 가려진 채 끈에 묶여 바닥에 누워 있었다.

「백작님, 우리는 완전히 애들처럼 속아 넘어간 겁니다」

그들을 옮기면서 반장이 중얼거렸다.

「무엇에요?」

「총성……, 공격……, 화재……. 이 모든 짓거리가 우리 주의를 저쪽으로 돌리려는 것이었습니다. 유인이죠. 그동안 그 녀석들은 우리 경관 두 명을 결박하고 일을 끝낸 거죠」

「무슨 일 말이오?」

「부상자의 구출이죠, 물론!」

「아니 뭐라고요? 정말 그렇게 생각하십니까?」

「생각하냐고요! 명백한 진실입니다. 십 분 전에야 그쪽으로 생각이 미쳤습니다. 더 빨리 생각해 내지 못한 제가 바보인 거죠. 놈들을 모두 잡아들일 수 있었는데」

크비용은 갑작스레 분노가 폭발해서 발을 굴러댔다.

「망할, 하지만 대체 어디지? 대체 어디로 지나간 거야? 어디로 해서 구출해 낸 거냔 말이야? 그리고 그 불한당 녀석은 대체 어디에 숨어 있던 거지? 아니, 정말 말이 안 되는군. 우리는 하루 종일 그 지역을 뒤졌는데. 사람이 풀 이파리 사이에 숨을 수도 없는 일이고 게다가 부상자잖아. 이건 완전히 요술 같은 일이군. 이 사건 전부가 그래」

크비용 반장의 경악은 거기서 끝나지 않았다. 새벽에 보트를레 청년의 감금실로 사용되었던 기도실에 들어간 사람들은 그 청년이 사라졌음을 확인했다. 삼림감시원만이 의자 위에 몸을 웅크린 채 잠들어 있었다. 그 옆에는 물병 하나와 잔 두 개가 놓여 있었다. 잔 하나의 바닥에는 하얀 가루가 약간 남아 있었다.

수사 결과 우선 보트를레가 산림감시원에게 마취제를 먹였다는 점, 그리고 2미터 50센티미터 높이에 위치한 창을 통해서 탈출한 게 확실하다는 점이 밝혀졌다. 그리고 마지막으로 재미있는 세부 사항 한 가지는 그가 자기 감시인의 등을 발판으로 사용하지 않고서는 그 창문에 미칠 수 없었으리라는 점이었다.

졸업반 고등학생, 이지도르 보트를레

다음은 《그랑 신문》에서 인용한 글이다.

지난밤의 소식
어이없고 대담무쌍한 의학박사 들라트르 씨의 납치

막 신문을 인쇄하려는 순간, 전혀 불가능해 보이는 일이라 우리로서는 감히 그 진위 여부를 보장할 수 없는 어떤 소식을 접했다. 그런 까닭에 우리는 진위 여부에 대해서는 완전히 유보적인 입장을 취하며 이 기사를 내보내는 바이다.

어젯밤, 외과의로 명성을 떨치는 들라트르 박사는 부인, 딸과 함께 코미디 프랑세즈 극장에서 「에르나니」 상연에 참석했다. 3막이 시작된 열시경에 그가 자리 잡은 특별석의 문이 열렸다. 두 명의 사내를 동반한 한 신사가 박사 쪽으로 몸을 숙인 채 들라트르

부인에게도 들릴 만큼 제법 큰 목소리로 말했다.

「선생님, 아주 골치 아픈 임무를 맡게 되었습니다. 선생님께서 도와주신다면 정말 감사하겠는데요」

「신사 양반, 대체 당신은 누구시오?」

「테자르 경찰서장입니다. 당신을 경찰청의 뒤두이 씨에게 인도하라는 명령을 받았습니다」

「하지만 이건 대체……」

「아무 말도 하지 말아주십시오, 부탁입니다. 이상한 행동도 안 됩니다. 거기서 형편없는 실수를 저질렀습니다……. 그러니 누구의 이목도 끌어서는 안 되고 조용히 행동해야 합니다. 상연이 끝나기 전에는 돌아오실 겁니다. 확신합니다」

박사는 일어나서 경찰서장을 따라갔다. 그러나 상연이 끝날 때까지도 돌아오지 않았다.

걱정이 된 들라트르 부인은 경찰서로 찾아갔다. 그녀는 거기서 진짜 테자르 씨를 만났고, 아주 걱정스럽게도 그녀의 남편을 데려간 사람이 사기꾼이라는 사실을 알았다.

초동 수사를 통해 박사가 어떤 자동차에 올라탔다는 사실과 그 자동차가 콩코드 광장 쪽으로 멀어져 갔다는 점이 밝혀졌다.

우리는 다음 판에서 이 믿어지지 않는 모험에 관련된 새로운 소식을 계속 독자들에게 전하도록 하겠다.

믿기 어렵지만 그 사건은 사실이었다.

게다가 오래지 않아 결말이 났고, 《그랑 신문》은 정오판에서 사건이 사실이었음을 확증하는 한편 어떻게 사건이 급변하여 결말이 났는지 간단히 발표하였다.

사건의 끝
그리고 추측의 시작

오늘 아침 아홉시경, 들라트르 박사는 뒤레가 78번지 문 앞으로 돌아왔다. 그가 타고 온 자동차는 그를 내려놓자마자 빠른 속도로 사라져버렸다. 뒤레가 78번지는 바로 들라트르 박사 자신의 병원이 있는 곳으로, 그는 매일 아침 같은 시간 병원에 도착하곤 했다.

우리가 방문했을 때 박사는 경찰의 담당 수사관과 면담중이었지만 기꺼이 맞아주었다.

「제가 여러분께 말씀드릴 수 있는 것이라고는 그들이 저에 대한 최대한의 배려를 다했다는 점뿐입니다」

그가 답했다.

「저와 함께했던 세 신사는 제가 만난 사람들 중 가장 매력적인 사람들이었고 세심한 예의를 갖춘 데다 훌륭한 대화 상대로서의 자질을 갖추고 있었는데, 여행이 상당히 길었다는 점을 감안하면 소홀히할 수 없는 요소였죠」

「얼마나 시간이 걸렸습니까?」

「약 네 시간 정도 걸렸습니다」

「여행의 목적은?」

「그들은 저를 외과적인 시술을 긴급히 요구하는 한 환자에게 데려갔습니다」

「그 수술은 성공했습니까?」

「예, 하지만 이후가 걱정스럽습니다. 이곳이라면 제가 환자를 책임지겠지요. 거기라면……, 그가 처해 있는 환경이라면……」

「나쁜 조건인가 보죠?」

「지독했습니다. 여관방인 데다……, 간호를 받는 것은 분명히 말해서 완전히 불가능했습니다」

「그렇다면 대체 무엇이 그를 구할 수 있을까요?」

「기적이죠……. 그리고 덧붙여 그가 가진 놀라운 체력에 기대를 걸어야 할 겁니다」

「그런데 당신은 이 낯선 환자에 대해서 더 이상 말씀해 주실 수 없는 겁니까?」

「그럴 수 없습니다. 우선 저는 맹세를 했습니다. 게다가 제 자선 병원을 위해 1만 프랑이라는 액수의 돈을 받았습니다. 만일 제가 침묵을 지키지 않는다면 그 돈을 다시 빼앗기고 말 겁니다」

「아니 그 말은! 당신은 그들을 믿는다는 겁니까?」

「물론 그렇습니다. 그들을 믿습니다. 그 사람들은 모두 아주 진지해 보였습니다」

이것이 박사가 우리에게 한 증언이었다.

그리고 우리는 또한 경찰의 담당 수사관도 그가 행한 수술이나 치료한 환자, 그리고 자동차로 지나간 지방에 대해 더 이상 상세한 정보를 얻지 못하고 있다는 사실을 알고 있다. 그러므로 진실을 아는 것은 어려워 보인다.

인터뷰를 진행한 기자는 진실을 알기가 어렵다고 고백했지만, 조금이라도 명민한 사람이라면 어느 정도 그 진실을 추측할 수 있었다. 단순히 그 전날 앙브뤼메지 성에서 일어났고 그날 모든 신문에서 아주 세세한 부분까지 다룬 바 있는 사건과 연결시켜 보는 것으로 충분했다. 거기에, 즉 상처 입은 강도가 사라진 것과 이 권위 있는 외과의의 납치 사이에는 분명 감안할 수밖에 없는 일치점이 있었다.

게다가 수사는 그러한 가정이 맞다는 것을 보여주었다. 자전거로 달아난 가짜 운전사의 단서를 뒤쫓자, 그가 15킬로미터쯤 떨어진 아르크 숲에 도달했다는 점이 확인되었다. 그는 거기서 자전거를 도랑에 버리고 생니콜라 마을에 들러 이런 전보를 부쳤다.

파리 45번 우체국, A. L. N.
절망적인 상황, 수술 급요. 14번 국도로 권위자 보낼 것.

반박할 여지가 없는 증거였다. 연락을 받고 파리에 있는 공범들은 서둘러 모든 수단을 동원했다. 저녁 열시, 그들은 14번 국도를 통해서 권위자를 실어날랐다. 그 국도는 아르크 숲과 만나 디에프에서 끝나는 길이었다. 그 시간 동안, 자신들이 벌여놓은 화재의 도움으로 불한당들은 대장을 구출하여 여관으로 옮겨 박사가 도착한 새벽 두시경 수술을 진행했다.

거기까지는 전혀 의심의 여지가 없었다. 폴랑팡 수사관과 함께 파리로부터 특파된 가니마르 경감은 퐁투와즈, 구르네, 포르주에서 전날 밤 자동차 한 대가 지나갔다는 점을 확인했다. 디에프에서 앙브뤼메지까지 이르는 도로에서도 마찬가지로 확인되었다. 자동차의 흔적은 성에서부터 이삼 킬로미터 떨어진 곳에서 갑자기 사라지긴 했지만, 대신 정원의 쪽문과 수도원의 폐허 사이에 무수한 발자국이 어지럽게 흩어져 있음을 볼 수 있었다. 게다가 가니마르는 누군가 쪽문의 자물쇠를 부숴뜨렸다는 점을 주목했다.

즉 모든 것이 설명되었다. 남은 일은 박사가 이야기한 여관을 찾는 것뿐이었다. 끈질기고 인내심이 많은 노련한 경찰 가니마르에게는 손쉬운 작업이었다. 여관은 몇 개 되지 않았고 부상자의 상태를 고려했을 때 앙브뤼메지 근처의 여관인 게 분명했다. 가니마르와 경찰서장은 조사에 착수했다. 주변 5백 미터, 1천 미터, 5천 미터의 구역에서 그들은 여관이라고 할 만한 모든 곳을 방문하고 뒤졌다. 하지만 기대와 달리 그 죽어가는 환자는 끈질기게 모습을 드러내지 않았다.

가니마르는 악착같았다. 그는 일요일에 자신이 직접 현장 검증을 해봐야겠다고 마음을 먹었고 토요일 저녁 밤을 보내기 위해 성으로 갔다. 일요일 아침이 되자 그는 순찰을 돌던 경찰이 바로 전날 밤 성벽 끝에서 오솔길로 숨어 들어가는 사람의 모습을 보았다는 보고를 받았다. 정보를 얻으려고 되돌아온 공범일까? 그 악당들의 대장이 아직 수도원이나 그 주변을 떠나지 않았다고 추정해야 하는 것일까?

저녁때 가니마르는 공개적으로 경찰 한 조를 농장 쪽으로 보내놓고, 자신은 폴랑팡과 성벽 밖의 쪽문 근처에 자리를 잡았다.

자정이 되기 조금 전에 한 인물이 숲에서 나오더니 그들 사이를 빠져나갔고 쪽문을 넘어서 정원으로 들어갔다. 세 시간 동안 폐허 주변을 헤매는 그의 모습이 보였다. 그는 몸을 기울였다가 오래된 원주 주위를 걷거나 가끔 몇 분이고 움직이지 않고 머물러 있기도 했다. 그러더니 쪽문으로 다시 돌아와 다시 한번 두 수사관 사이를 지나갔다.

가니마르가 그를 체포했고 그러는 동안 폴랑팡이 그의 상체를 붙들고 있었다. 그는 저항하지 않았다. 아주 순순히 손목을 묶이더니 성까지 끌려갔다. 그런데 심문을 하려 하자, 자신은 그들에게는 볼일이 없으며 예심판사가 올 때까지 기다리겠다는 대답만

했다.

별다른 방법이 없어서, 수사관들은 자신들이 묵고 있는 방에 인접한 두 방 중 하나의 침대 다리에 그를 꽁꽁 묶어두었다.

월요일 아침 아홉시에 피열 씨가 도착하자마자 가니마르는 체포 소식을 전했다. 사람들은 죄수를 불러들였다. 그는 이지도르 보트를레였다.

「이지도르 보트를레 군!」

피열 씨는 반가운 기색으로 소리치면서 새로 온 이에게 악수를 청했다.

「무척 반갑군. 우리 뛰어난 아마추어 탐정께서 여기 계시다니! 이렇게 우리 손안에 말이야. 이거야말로 행운이 아닌가! 수사관님, 장송드사유이 고등학교의 졸업반 학생, 보트를레 군을 소개하겠소」

가니마르는 적잖이 당황한 듯했다. 이지도르는 마치 인정할 만한 능력을 가진 동료에게 인사하듯 깊숙이 절을 하고는 피열 씨를 향해 말했다.

「예심판사님, 저에 대해 충분한 정보를 얻으셨나 보지요?」

「완벽하더군! 일단 자네는 생베랑 양이 오솔길에서 자네를 보았다고 생각한 그 순간 실제로 뷜레로즈에 있었더군. 자네의 닮은꼴이 누구였는지는 반드시 밝혀낼 거야. 확실해. 그 다음 자네는 분명히 이지도르 보트를레, 고등학교 졸업반 학생으로, 게다가 아주 훌륭하고 성실하며 행실이 모범적인 학생이더군. 자네 아버님은 지방에 사시기 때문에 자네는 한 달에 한 번 후견인이자 자네에 대해 칭찬을 그치지 않는 베르노 씨 댁으로 외출을 하고」

「그 말은……」

「그러니까 자네는 자유라는 말이야」

「완전히 자유인가요?」

「완전히. 아! 그렇지만 나는 작은, 아주 작은 조건을 하나 걸겠네. 자네도 이해하겠지만 함부로 마취제를 먹이고 창문을 타넘어 탈출을 해놓고 개인 사유지에서 어슬렁거리며 수상한 짓을 하다가 현행범으로 체포된 신사 분을 그냥, 그러니까 약간의 보상도 없이 놓아줄 수는 없지」

「말씀하세요」

「좋아, 그러면 지난번에 중단된 대화를 이어보기로 하지. 자네추리가 어디까지 진행되었는지 이야기하는 거야. 이틀 동안 자유롭게 지냈으니 상당히 진척되었을 테지?」

그리고 가니마르가 이런 식으로 주고받는 말에 경멸을 드러내며 나가려 하자 판사가 외쳤다.

「그러면 안 됩니다. 가니마르 경감, 당신의 자리는 여기요. 이지도르 보트를레 군의 이야기가 들을 만한 가치가 있다는 점은 내가 보증하겠소. 내 정보에 따르면 이지도르 보트를레 군은 어떤 일도 놓치지 않는 관찰자로 장송드사유이 고등학교에서 명성을 날리고 있고, 그의 동료 학생들은 그를 당신의 호적수이자 헐록 숌즈의 경쟁자로 여긴다고 하더군요」

「여부가 있겠습니까?」

가니마르가 비꼬았다.

「분명한 사실이오. 그중 하나는 내게 이렇게 써보냈소. 〈만일 보트를레가 안다고 말했다면 그 말을 믿으셔야 합니다. 그리고 그의 얘기가 정확한 진실임을 의심하지 마십시오.〉 자, 이지도르

보트를레 군. 당신 친구들의 신뢰가 정당하다는 것을 증명할 다
시없는 기회요. 부탁이니 우리에게 정확한 진실을 알려주겠소?」

이지도르는 웃으며 듣고 있다가 대답했다.

「예심판사님, 참 잔인하십니다. 당신은 뭔가 신나는 일이라도
없을까 장난이라도 쳐보려던 불쌍한 고등학생을 놀리시는군요.
하긴 그러시는 게 옳지요. 저는 더 이상 놀림당할 빌미를 제공하
지 않겠습니다」

「그렇다면 자네는 아무것도 모른다는 것이군, 이지도르 보트를
레 군」

「예, 분명, 제가 전혀 아무것도 모른다는 점을 겸허하게 고백
합니다. 두세 가지 발견한 세부 사항을 가지고, 게다가 당신도
이미 그 점들은 짐작하셨으리라 확신하는 바에야, 그것만 가지고
서 〈무엇을 안다〉라고 할 수는 없지요」

「예를 든다면?」

「예를 들면 도난당한 물건이죠」

「아! 그렇다면 자네는 도난당한 물건을 알고 있다는 거로군?」

「당신도 그러시겠지만, 그 점에 대해서라면 확신하고 있습니
다. 게다가 제가 따져본 첫번째 문제였죠. 그 일이 제일 쉬워 보
였지요」

「가장 쉬웠다고? 정말인가?」

「맙소사, 그렇잖고요. 그저 이성적으로 추론만 해보면 되는 것
이니까요」

「그걸로 충분하다고?」

「충분하지요」

「그러면 그 추론이란?」

「해설은 모두 생략하고 간단히 이야기하죠. 한편으로 도난 사건이 있었습니다. 왜냐하면 두 아가씨들의 견해가 일치하는데, 아가씨들은 실제로 어떤 물건을 가지고 도망가는 두 명의 사내를 보았으니까요」

「도난 사건은 있었어」

「다른 한편으로 아무것도 사라지지 않았습니다. 제브르 씨가 그렇다고 증언을 했고 그 문제에 관해서는 그 누구보다도 그분이 잘 알 것이기 때문이죠」

「아무것도 사라지지 않았지」

「이 두 검증된 사실로부터 어쩔 수 없이 이런 결과가 도출되는 거죠. 도난이 일어난 순간, 그리고 아무것도 사라지지 않았다면, 가져간 물건을 똑같은 물건으로 바꿔치기한 겁니다. 이 추론이 사실에 부합하지 않을 수도 있으리라는 점, 우선 덧붙여 말해 두겠습니다. 하지만 이게 제일 먼저 우리에게 주어진 가능성으로 아주 착실히 검증을 해본 후가 아니라면 이 가정을 제외시킬 근거가 없다고 주장합니다」

「분명 그렇군. 확실히 그래」

예심판사는 확연하게 관심을 보이면서 중얼거렸다.

이지도르가 말을 이었다.

「그렇다면 이 살롱 안에서 강도들의 욕심을 끌 만한 것이 뭘까요? 두 가지입니다. 우선 태피스트리가 있지요. 하지만 그것은 아닙니다. 오래된 태피스트리는 모방할 수 없고 그런 속임수는 금방 들통이 났을 겁니다. 그러면 루벤스의 회화 네 점이 남습니다」

「무슨 뜻이지?」

「벽에 걸린 저 네 점의 루벤스가 가짜라는 말입니다」

「불가능해!」

「저것들은 선험적으로, 운명적으로, 그리고 이론의 여지없이 가짜입니다」

「다시 말하지만 그건 불가능해」

「예심판사님, 거의 일 년쯤 전에 샤르프네라고 자기 이름을 밝힌 어떤 젊은이가 앙브뤼메지 성에 와서 루벤스의 작품을 모사하겠다고 허락을 구한 적이 있습니다. 제브르 씨가 허가를 해주어서 다섯 달 동안 매일 아침부터 저녁까지 샤르프네는 이 살롱에서 작업을 했습니다. 저것은 제브르 씨가 외삼촌인 보바딜라 후작으로부터 상속받은 원작의 자리를 차지하고는 있지만, 그가 만든 그림과 액자의 모사품입니다」

「증거는?」

「제가 드릴 수 있는 증거는 없습니다. 그림이 가짜이기 때문에 가짜인 것이고, 제 견해로는 저것을 검사해 볼 필요조차 없습니다」

피열 씨와 가니마르는 놀라움을 감추지 못한 채 서로를 바라보았다. 경감은 더 이상 물러날 생각이 없어 보였다. 마침내 예심판사가 중얼거렸다.

「제브르 씨의 의견을 들어봐야겠어」

가니마르가 동의했다.

「그의 의견을 들어봐야지요」

그들은 백작을 살롱으로 모시고 오라는 명령을 내렸다.

젊은 졸업반 고등학생의 완벽한 승리였다. 두 명의 전문가, 피열 씨나 가니마르 같은 두 권위자가 그의 가정을 고려하도록 만드는 것, 그건 굉장한 찬사로서 누구라도 의기양양해 할 만한 일이었다. 하지만 보트를레는 이런 작은 자기 만족에 대해서는 무관심한 것처럼 보였고, 여전히 조금도 비꼬는 기색 없이 웃음을 머금고 기다렸다. 제브르 씨가 들어왔다.

「백작님, 수사가 진행됨에 따라 전혀 예상치 못했던 가능성과 마주쳤고 그 진위 여부에 대해서는 판단을 유보한 상태입니다. 어쩌면……, 저는 어쩌면 그럴 수도 있다고 말하는 겁니다. 강도 무리가 이곳에 왔던 것은 네 점의 루벤스를 훔치기 위해서, 아니면 적어도 그걸 모사품과, 그러니까 일 년 전 샤르프네라는 이름의 화가가 제작한 모사품과 바꿔치기하려는 목적에서일지도 모르겠습니다. 저 그림들을 조사해 보시고 저희에게 저것들이 진품인지 확인해 주실 수 있겠습니까?」

백작은 난처한 기색을 억누르는 듯이 보였다. 그는 보트를레와 피열 씨를 차례로 살펴보더니 그림에 가까이 다가가 보려 하지도 않고 대답했다.

「예심판사님, 나는 진실이 드러나지 않기를 바랐소. 하지만 그렇지 않은 이상 밝히지 않을 이유가 없군요. 저 네 점의 그림은 가짜요」

「당신은 그럼 알고 계셨군요?」

「처음 본 순간부터요」

「그런데 말씀을 안 하셨고요」

「어떤 작품의 소유주도 그 작품이 진짜가 아니라는……, 또는 더 이상 진짜가 아니라는 이야기를 서둘러서 하는 법은 없소」

「그래도 그걸 되찾는 유일한 방법인데요?」

「더 좋은 방법이 있소」

「어떤?」

「비밀을 누설하지 않고 도둑들이 겁을 먹지 않도록 해서, 그들로서도 약간 부담스러울 것이 분명한 그 그림들을 되사겠다고 제안하는 방법이오」

「어떻게 그들과 연락하는데요?」

백작은 대답하지 않았고 말을 이은 것은 이지도르였다.

「신문에 광고를 내는 거죠.《르 주르날》신문과《르 마탱》신문에는 이렇게 짧은 광고가 게재되어 있습니다.〈그림을 되살 의향이 있음.〉」

백작은 고개를 끄덕임으로써 그 사실을 인정했다. 다시 한번 이 젊은이는 자신이 연장자들을 능가하고 있음을 드러냈다.

피열 씨가 대범한 모습을 보여주었다.

「젊은이, 자네 친구들이 맞았다는 사실이 정말로 믿어지기 시작하는군. 제기랄, 그 눈썰미라니! 게다가 그 직관은! 이런 식으로 계속되다가는 가니마르 씨와 내가 할 일이 하나도 없겠는걸」

「아, 지금까지는 별로 복잡한 것도 없었는걸요」

「나머지는 더 어렵다는 말인가? 그리고 보니 확실히 우리가 처음 만났을 때, 자네는 그 이상을 알고 있는 것 같았지. 가만 보자, 내 기억이 맞다면 자네는 살인범의 이름을 알고 있다고 확신했지?」

「그렇습니다」

「그렇다면 누가 장 다발을 죽인 건가? 그 남자는 살아 있나? 그는 어디에 숨은 거지?」

「판사님, 우리 사이에 무슨 오해가, 아니 오히려 판사님과 현실 사이에 무슨 오해가 있는 것 같습니다. 아주 시작부터요. 살인자와 도망자는 다른 인물입니다」

「무슨 이야기를 하는 건가?」

피열 씨가 외쳤다.

「제브르 씨가 내실에서 보았고 함께 결투를 벌인 사내와 아가씨들이 살롱에서 본 사내, 그리고 생베랑 양이 총을 쏘아 정원에서 쓰러졌고 지금 우리가 찾고 있는 사내, 이 사내가 장 다발을 죽인 것이 아니란 말인가?」

「아닙니다」

「그 아가씨들이 도착하기 전에 사라진 세번째 공범의 흔적을 찾아냈단 말인가?」

「아닙니다」

「나는 더 이상 모르겠군. 그러면 누가 장 다발의 살인범이지?」

「장 다발을 죽인 것은……」

보트를레는 갑자기 멈추더니, 잠시 동안 생각에 잠겨 있다가 다시 말을 이었다.

「하지만 그 전에 우선 제가 확신에 이르게 된 경위와 살인의 목적까지 말씀드리지요. 그러지 않으면 제 견해가 아주 끔찍한 비난으로 들릴 테니까요. 비난이 아닙니다. 아니죠, 그렇지 않습니다……. 별로 주목받지 못한 단서가 하나 있는데 사실 아주 중요한 것으로, 장 다발이 살해당했을 때 모든 옷을 챙겨입고 징을 박은 편상화를 신고 있었다는 점입니다. 즉 마치 한낮인 듯 옷을 입고 있었다는 거죠. 그런데 범죄가 일어난 것은 새벽 네시였습니다」

「나도 그 이상한 점을 주목했지. 그런데 제브르 씨가 다발이 밤에도 자주 일을 한다고 대답해 주었어」

판사가 말했다.

「하인들은 반대로 그가 저녁 일찍 규칙적으로 잠자리에 들곤 했다고 말했습니다. 하지만 그가 깨어 있었다고 칩시다. 그러면 어째서 그는 침대를 마치 그가 잠이 들었던 것처럼 흐트러뜨려 놓았을까요? 그리고 만일 그가 잠을 자던 중이었다면 무엇 때문에 이상한 소음을 듣고 간단하게 옷을 입는 대신 머리끝에서 발끝까지 차려입는 수고를 했던 걸까요? 저는 첫날 당신이 점심을 드시는 동안 그의 방을 살펴보았습니다. 그의 실내화가 그의 침대 발치에 있었습니다. 뭣 때문에 그것 대신 금속 징이 박힌 그 무거운 편상화를 신은 걸까요?」

「지금까지의 얘기로는 무슨 말인지……」

「아직까지는 그렇죠. 좀 이상한 점 말고는 달리 보실 수 없을 겁니다. 하지만 루벤스를 모사한 샤르프네라는 화가를 백작에게 소개한 것이 장 다발이었다는 점을 알고 나자 저는 모든 것이 훨씬 수상해 보였습니다」

「그래서?」

「그러면 거기서 장 다발과 샤르프네가 공범이라고 결론을 내리기까지는 한 단계가 남았을 뿐입니다. 그 단계를 저는 판사님과 대화중에 넘었습니다」

「내게는 너무 빠른 것으로 보이는데」

「그렇죠. 직접적인 증거가 필요했습니다. 저는 다발의 방, 그가 글을 쓰는 받침대 위의 종이 한 장에서 바로 이런 주소를 발견했는데, 이 주소는 받침대 위의 또다른 위치에 거꾸로 된 자국으로 남아 있었습니다. 〈45번 우체국, A. L. N. 씨 앞.〉 다음날, 생 니콜라에서 가짜 운전사가 보낸 전보에도 같은 주소가 나온다는 것을 발견했지요. 직접적인 증거가 존재합니다. 장 다발은 그림을 훔치려고 작당한 무리들과 연락을 하고 있었던 것입니다」

피열 씨는 어떤 반론도 제기하지 않았다.

「그렇다고 하지. 공범임은 증명이 되었네. 그러면 자네의 결론은?」

「일단 이렇게 되면 장 다발을 죽인 것은 도망자가 아니라는 것이 됩니다. 왜냐하면 장 다발은 그의 공범이니까요」

「그래서?」

「예심판사님, 제브르 씨가 기절했다가 깨어나서 처음으로 한 말을 기억하십니까? 제브르 양이 전해 준 그 말은 조서에 적혀 있습니다. 〈나는 다치지 않았어. 그런데 다발은? 그는 살아 있니? 칼은……?〉 그리고 저는 이 부분을 제브르 씨가 습격을 이야기하고 있는, 역시 조서에 기록된 증언의 다음 부분과 비교해 보시기를 권합니다. 〈한 사내가 달려들더니 내 목덜미에 주먹을 날려 나는 정신을 잃었다.〉 기절한 제브르 씨가 깨어났을 때 다발이 칼에 찔렸다는 사실을 어떻게 알 수 있었을까요?」

보트를레는 답을 기다리지 않았다. 자신이 대답을 해버림으로써 그에 대해 따질 기회를 없애려고 서두르는 듯했다. 그는 곧바로 말을 이었다.

「이 살롱까지 세 명의 강도를 데려온 것은 바로 장 다발이었습니다. 다발이 대장이라 불리는 자와 함께 있을 때 내실에서 소리가 들렸습니다. 다발이 문을 열었지요. 그는 제브르 씨를 알아보고는 칼을 들고 달려들었습니다. 제브르 씨는 그 칼을 빼앗는 데 성공했고 그를 찌른 후, 자신도 두 아가씨가 몇 분 후에 마주친 그 인물의 주먹을 맞고 쓰러집니다」

다시 한번 피열 씨와 경감은 서로를 마주보았다. 가니마르는 당황한 기색으로 고개를 끄덕였다. 판사가 말을 받았다.

「백작님, 이 설명이 정확하다고 믿어도 되겠습니까?」

제브르 씨는 대답하지 않았다.

「이보십쇼, 백작님, 당신이 침묵하면 우리로서는 당신이……」

그러자 아주 분명하게 제브르 씨가 선언했다.

「그 설명은 모든 점에서 정확합니다」

판사가 펄쩍 뛰었다.

「아니, 검찰을 잘못된 방향으로 이끌다니 이해할 수가 없군요. 그건 정당방위로 당신은 충분히 그럴 권리가 있는데, 도대체 왜 그걸 숨기신 겁니까?」

제브르 씨가 말했다.

「지난 이십 년 간 다발은 내 옆에서 일했소. 나는 그를 믿었어요. 그는 내게 값으로 따질 수 없는 도움을 주었소. 만일 그가 내가 모르는 무슨 유혹에 넘어가 나를 배신했다면, 나는 적어도 옛 추억을 생각해서 그의 배신이 알려지지 않기를 바랐소」

「당신은 알려지지 않기를 바랐을 수 있습니다. 하지만 당신이 의무는……」

「나는 당신과 견해가 다르오, 예심판사. 어떤 무고한 이가 범죄 혐의를 받지 않는 이상, 죄인이자 피해자이기도 한 그를 비난하지 않는 것은 절대적인 내 권리요. 그는 죽었소. 나는 죽음이 충분한 벌이라고 생각하오」

「하지만 백작님, 지금은요? 이미 진실이 밝혀졌으니 이야기할 수 있겠지요?」

「그렇소. 여기 그가 공범에게 쓴 두 장의 편지가 있소. 그가 죽은 다음 몇 분 후에 그의 지갑에서 꺼낸 거요」

「그러면 도난의 목적은?」

「디에프의 라바르가 18번지에 가보시오. 거기에 베르디에 부인이라는 여인이 살고 있을 거요. 다발은 이 년 전에 알게 된 그 여인을 위해, 그 여인이 필요한 돈을 구하기 위해 도둑질을 한 겁니다」

그렇게 모든 것이 밝혀졌다. 사건은 어둠 속에서 벗어나 조금씩조금씩 진정한 빛을 받아 모습을 드러냈다.

백작이 물러나자 피열 씨가 말했다.

「계속하게나」

보트를레가 경쾌하게 말했다.

「사실, 이제 밑천이 거의 바닥났는데요」

「하지만 도망친 부상자는?」

「예심판사님, 그에 관해서라면 판사님도 저만큼이나 알고 계실 텐데요. 당신도 그가 수도원의 수풀을 통과한 흔적을 추적하셨고……, 알고 계시죠……?」

「그래, 알고 있네. 하지만 내가 원하는 것은 그 다음일세. 즉 그를 구출해 낸 다음에 그 여관에 대한 단서라네」

이지도르 보트를레가 갑자기 웃음을 터뜨렸다.

「여관이오? 여관은 없어요! 그건 검찰의 수사에 혼선을 빚기 위한 속임수인데, 게다가 성공했으니 꽤나 기발한 속임수였던 거죠」

「하지만 들라트르 박사가 분명히 말하기로……」

「하! 바로 그러니까 그렇죠」

보트를레가 확신에 찬 어조로 소리쳤다.

「바로 들라트르 박사가 그렇게 확언했기 때문에 믿지 말아야 하는 것입니다. 그러면 안 되죠! 들라트르 박사는 자신의 모험에 대해서 정말 아주 모호한 사항밖에는 이야기하려 하지 않았습니다! 그는 자기 환자의 신변을 위협할 만한 어떤 것도 말하고자 하지 않았지요……. 그런데 여길 보세요, 그는 갑자기 어떤 여관으로 시선을 끌고 있습니다! 하지만 분명히 해둘 것은, 그가 여관이라는 단어를 꺼냈다면 그건 강요받아서 한말이라는 점입니다. 그가 우리에게 전해 준 사건의 개요 전체가 끔찍한 보복을 하겠다고 위협해서 그들이 그에게 읊어준 것이라는 점을 분명히 해야지요. 박사에게는 부인과 딸이 있습니다. 그리고 가족을 너무 사랑하는 까닭에 엄청난 힘을 가지고 있다고 느낀 사람들에게 반항할 수가 없었죠. 이것으로 왜 그가 여러분의 수사에 그렇게 상세한 단서를 제공했는가가 설명됩니다」

「너무나 상세해서 그 여관을 찾을 수가 없을 정도로」

「너무나 상세해서 전혀 가능성이 없는데도 계속해서 찾을 수밖에 없을 정도였지요. 당신들의 시선은 그 사내가 있을 만한 유일한 장소, 그가 떠난 적이 없는 그 비밀의 장소로부터 멀어진 겁니다. 그는 생베랑 양에게 상처를 입고 짐승이 굴 속에 숨어들 듯 그곳에 숨어 들어간 순간부터 그곳을 떠날 수가 없었습니다」

「하지만 제기랄, 그게 어디란 말이지?」

「옛 수도원의 폐허 속이지요」

「하지만 거기엔 폐허라 할 만한 것이 없어! 담벼락 몇 개, 원주 몇 개가 전부란 말이야!」

「그가 묻혀 있는 곳은 거기입니다, 예심판사님」

보트를레가 힘주어 외쳤다.

「바로 그곳으로 수사를 한정시켜야 합니다. 당신이 아르센 뤼팽을 찾게 될 곳은 바로 거기입니다」

「아르센 뤼팽!」

피열 씨는 의자에서 펄쩍 일어나며 소리쳤다.

그 유명한 이름이 여운을 남기며 사라지자 엄숙하기까지 한 침묵이 흘렀다. 아르센 뤼팽, 대모험가, 도둑의 황제. 바로 그 아르센 뤼팽이 상처입고 패했으나 모습을 숨긴 상대, 지난 며칠 동안 모두가 헛되이 추적하고 있던 상대라고? 이게 대체 가능한 일인가? 하지만 그 아르센 뤼팽이 함정에 빠져서 체포된다면, 예심 판사에게는 엄청난 성과이자 행운이고 영광이 될 것이다.

가니마르는 조용했다. 이지도르가 그에게 말했다.

「당신도 저와 같은 의견이시죠. 맞죠, 수사관님?」

「당연하네!」

「경감님 역시 단 한순간도 그가 이 사건의 주모자라는 점에 대해 의심을 품었던 적이 없으시죠, 아닌가요?」

「단 일 초도! 이 일에는 그의 서명이 보여. 뤼팽의 수법이랄까, 그건 한 얼굴이 다른 모든 얼굴과 다르듯이 다른 모든 수법과 다른 것이지. 단지 눈을 뜨고 보기만 하면 되는 거야」

「당신들은 그렇게 믿었다는 것인가……」

피열 씨가 반복했다.

「믿기만 했겠어요!」

젊은이가 외쳤다.

「여길 보십시오. 이 작은 단서만으로 충분합니다. 그들이 자기들끼리 연락을 하면서 어떤 약자를 사용했지요? 〈A. L. N.〉, 즉 아르센이라는 이름의 첫자와 뤼팽이라는 이름의 첫자와 마지막 자입니다」

「아! 자네는 어떤 것도 놓치지 않는군. 정말 만만치 않은 친구야」

늙은 가니마르가 팔을 나지막이 내밀었다.

보트를레는 기쁨으로 얼굴이 빨개지더니 수사관이 내민 손을 잡았다. 세 사내는 발코니 가까이 모여섰고, 그들의 시선은 폐허가 있는 지역으로 향했다. 피열 씨가 중얼거렸다.

「그러니까 그가 저기 있으리라는 것이군」

「그는 저기 있습니다」

보트를레가 감정을 억제하며 낮은 목소리로 말했다.

「그가 쓰러진 바로 그 시각부터 저기에 있었습니다. 논리적으로 그리고 현실적으로 그는 생베랑 양과 두 하인들에게 들키지 않고서는 빠져나갈 수 없었습니다」

「어떤 증거가 있나?」

「증거는 공범들이 제공했습니다. 바로 다음날 아침, 그들 중 하나가 운전사로 변장하고서 당신을 이곳으로 데려왔지요……」

「신분을 노출시킬지도 모를 모자를 되찾기 위해서였지」

「그것도 있겠죠. 하지만 또한, 아니 특히 그 장소를 방문해 상황을 파악하고 대장이 어떻게 되었는지 직접 보기 위해서였습니다」

「그래서 그는 상황을 파악했을까?」

「그럴 겁니다. 그 자신은 은신처를 알 테니까요. 그리고 두목의 상태가 심각하다는 것을 알게 되었다고 봅니다. 그는 걱정이 되어서 협박의 말을 남기는 부주의한 짓을 저질렀으니까요. 〈대장이 죽는다면 아가씨에게 나쁜 일이 있을 것이다.〉」

「하지만 그의 친구들이 그 후에 그를 구출하지는 않았을까?」

「언제요? 판사님의 부하들은 폐허를 떠난 적이 없습니다. 그리고 덧붙여 어디로 그를 옮길 수 있을까요? 고작해야 몇 백 미터의 거리일 겁니다. 보통 죽어가는 사람을 멀리 옮기지는 않는 법이지요. 그러면 당신께서 발견했을 겁니다……. 아닙니다, 말씀드리지요. 그는 저기 있습니다. 경찰이 불 속에서 아이들처럼 뛰어다니고 있을 때 저곳으로 박사를 데려온 것입니다」

「하지만 그가 어떻게 살아가지? 살기 위해서는 먹을 것과 물이 있어야 하는데!」

「저도 뭐라고 말할 수가 없습니다. 전혀 모르겠습니다……. 하지만 그는 저기 있습니다. 맹세합니다. 그는 저기에 있어요. 저기 있지 않을 수가 없으니까요. 마치 제가 그를 보고 있는 것처럼, 그를 만질 수 있는 것처럼, 그 점에 대해서는 확신합니다. 그는 저기 있어요」

폐허 쪽으로 손가락을 내밀더니, 그는 공중에서 작은 원을 그렸다. 원은 점점 작아지다가 마침내 한 점이 되었다. 그리고 일행 두 사람은 필사적으로 그 점을 찾았다. 둘 모두 허공으로 몸을 내밀고, 둘 모두 보트를레와 같은 신념을 느끼며, 그들에게 주어진 격렬한 확신으로 몸을 떨었다. 그렇다, 아르센 뤼팽은 거기에 있었다. 이론과 마찬가지로 실제로 그는 거기에 있었고 둘 중 누구도 더 이상 그 사실을 의심할 수 없었다.

어느 어두운 피신처에서 그 이름난 사기꾼이 열에 시달리고 지친 채 도움도 없이 맨바닥에 누워 있다고 생각하니 어딘가 인상적이면서도 비극적인 느낌이 들었다.

「만일 그가 죽는다면?」

피열 씨가 낮은 목소리로 말을 꺼냈다.

「만일 그가 죽는다면, 그리고 공범들이 그것을 분명히 알게 된다면, 예심판사님, 판사님께서는 생베랑 양의 안위를 지켜야 할 겁니다. 복수는 끔찍할 테니까요」

몇 분 후, 기꺼이 이 영예로운 조력자를 붙잡아 두려는 피열 씨의 간청에도 불구하고 보트를레는 다시 디에프를 향해 떠났다. 방학이 바로 그날 끝났기 때문이다. 그는 다섯시경 파리에 도착했고, 여덟시 자기 동료 학생들과 같은 시각에 장송 고등학교의 정문을 지나갔다.

가니마르는 앙브뤼메지의 폐허를 소용없을 만큼이나 꼼꼼하게 뒤진 후, 저녁 고속 열차로 돌아왔다. 집에 이르자 그는 다음과 같은 기송(氣送) 우편물(압축 공기관을 통한 속달 우편——옮긴이)을 받았다.

경감님께

하루가 끝날 무렵 약간의 짬이 있어서 몇 가지 추가 정보를 모을 수 있었습니다. 당신도 흥미를 느끼실 것입니다.

지난 일 년 간 아르센 뤼팽은 파리에서 〈에티엔 드 보드레〉라는 이름하에 살고 있었습니다. 그 이름이라면 당신도 사교계 기사나 스포츠 가십에서 자주 접하셨을 겁니다. 그는 열정적인 여행가로 곧잘 오랫동안 자리를 비우고는 하는데, 그 기간 동안 뱅갈에서 호랑이를 잡거나 시베리아에서 푸른 여우를 사냥한다고 전해지죠. 무슨 사업을 한다는데, 정확히 어떤 사업인지 세세한 사항은 알려지지 않았고요.

그의 실제 주소는 마르뵈프가 36번지입니다. (마르뵈프가는 45번 우체국과 아주 가깝다는 것을 주목해 주십시오.) 에티엔 드 보드레의 소식은 앙브뤼메지의 습격이 있기 전날인 지난 3월 23일 목요일부터 끊겼다고 합니다.

경감님, 제게 보여주신 관대함에 감사드리며 저의 각별한 존경의 마음을 받아주십시오.

이지도르 보트를레

추신——이 정보들을 얻기 위해서 제가 큰 고생을 했다고 생각하진 말아주십시오. 범죄가 일어난 날 아침, 피열 씨가 몇몇 운 좋은 사람들 앞에서 수사를 진행할 때, 저는 가짜 운전사가 바꿔치기하기 전에 도망자의 모자를 살펴보는 행운을 가졌습니다. 당신도 이해하시겠지만, 모자 가게 이름만으로도 충분한 실마리가 되어주었고, 그 실마리를 따라가다가 구입자의 이름과 주소를 알게 된 것입니다.

다음날 아침, 가니마르는 마르뵈프가 36번지를 방문했다. 관리인에게 얻은 정보로 그는 일층 오른쪽 집을 열게 했는데, 벽난로 속의 잿더미 말고는 아무것도 발견할 수 없었다. 나흘 전에 친구 두 명이 문제가 될 만한 종이들을 모두 태우러 왔던 것이다. 하지만 막 나가려는 참에 가니마르는 보드레 씨에게 편지 한 장을 전해 주려던 우체부와 마주쳤다. 그날 오후 사건을 맡은 검찰이 편지를 압수했다. 그것은 미국 우표가 붙어 있었고 영어로 이런 글이 적혀 있었다.

귀하의 대리인을 통해 드렸던 답변을 확인하는 바입니다. 귀하가 제브르 씨의 회화 네 점을 수중에 넣는 즉시, 적절한 방식으로 보내주시기 바랍니다. 혹시 성공하신다면 나머지도 함께 보내주시되, 그 나머지에 대해서라면 저는 상당히 회의적입니다.

제가 예정에 없던 일정으로 급히 떠나게 되었으므로 저는 이 편지와 함께 도착할 것입니다. 그랑 호텔에서 저를 찾으실 수 있을 겁니다.

헬링턴

같은 날, 가니마르는 구속 영장을 지참하고 장물 은닉과 도난에 공조한 혐의로 미국 시민인 헬링턴 씨를 유치장으로 보냈다.

그렇게 해서 겨우 스물네 시간이 흐르는 동안, 열일곱 살 소년의 예상치 못한 단서들에 힘입어 뒤엉켜 있던 모든 매듭이 풀렸다. 그 스물네 시간 동안에 설명할 수 없던 것들이 간단하고 명확한 것이 되었다. 그들의 우두머리를 구하려는 공범들의 계획은 무너졌고, 상처를 입고 죽어가는 아르센 뤼팽의 체포는 더 이상 의심할 수 없는 것이 되었다. 그의 조직은 와해되었고 사람들은 파리에 있는 그의 거점을 알게 되었으며, 그의 거짓 신분이 드러났다. 처음으로 가장 교묘하게 오랫동안 연구된 그의 음모가 완전히 실행되기도 전에 백일하에 폭로되어 버렸다.

사람들에게 이것은 엄청난 놀라움과 경탄, 그리고 호기심의 폭발을 불러일으켰다. 이미 루앙의 신문 기자가 그 젊은 고등학생이 처음 예심판사와 대화했던 내용을 실어 상당한 성공을 거두었다. 그는 거기서 그 젊은이의 친절함, 순진한 매력, 차분한 확신을 부각시켜 놓았다. 가니마르와 피열 씨가 그들답지 않게 침묵을 지키는 대신 자신들의 직업적인 자존심을 능가하는 열정에 이끌려, 지난 사건들에서 보트를레가 맡은 역할을 대중들에게 밝혔다. 그가 혼자서 모든 것을 한 것이다. 승리의 모든 공로는 그에게로 쏠렸다.

사람들은 열광했다. 어느 날 갑자기 이지도르 보트를레는 영웅이 되었고, 대중은 갑작스럽게 열광하여 새로운 우상에 관해 아주 상세한 정보들까지 요구하기 시작했다. 그리고 기자들이 바로 거기 있었다. 그들은 장송드사유이 고등학교를 공략하기 위해 몰려들었고, 하교 길의 학생들에게 접근해서 영웅 보트를레에 관련된 것이라면 중요한 것이든 사소한 것이든 무엇이든지 모아댔다. 그렇게 해서 사람들은 보트를레가 동료 학생들 사이에서 셜록 홈즈의 라이벌이라고 불릴 정도로 명성을 누리고 있음을 알게 되었다. 그는 논증과 추론을 통해서 신문에서 읽은 정보만을 가지고 몇 번이나 경찰이 오랜 후에야 해결하게 될 복잡한 사건들의 해결책을 제시했다. 장송 고등학교에서는 보트를레에게 까다로운 질문, 풀 수 없는 문제들을 던지는 것이 오락이 되어버렸고, 그러면서 그가 얼마나 명석한 분석을 통하여 몇 가지 교묘한 추론으로 가장 두꺼운 어둠조차 뚫고 지나가는지 보고 놀라워하고는 했던 것이다. 상점 주인 조리스를 체포하기 열흘 전에 그는 그 유명한 우산에서 무엇을 추측해 내야 하는지 제시했다. 역시 마찬가지로 그는 처음부터 생클루드의 비극에 관해 관리인이 유일한 범인이라고 주장했다.

하지만 가장 호기심을 끄는 것은 고등학교의 학생들 사이에서 돌고 있는 소책자였다. 그가 서명한 그 소책자는 타자기로 인쇄되어 열 부가 제작되었다. 제목은 〈아르센 뤼팽——그의 방법, 어째서 그가 고전적이며 독보적인가에 대하여〉로, 영국식 재치와 프랑스식 풍자 사이에서 균형을 이루고 있는 글이었다.

그것은 뤼팽의 모험들에 대한 심층 연구로, 명성을 떨치고 있는 도적의 행적을 선명하게 부각시키고 있었다. 그 안엔 그의 행동 방식과 특별한 전술들, 그가 언론에 쓴 편지들, 그의 협박과 도난 예고장 등 간단히 말해 그의 요령들 전부가 들어 있었다. 즉 그가 선택한 피해자를 〈요리하기〉 위해 그리고 그들이 자신들을 겨냥해 계획된 속임수에 거의 스스로 내어주고, 모든 것이 그들 자신의 허락 속에서 이루어진다고 말할 정도인 정신 상태로 몰아가기 위해 사용하는 모든 수법 자체의 원리를 보여주는 것이었다.

그리고 그것이 너무나 올바르고 핵심을 찌르며 생생한 비판과 재치 있으면서도 잔인한 풍자를 통해 이루어지는지라, 웃던 사람들은 금세 그의 편이 되었고, 군중의 마음은 뤼팽에게서 곧장 이지도르 보트를레에게로 옮겨갔다. 그들 사이에 벌어진 싸움에서 사람들은 미리부터 젊은 고등학생의 승리를 예상했다.

어쨌든 그 승리에 대해, 파리 검찰이나 피열 씨조차 한편으로 그를 질투하는 듯하면서도 가능성을 인정했다. 사실 그들은 우선 헬링턴 경의 신분도 알아낼 수 없었고, 그가 뤼팽의 무리에 가담했다는 결정적인 증거를 제공하지 못했다. 공범이든 아니든 그는 고집스럽게 침묵을 지켰다. 게다가 그의 필적을 조사한 결과 더 이상 그가 중간에서 가로챈 편지의 장본인이라는 것을 주장하기도 어려워졌다. 헬링턴 경이 여행 가방 하나와 두툼한 수표책을 지니고 그랑 호텔에 도착했다는 점, 이것 말고는 주장할 게 없었다.

그에 덧붙여 디에프의 피열 씨는 보트를레가 이루어놓은 지점에 여전히 머물러 있었다. 그는 단 한 발도 거기서 나아가지 못했다. 생베랑 양이 범죄 전날 보트를레라고 여겼던 인물은 여전히

66

풀지 못한 수수께끼로 남아 있었다. 네 점의 루벤스 그림을 훔친 과정도 역시 여전히 미궁으로 존재했다. 그 그림들은 어떻게 된 것일까? 밤에 그것들을 가져간 자동차는 어떤 길로 갔을까?

뤼너레, 예르빌, 이브토에서 그 차가 지나갔다는 증거들이 모였고, 다시 코드백에서 새벽 증기선을 타고 센 강을 건넌 듯했다. 하지만 수사가 더 진전되어 그 문제의 자동차로 짐작되는 차가 발견되자, 거기에 선박 직원들 몰래 커다란 네 점의 그림을 실어두는 것은 불가능하다는 사실이 밝혀졌다. 그 차는 분명히 바로 그 문제의 자동차가 맞는 듯했지만, 질문은 여전히 풀리지 않은 채 남아 있었다. 대체 네 점의 루벤스는 어떻게 된 것일까?

그렇게 많은 질문들을 피열 씨는 아무런 대답도 못한 채 남겨 두었다. 매일 그의 부하들은 폐허의 사각형을 뒤졌다. 거의 매일 그는 탐사를 지휘하기 위해 왔다. 하지만 아무리 보트를레의 말이 옳다고 하더라도 뤼팽이 고통받고 있는 은신처를 발견하는 일까지는, 그 훌륭한 법관으로는 도저히 넘을 수 없을 듯한 미궁이 존재했다.

그러니 사람들의 관심이 다시 이지도르 보트를레에게 향한 것은 당연한 일이었다. 사실 이 두껍고 꿰뚫을 수 없던 어두운 미궁의 실마리를 푸는 데에 성공한 사람은 그뿐이지 않은가. 어째서 그는 이 사건에 몰두하지 않는 것일까? 그가 지금까지 이룬 것으로 보자면, 약간의 노력을 더하는 것만으로도 끝을 볼 수 있을 것이다.

《그랑 신문》의 편집자가 보트를레의 후견인인 베르노의 이름을 사칭해 장송 고등학교에 숨어 들어가서 그에게 그 질문을 제기했다. 이지도르는 아주 현명하게 대답했다.

「친애하는 기자님, 이 세상에는 뤼팽만 있는 것이 아니고, 도둑과 탐정의 이야기만 있는 것이 아닙니다. 대학 입학 자격 시험이라고 불리는 현실이 존재합니다. 그런데 저는 7월에 시험을 치릅니다. 지금은 5월이지요. 그리고 저는 떨어지고 싶지 않아요. 제 선량한 아버님께서 뭐라고 하시겠습니까?」

「하지만 당신이 아르센 뤼팽을 법의 심판에 넘긴다면 그분이 뭐라고 하시겠소?」

「하! 모든 일에는 때가 있는 법이지요. 다음 방학 때는……」

「오순절 방학을 말하는 건가요?」

「예, 저는 6월 6일 토요일 첫번째 기차로 떠납니다」

「그러면 토요일 저녁이면 아르센 뤼팽이 잡히겠군요」

「일요일까지 시간을 주실 수는 없겠습니까?」

보트를레가 웃으며 물었다.

「어째서 그렇게 시간을 끌어야 하죠?」

기자는 아주 진지한 어조로 되물었다.

이 설명하기 어려운 무조건적인 신뢰는 이제 갓 형성된 것이었지만 너무나 확고했다. 모든 사람들이 이 젊은이에게 그런 신뢰를 느꼈는데 현실적으로 따지고 보면 지금까지의 사건들은 어느 선까지만 그런 신뢰를 합리화할 수 있을 뿐이었다. 상관없었다! 사람들은 믿었다. 그에게는 어떤 것도 어려울 것 같지 않았다. 사람들은 그에게서 통찰력과 직감, 경험과 능숙함이 결합된 매우 특별한 사람에게나 가능할 만한 어떤 것을 기대했다. 6월 6일! 그 날짜가 모든 신문에 널려 있었다. 6월 6일, 이지도르 보트를레는 디에프로 가는 고속 열차를 탈 것이고, 그날 저녁 뤼팽은 체포될 것이다.

「아직까지 그가 도망치지 않았다면야……」

괴도의 마지막 지지자 하나가 반박했다.

「불가능해! 모든 출입이 통제되고 있다고」

「게다가 그가 상처 때문에 죽지 않았어야지」

지지자들은 자신들의 영웅이 체포되기보다는 죽는 모습을 보기를 원하며 말을 받았다.

즉시 반박이 튀어나왔다.

「어이 이보라고, 만일 뤼팽이 죽었다면 공범들이 알았을 거고 그러면 복수극이 벌어졌을 거야. 보트를레가 그렇게 말했어」

그리고 6월 6일이 되었다. 예닐곱 명의 기자들이 생라자르 역에서 이지도르에게 몰려들었다. 그중 두 명은 그의 여행에 동행하기를 원했다. 이지도르는 그들에게 아무것도 하지 말아달라고 부탁했다.

그는 혼자 떠났다. 그의 칸은 텅 비어 있었다. 그는 지난 며칠 밤 동안 학업에 열중하느라 매우 지쳐 있었기 때문에 얼마 안 가서 깊은 잠에 빠져들었다. 잠결에 그는 기차가 이런저런 역에 멈춰설 때마다 사람들이 오르고 내리는 걸 느꼈다. 그가 깨었을 때 루앙이 보였고, 그는 여전히 혼자였다. 하지만 반대편 좌석의 등받이에 커다란 종이 한 장이 회색 옷핀으로 고정된 채 그의 시선을 끌었다. 이런 말이 적혀 있었다.

사람마다 자기 일이 있는 법. 당신은 당신 일을 하시오. 그렇지 않으면 재미없을 거야.

「좋았어!」

그는 손을 비비며 말했다.

「적의 진영에서는 일이 잘 안 돌아가는 모양이군. 이 협박은 가짜 운전사의 것만큼이나 바보 같은걸. 뤼팽이 펜을 잡지 않았다는 것이 뻔히 보이는 수법이야」

노르망디의 오래된 도시 하나를 지나기에 앞서 기차는 터널 속으로 휩쓸려 들어갔다. 역에서 이지도르는 굳은 무릎을 풀기 위해 역 주위를 두세 바퀴 돌았다. 막 그의 칸으로 돌아가려던 참에 그는 작은 고함을 내지르고 말았다. 서점을 지나가던 그는 무심코 《루앙 신문》 특별판의 첫번째 면을 읽게 되었는데, 갑자기 거기 실린 몇 줄의 글에서 그 끔찍한 의미를 깨달은 것이다.

마지막 순간에 들어온 속보——우리는 디에프에서 지난밤, 악당들이 앙브뤼메지 성에 침입해 제브르 양을 결박하고 재갈을 물린 후 생베랑 양을 납치했다는 전화를 받았다. 성에서 5백 미터 정도 떨어진 곳에서 핏자국이 발견되었고 바로 근처에서 피로 얼룩진 스카프를 찾아냈다. 이 불쌍한 젊은 아가씨는 유감스럽게도 살해당한 것으로 여겨진다.

디에프까지 이지도르 보트를레는 꼼짝도 하지 않았다. 몸을 접은 채 팔꿈치를 무릎에 대고 손으로 얼굴을 감싸고서 생각에 잠겼다. 디에프에서 그는 자동차를 빌렸다. 그리고 앙브뤼메지 경계에서 예심판사를 만났다. 판사는 그 끔찍한 소식을 확인해 주었다.

「더 아시는 것이 없습니까?」

보트를레가 물었다.

「전혀 없네. 나도 방금 전에 도착했거든」

바로 그 순간 경찰서장이 피열 씨에게 다가가 구겨지고 가장자리가 닳아버린 누렇게 변색된 종이 조각을 전해 주었다. 스카프가 발견된 장소로부터 멀지 않은 곳에서 주운 것이었다. 피열 씨는 그것을 살펴보더니 이지도르에게 전해 주면서 말했다.

「이건 우리 수색에는 별로 도움이 될 것 같지 않은걸」

이지도르는 그 종이 조각을 이리저리 뒤집어보았다. 숫자와 점, 기호로 가득 차 있었고 정확히 이렇게 그려진 그림을 담고 있었다.

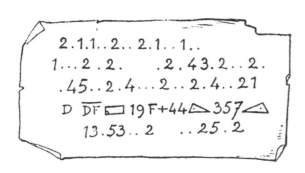

시체

　저녁 여섯시경 수사를 모두 끝내고 피열 예심판사는 서기 브레두를 대동하고 자신을 디에프로 데려갈 자동차를 기다리고 있었다. 그는 흥분해 있었고 초조해 보였다. 두 번이나 그가 물었다.

　「당신, 보트를레 군을 못 봤소?」

　「전혀 못 봤습니다, 예심판사님」

　「망할, 그는 대체 어디에 있는 거지? 하루 종일 보이지 않았잖아」

　갑자기 그는 무슨 생각이 났는지 서류첩을 브레두에게 맡기고, 달음질로 성을 돌아 폐허 쪽으로 향했다.

　커다란 회랑 근처 전나무의 긴 바늘잎들이 깔린 땅에, 이지도르가 배를 대고 한 팔로 팔베개를 하고는 깜박 잠이 든 것처럼 보였다.

　「이런 뭔가! 어떻게 된 건가, 젊은이. 자는 거야?」

　「자지 않습니다. 생각하는 참이었어요」

「물론 생각도 해야겠지! 그러나 우선은 보아야 하는 거네. 사실들을 연구하고 단서를 찾고 지표가 되어줄 지점을 정해야 하는 거야. 그리고 나서야 사고를 통해서 그 모든 것을 끼워맞추고 진실을 발견하는 거지」

「예, 저도 알지만……. 그게 통상적인 방법이면서 분명 좋은 방법일 테죠. 하지만 전 좀 다른 방법을 씁니다. 우선 생각하는 겁니다. 그러니까 이렇게 설명하면 어떨까 싶은데, 저는 다른 모든 것에 앞서서 먼저 사건의 전반적인 상을 찾으려고 노력합니다. 그리고 나서 그 일반적인 상에 부합하는 합리적이고 논리적인 가정들을 상정해 보는 거지요. 그리고 그 다음에야 사실들이 저의 가정에 제대로 부합되는지 살펴보는 겁니다」

「아주 이상한 방법인 데다 참으로 복잡하군!」

「확실한 방법이지요, 피열 씨. 당신 방법은 그렇지 않지만」

「이보게, 사실들은 사실인 거야」

「평범한 상대라면 그렇겠지요. 하지만 조금이라도 술수를 부릴 줄 아는 적을 상대할 때는, 사실이란 바로 그들이 선택해 놓은 그것입니다. 그 악명을 떨치는 단서들, 당신들이 수사를 진행시키는 출발점인 그 단서들이란 그가 자유롭게 원하는 대로 선택해서 제공하는 겁니다. 그러면 판사님도 상상이 가시지요. 뤼팽 같은 사내가 관련되었을 때, 그가 당신을 대체 어디까지, 어떤 실수와 어떤 어리석음에까지 이끌어갈 수 있는지 말입니다! 숌즈 자신도 함정에 빠진 적이 있어요」

「아르센 뤼팽은 죽었어」

「그렇겠죠. 하지만 그의 일당들은 남아 있어요. 그리고 그런 엄청난 대가의 제자라면 그들 역시 대가인 겁니다」

피열 씨는 이지도르의 팔을 잡아끌었다.

「말장난이야, 젊은이. 더 중요한 것은 이거지. 잘 들어보게나. 가니마르는 지금 현재 파리에 붙잡혀 있어서 며칠 뒤에나 도착할 거야. 덧붙여서 제브르 백작은 헐록 숌즈에게 전보를 쳤고, 그는 다음주에 협조를 하기로 약속했지. 젊은이, 그 두 유명 인사가 도착하는 날, 〈죄송합니다, 친애하는 신사 분들. 하지만 더 이상 기다릴 수가 없었답니다. 임무는 끝났습니다〉라고 말한다면 꽤 영광스런 일이 될 거라는 생각이 들지 않는가?」

이 피열 씨보다 더 교묘하고 그럴듯하게 자기의 무능함을 고백하기란 불가능한 일이리라. 보트를레는 웃음을 참고 마치 거기에 말려 들어간 것처럼 대답했다.

「예심판사님, 제가 판사님의 수사에 참석하지 않은 것은 솔직히 말해 판사님이 기꺼이 제게 결과를 알려주시리라는 희망에서였습니다. 어떻습니까, 무언가 알게 되셨습니까?」

「그렇다면 좋아, 얘기는 이렇다네. 어제 저녁 열한시경, 크비용 반장이 순찰 임무를 맡겼던 세 명의 경찰들은 서장이라는 자가 급하게 자신들을 경찰서가 있는 우빌로 불렀다는 소식을 접했다네. 그들은 바로 말을 탔지. 그리고 그들이 도착했을 때는……」

「그들이 속았다는 것, 그 명령은 가짜였으며 앙브뤼메지로 되돌아가는 수밖에 없다는 것을 확인했겠죠」

「그들은 반장의 지휘하에 돌아갔지. 하지만 그들이 자리를 비운 것은 한 시간 반이나 되었고 그 시간 동안 범죄가 벌어진 것이지」

「어떻게 했습니까?」

「제일 간단한 방식이었네. 농장 건물에서 가져온 사다리를 성

의 이층에 걸쳤지. 창유리를 잘라내고 창문을 열었어. 두 사내가 어두운 손전등을 지니고 제브르 양의 방에 잠입해 그녀가 소리칠 새도 없이 재갈을 물린 거지. 그러고 나서 끈으로 묶은 다음 아주 조용하게 생베랑 양이 자고 있는 방의 문을 열었어. 제브르 양은 억눌린 신음소리와 그 다음에 누군가 발버둥치는 소리를 들었다는군. 그녀는 일 분 정도 지나 역시 묶이고 재갈이 물린 사촌을 두 사내가 옮기는 모습을 보았지. 그자들은 그녀 앞을 지나서 창문으로 빠져나갔어. 그러자 공포에 질리고 진이 빠진 제브르 양은 기절했네」

「하지만 개들은요? 제브르 씨는 몰로스 종의 개 두 마리를 사지 않았던가요?」

「독약을 먹고 죽은 채로 발견되었네」

「하지만 누가? 아무도 가까이 갈 수 없었을 텐데?」

「수수께끼지! 어쨌든 그 두 사내는 아무 어려움 없이 폐허를 지나갔고, 그 문제의 쪽문으로 나갔네. 그들은 낡은 마차들을 돌아서 잡목림을 가로질렀어. 성에서 한 5백 미터나 떨어졌으려나, 큰참나무라고 불리는 나무 밑에서 그자들이 멈췄고……, 거기서 일을 끝낸 거야」

「그들이 생베랑 양을 죽일 목적으로 왔다면, 어째서 그녀 방에서 일을 벌이지 않았을까요?」

「나도 모르겠네. 어쩌면 성에서 나오는 순간에야 그녀를 죽일 수밖에 없는 일이 벌어진 것인지도 모르지. 아니면 그 아가씨가 결박에서 풀려나는 데 성공했던 건지도 모르는 거고. 내가 보기에는, 그렇게 해서 우리가 주은 스카프가 손목을 묶는 데 쓰였던 것 같아. 어쨌든 큰참나무 아래에서 그녀를 죽인 거야. 내가 모은

76

증거들에는 이론의 여지가 없어······」

「하지만 시체는요?」

「시체는 발견되지 않았지만, 뭐 그건 사실 별로 이상한 일은 아니라네. 단서를 따라가다 보니 바렁주빌 교회까지, 해안선 절벽으로 이어져 있는 오래된 묘지로 가게 되었는데, 그곳은 낭떠러지지······. 1백 미터가 넘는 수렁이야. 그리고 그 밑은 바위와 바다이고. 하루나 이틀이 지나 밀물이 더 세지면 시체가 모래사장으로 떠오를 거야」

「확실히 모든 것이 아주 간단해 보이는군요」

「그래, 이 모든 것은 확실히 아주 간단하고 별로 곤란할 것이 없지. 뤼팽이 죽었고 그걸 안 공범들은 예고했다시피 복수를 위해서 생베랑 양을 살해한 거야. 그것들은 특별히 따져볼 필요도 없는 사실이네. 하지만 뤼팽은?」

「뤼팽이오?」

「그래, 그는 어떻게 된 거지? 그의 일당들이 아가씨를 데려가는 동안 그의 시체도 옮겼을 테지. 하지만 옮겼다는 것에 대해 우리가 대체 무슨 증거를 가지고 있나? 아무것도 없어. 그가 폐허에서 머물렀다는 증거나 그가 죽었거나 살았다는 증거들이나 마찬가지야. 그리고 거기에 모든 수수께끼가 있는 것이네, 친애하는 보트를레 군. 레몽드 양의 살인은 결말이 아냐. 반대로 일을 더 복잡하게 만든 거지. 지난 두 달 동안 앙브뤼메지 성에서는 대체 무슨 일이 일어난 것인가? 우리가 이 수수께끼를 풀어내지 못한다면, 다른 이들이 달려와서 우리를 깔아뭉갤걸세」

「그들이 언제 옵니까, 그 다른 이들이오?」

「수요일······, 어쩌면 화요일······」

보트를레는 계산을 하는 듯이 보이더니 선언했다.

「예심판사님, 오늘은 토요일입니다. 저는 월요일 저녁 고등학교로 돌아가야 합니다. 그러니까 월요일 아침 열시에 이리로 오시는 것이 괜찮으시다면, 그때 판사님께 그 수수께끼를 풀어드리도록 노력해 보지요」

「정말인가, 보트를레 군? 그럴 수 있겠나? 확실한가?」

「저도 그랬으면 좋겠습니다만」

「그럼 지금 자네는 어디로 가는 건가?」

「저는 사실들이 제가 떠올리기 시작한 일반적인 상에 제대로 맞아 들어갈지 확인해 볼 생각입니다」

「맞아 들어가지 않는다면?」

「그렇다면 예심판사님, 그건 그 사실들이 잘못된 것일 테지요」

보트를레가 웃으며 말했다.

「그러면 저는 좀더 다루기 쉬운 놈들을 찾아보아야겠지요. 그럼 월요일입니다, 아시겠습니까?」

「월요일에 보세나」

몇 분 후 피열은 디에프를 향해 갔고, 이지도르는 제브르 백작이 그에게 빌려준 자전거를 타고 예르빌과 코드벡 도로를 달려 갔다.

이 젊은이에게는 다른 모든 일에 앞서 우선 분명하게 생각을 정리해 두고 싶은 부분이 있었다. 그 지점이 바로 적의 약점처럼 보였기 때문이다. 네 점의 루벤스 그림 정도 되는 크기의 물건을 사라지게 할 수는 없는 법이다. 그것들은 어딘가에 있어야 했다. 지금 이 순간 그것들을 되찾는 것은 불가능하다 하더라도, 그것들이 어떤 경로를 통해 사라졌는지를 알아보는 것은 가능하지 않을까?

보트를레는 이렇게 가정했다. 자동차는 분명히 그림 네 점을 옮겨왔지만 코드벡에 도착하기 전에 또다른 자동차에 짐을 풀었고 그 다른 차가 코드벡 상류나 하류에서 센 강을 건넜을 것이다. 하류 제일 처음에 위치한 페리는 키유뵈에서 출발하는 것이지만 통행량이 많아 결과적으로 더 위험했다. 상류에 페리가 있는 곳은 라 마이예레로 바깥 세상과 별다른 소통이 없어 완전히 고립된 도시였다.

라 마이예레까지 70킬로미터를 달려온 이지도르는 자정 무렵 강가에 위치한 어느 여관의 문을 두드렸다. 그는 거기서 잔 다음 아침이 되자마자 페리의 사공들을 탐문했다. 그들은 승객 명단을 참조했다. 3월 23일 목요일에는 어떤 자동차도 지나지 않았다.

「그러면 마차라도?」

이지도르가 넌지시 물었다.

「짐수레나? 화물차는?」

이지도르는 오전 내내 탐문했다. 그가 막 키유뵈로 떠나려는 참에 그가 머물렀던 여관의 꼬마 종업원이 그에게 말했다.

「그날 아침은 제가 온 지 열사흘째 되던 날이었죠. 확실히 짐수레 하나를 보았어요. 하지만 지나가지는 않았죠」

「뭐라고?」

「그래요. 그들은 거룻배라고 부르던데, 강변에다 묶어놓은 무슨 납작한 배에다가 짐을 풀었어요」

「그러면 그 짐수레는? 그건 어디서 난 거지?」

「아! 그건 곧장 알아보겠던데요. 수레장이 바티넬 아저씨의 것이었으니까요」

「그분은 어디 사시는데?」

「루브토 마을에 사시죠」

보트를레는 자신의 8만 분의 1 지도를 살펴보았다. 루브토 마을은 숲을 가로질러 라 마이예레까지 뻗어 있는 구불구불한 작은 길과, 이브토에서 코드벡으로 가는 도로와의 교차로에 있었다!

저녁 여섯시가 되어서야 이지도르는 어떤 선술집에서 바티넬 영감을 발견할 수 있었다. 그 영감은 언제나 긴장을 풀지 않고 외지 사람을 경계하지만 금화 한 닢의 매력이나 술 몇 잔의 영향에는 버틸 줄 모르는 교활한 노르망디 늙은이 중 하나였다.

「확실히 그랬다오, 젊은 양반. 그날 아침 자동차를 탄 사람들하고 다섯시에 교차로에서 만날 약속을 했어. 그자들은 커다란 기계 네 개를 실었는데, 이렇게 높았다오. 그중 하나가 날 따라왔지. 그리고 우리는 거룻배까지 그걸 옮겼고」

「마치 그들을 이미 알고 있었던 것처럼 말씀하시네요」

「아, 당연하지! 그들하고 일한 것이 그때로 벌써 여섯번째였는걸」

이지도르가 소스라쳤다.

「여섯번째라고 하셨나요? 그게 언제부터지요?」

「그야 그날 전의 매일이었지, 아무렴! 하지만 그때는 다른 기계들이었다오. 커다란 바윗덩이들……, 아니면 더 작고 제법 길쭉한 것들을 포장해 두었는데, 꼭 성당에 있는 성체라도 되는 양 다루더구먼. 허! 그것들은 건드리지도 못하게 했어. 그런데 어디가 안 좋은가? 얼굴이 완전히 백지장 같으이」

「아무것도 아닙니다. 열 때문인지……」

보트를레는 비틀거리며 나왔다. 예상하지 못한 발견의 기쁨으로 현기증이 났다.

그는 침착하게 돌아와 바렁주빌 마을에서 밤을 보내고, 다음날 아침 읍사무소에서 그곳 교사와 한 시간을 보낸 후 성으로 돌아왔다. 〈제브르 백작 귀하〉라고 적힌 편지 하나가 그를 기다리고 있었다.

편지엔 이렇게 씌어져 있었다.

　　두번째 경고, 입 다물어. 안 그러면…….

「이런」

그가 중얼거렸다.

「내 개인 신변의 안전을 위해서 몇 가지 예비책을 세워두어야겠는걸. 안 그랬다가는 그들 말대로……」

아홉시였다. 그는 폐허 사이를 산책한 후에 회랑 옆에 누워 눈을 감았다.

「어이 젊은이, 그래 자네 답사는 만족스러웠나?」

정확한 시각에 도착한 피열 씨였다.

「만나서 반갑습니다, 예심판사님」

「그 말은 무슨 뜻인가?」

「그 말은 제가 약속을 지킬 준비가 되었다는 뜻이지요. 이 편지는 그렇게 하지 말라고 충고하고 있지만 말입니다」

그는 편지를 피열 씨에게 보여주었다.

「하! 말뿐이네. 설마 이것 때문에 자네가 방해를 받는 것은……, 그러니까……」

「제가 아는 것을 이야기하는데요? 아뇨, 예심판사님. 저는 약속했습니다. 그리고 지킬 겁니다. 10분이 지나기 전에 알게 되겠지요, 진실의 일부를」

「일부?」

「예, 제게는 뤼팽의 은신처, 그것만 문제 전부인 것은 아닙니다. 하지만 나머지 문제들은 앞으로 지켜봐야겠지요」

「보트를레 군, 자네에 대해서라면 무슨 일이 있다 해도 더 이상 놀랄 일은 없을걸세. 하지만 대체 어떻게 그걸 발견한 건가?」

「아, 아주 당연한 겁니다. 헬링턴 씨가 에티엔 드 보드레에게, 아니면 뤼팽에게 보낸 편지를 보면……」

「그 가로챈 편지?」

「예. 계속 의문을 갖게 만드는 구절이 있었습니다. 이 부분이죠. 〈그림을 보낼 때, 혹시 성공하신다면 나머지도 함께 보내주시되, 그 나머지에 대해서라면 저는 상당히 회의적입니다.〉」

「그랬지, 나도 기억이 나네」

「그 나머지가 무엇일까요? 예술 작품이나 진기한 골동품? 이성에는 루벤스와 태피스트리를 제외하면 아무런 귀중품도 없습니다. 보석이오? 아주 조금 있을 뿐이고 그저 그런 가치밖에는 없지요. 그러면 무엇일까요? 거기에 덧붙여, 뤼팽처럼 천재적이고 능란한 이가 분명히 이미 제안한 그 나머지를 함께 보내는 데 성공하지 못할 거라고 말할 수 있을까요? 아주 어려운 일입니다, 확실히 그럴 테죠. 아주 예외적인 일일지도 모르지만 가능한 일이고, 그리고 확실한 일이죠. 왜냐면 뤼팽이 원하는 것이니까요」

「그러나 그는 실패했네. 아무것도 사라지지 않았어」

「그는 실패하지 않았어요. 무엇인가 사라졌습니다」

「그래, 루벤스……. 하지만……」

82

「루벤스와 그리고 다른 것들입니다. 루벤스를 그렇게 한 것처럼 똑같은 것으로 바꿔치기한 어떤 것들입니다. 루벤스보다 훨씬 더 놀랍고 귀하고 소중한 어떤 것들입니다」

「대체 무엇인가? 자네, 아주 내 속을 태우는구먼」

계속 폐허를 가로질러 걸으면서 두 사내는 쪽문 쪽을 향했고 샤펠뒤 예배당 벽을 따라갔다.

보트를레가 멈췄다.

「알고 싶으십니까, 예심판사님?」

「내가 알고 싶냐고!」

보트를레는 한 손에 단단하고 혹이 진 막대기를 지팡이처럼 들고 있었다. 그런데 갑자기 지팡이의 반대쪽으로 예배당의 정문을 장식하고 있던 소조각상 중 하나를 내리쳤다.

「자네 미쳤나!」

피열씨는 혼이 나간 듯 고함을 지르며 조각상의 깨진 조각들을 향해 달려갔다.

「자네, 미쳤군! 이 성자들이 얼마나 오래되고 고귀한 것들인데……」

「고귀하다고요!」

이지도르가 성모 마리아의 아랫부분에 지팡이를 휘둘러 내리치며 소리쳤다.

피열 씨가 팔을 붙잡아 그를 막았다.

「젊은이, 자네가 이런 짓을 하도록 내버려둘 수 없네」

다시 동방 박사가 흩날리더니 이번에는 아기 예수의 구유가 날아갔다.

「한번만 더 움직이면 쏘겠네」

불현듯 나타난 제브르 백작이 권총을 장전했다.

보트를레가 웃음을 터뜨렸다.

「그럼 저 위를 쏘아보십시오, 백작님. 놀이 동산에서처럼 저 위를 쏘아보세요. 자, 여기, 자기 손에 머리를 들고 있는 이 어르신이오」

장밥티스트 성인상이 뛰어올랐다.

「아! 이런 신성모독을! 이런 귀중한 걸작을!」

권총을 겨냥하며 백작이 말했다.

「위조품입니다, 백작님!」

「뭐라고! 자네 지금 무슨 소릴 하는 건가?」

피열 씨가 백작의 무기를 빼앗으며 외쳤다.

「위조품이오! 석고 덩어리예요!」

「아아! 이것이……, 대체 가능한 일인가?」

「수플레(속을 부풀려 만든 후식——옮긴이)요! 빈 겁니다! 아무것도 없다고요!」

백작이 몸을 숙여 조각상의 잔해를 주웠다.

「백작님, 잘 보십시오. 석고 조각마다 오래된 돌처럼 색을 바래게 하고 이끼가 낀 것처럼 퍼렇게 만들었지만……, 그러나 석고 조각입니다. 석고로 상을 뜬 것이죠. 보십시오, 그 완벽한 걸작 중에 남은 것은 이것뿐입니다. 보세요, 이게 그들이 며칠 안에 해치운 일입니다! 루벤스의 모사가, 그 샤르프네 씨께서 일 년 전에 준비한 것이지요」

이번에는 피열의 팔을 잡았다.

「예심판사님, 어떻게 생각하십니까? 경이롭지 않습니까? 엄청나지 않습니까? 거대하지요? 예배당을 훔쳐가다니! 고딕 예배당

통째로 돌 하나하나까지 다 가져갔습니다! 작은 입상들을 통째로 데려가고 회반죽으로 만든 군상들로 바꿔놓은 것이죠! 그 시대의 예술 중 무엇과도 비할 바 없이 찬란한 예술 작품 하나를 빼앗은 겁니다! 샤펠듀 예배당이 마침내 도난당한 것입니다! 굉장하지 않습니까? 아! 예심판사님, 그 인간은 얼마나 굉장한 천재인지!」

「자네는 지나치게 흥분하고 있어, 보트를레 군」

「판사님, 그런 인간에 대해서 지나치게 흥분한다는 건 있을 수 없는 일입니다. 평범함을 벗어나는 모든 것은 존경을 받아 마땅합니다. 그리고 이 인간은 그 모든 것을 넘어서 있습니다. 이 도난에는 저를 몸서리치게 만드는 풍부한 발상과 힘, 강렬함, 능란함, 솜씨와 경쾌함이 있습니다」

「그가 죽은 것이 안타깝군」

피열 씨가 빈정거렸다.

「그렇지 않았다면 언젠가는 노트르담의 종탑을 훔쳐내고 말았을 거야」

이지도르가 어깨를 으쓱거렸다.

「판사님, 웃지 마세요. 심지어 죽어서도 그 작자는 우리를 혼란스럽게 만들고 있습니다」

「그런 말이 아니네, 보트를레 군. 그리고 고백하자면 나도 아무런 감상 없이 그에 대해 생각하는 것은 아니라네……. 어쨌든 그의 동료들이 그의 시체를 없애지만 않았다면……」

「그리고 내 불쌍한 조카애가 상처를 입힌 것이 분명 그라는 점을 인정한다면……」

제브르 백작이 지적했다.

「백작님, 분명 그가 맞습니다」

보트를레가 확언했다.

「생베랑 양이 쏜 총에 맞아 폐허에 쓰러졌던 자는 분명 그였습니다. 그녀가 봤던, 일어났다가 쓰러지고 큰 회랑 쪽으로 기어갔다가 마지막으로 다시 한번 일어났던 자는 분명 그였습니다. 그것은 제가 조금 후에 설명드릴 기적 같은 일에 의한 것이었지요. 그리고 나서 그는 이 돌로 된 은신처에 이른 것이고, 이곳이 그의 무덤이 된 것이지요」

그리고 그는 지팡이로 예배당의 문턱을 때렸다.

「앗! 뭐라고!」

피열 씨가 얼이 빠져서 소리쳤다.

「그의 무덤? 자네가 말하려는 것은, 그 아무도 다가갈 수 없었던 숨을 곳이라는 게……」

「그건 여기에 있습니다. 저기」

그가 다시 말했다.

「하지만 우리는 이미 거길 뒤져보았어」

「제대로 안 한 거죠」

「여기에는 숨을 곳이 없어」

제브르 씨가 반박했다.

「나는 이 예배당을 잘 알고 있네」

「아닙니다, 백작님, 분명히 있습니다. 바렁주빌 읍사무소에 가 보세요. 옛 앙브뤼메지 교구에 있던 모든 서류들을 모아놓았습니다. 그러면 백작님도 18세기의 기록들을 통해서 이 예배당 밑에 지하 예배당이 있었다는 사실을 아시게 될 겁니다. 그 지하 예배당은 분명히 이 건물 전에 원래 여기 있던 로마 시대의 예배당까지 거슬러 올라가겠지요」

「하지만 뤼팽은 어떻게 그런 세세한 사실까지 알고 있던 거지?」
피얼 씨가 물었다.

「아주 간단한 방법으로 알았을 겁니다. 예배당을 훔치기 위해서 작업을 하다가 알았겠지요」

「이보게나, 생각해 보게, 보트를레 군. 자네는 너무 과장하는군. 그가 예배당 전체를 훔쳐간 것은 아니란 말일세. 여길 보게. 여기 토대를 이루고 있는 돌은 전혀 건드리지 않았네」

「당연하지요. 그는 예술적인 가치가 있는 것 외에는 본을 뜨지도 가져가지도 않았습니다. 조각된 바위들과 조각상들, 입상들, 작은 원주들과 첨두형 아치 같은 모든 보물들 말입니다. 그는 건물의 토대 자체는 상관하지 않았습니다. 기반은 남아 있습니다」

「결과적으로, 보트를레 군, 뤼팽은 지하 예배당까지 뚫고 가지는 못했을걸세」

바로 그때 하인 한 명을 부르러 갔던 제브르 씨가 예배당의 열쇠를 가지고 돌아왔다. 그가 정문을 열었다. 세 사내는 안으로 들어갔다.

잠깐 동안 조사를 해보더니 보트를레가 말을 이었다.

「……바닥의 포석은 이미 설명드린 이유로 건드리지 않았습니다. 하지만 중앙의 제단이 주형을 떠서 만든 가짜라는 점은 쉽게 추측할 수 있지요. 그런데 보통 지하 예배당으로 내려가는 계단은 중앙 제단 앞에서 열리고 그 밑으로 통해 있게 마련입니다」

「그러니까 자네의 결론은?」

「제 결론은 저곳에서 작업을 하다가 뤼팽이 지하 예배당을 발견했으리라는 것입니다」

백작이 가져오게 한 곡괭이를 가지고 보트를레는 제단을 공격했다. 석고 조각이 이리저리 튀었다.

「이런……, 궁금해서 참을 수가 없군」

피열 씨가 중얼거렸다.

「저도 그렇습니다」

긴장 때문에 창백해진 낯빛으로 보트를레가 말했다.

그는 괭이질을 서둘렀다. 지금까지는 전혀 아무런 저항도 받지 않던 곡괭이가 갑자기 단단한 재질에 부딪혀 튀어올랐다. 무엇인가 붕괴되는 소음이 들렸고, 제단을 이루던 나머지 것들이 곡괭이가 내려친 바윗덩이를 따라서 빈 공간으로 빨려들어 갔다. 보트를레가 몸을 들이밀었다. 그는 성냥 하나를 켜서 허공 속에서 이리저리 움직였다.

「층계가 제가 생각했던 것보다 더 앞에서, 거의 입구의 포석부터 시작됩니다. 마지막 계단이 보이네요」

「깊은가?」

「삼사 미터 정도……. 계단이 아주 가파르고……, 계단 몇 개는 사라졌네요」

피열 씨가 말했다.

「세 명의 경찰이 자리를 비웠던 짧은 시간 동안에 공범들이 생베랑 양을 납치하고 이 굴 속에서 시체까지 꺼내갈 시간이 있었을 것 같지는 않군. 전혀 그럴 법하지 않아. 게다가 뭐하러 굳이 그런 짓을 하겠나? 아니지. 내 생각에 그는 저기 있어」

하인 하나가 사다리를 가져다주었다. 보트를레는 사다리를 구멍 속으로 집어넣어 쏟아져 내린 파편들 사이로 더듬거리며 고정시켰다. 그러고 나서 그는 지지대를 확실하게 고정시켰다.

「피열 씨, 먼저 내려가시겠습니까?」

예심판사는 촛불을 들고 앞으로 나섰다. 제브르 백작이 뒤를 이었다. 다음에는 보트를레가 발을 첫번째 발판에 올려놓았다.

그는 기계적으로 열여덟 개 발판의 개수를 세면서, 눈으로는 촛불의 희미한 빛이 막막한 어둠과 싸우고 있는 지하 예배당을 둘러보았다. 하지만 밑에 도달하자 엄청나게 구역질 나는 냄새가 그에게 몰아쳤다. 무언가가 썩는 듯한, 언제까지나 기억에 들러붙어 사라지지 않을 것 같은 그런 냄새였다. 아! 그 냄새, 그는 심장이 뒤집히는 것 같았다.

그리고 갑자기 떨리는 손이 그의 어깨를 잡았다.

「그래, 뭡니까? 무엇이 있습니까?」

「보트를레」

피열 씨가 무어라 웅얼거렸다.

그는 격심한 공포에 질려서 말을 하지 못했다.

「이보세요, 예심판사님, 정신을 차리세요」

「보트를레……, 그가 저기 있어……」

「예?」

「그래……, 제단에서 떨어져 내린 커다란 바위 밑에 뭔가가 있었어. 나는 바위를 치우고……, 그리고 만졌어……. 이런! 절대 못 잊을 거야」

「어디에 있나요?」

「이쪽이네……. 자네도 이 냄새를 맡았나? 거기에다 자, 여기……, 여기를 보게나……」

그는 촛불을 가로채 바닥에 누워 있는 어떤 형태를 향해 빛을 비췄다.

「오!」

보트를레가 두려움을 느끼며 외쳤다.

세 명의 사내가 황급히 몸을 돌렸다. 반쯤 벌거벗은 시체는 비쩍 말랐고 끔찍한 모습으로 누워 있었다. 말랑말랑한 밀랍 같은 색조로 퍼렇게 변색된 살이 너덜너덜하게 찢긴 옷 사이로 여기저기 드러나 있었다. 하지만 이 젊은이에게서 공포의 외침을 이끌어낸 가장 끔찍한 것은 머리였다. 그 머리는 바윗덩이에 뭉그러져 형태를 잃어버렸으며, 더 이상 아무것도 구분되지 않는 흉측한 덩어리를 이루고 있었다. 그리고 그들의 눈이 어둠에 어느 정도 익숙해지니 역겹게도 그 모든 살덩이들 위에서 뭔가가 우글거리고 있는 것을 보았다.

보트를레는 서너 걸음으로 단박에 사다리를 다시 뛰어 올라가 햇볕과 신선한 공기를 향해 도망쳤다. 피열 씨는 그가 다시 배를 바닥에 깔고 손으로 머리를 받치고 누워 있는 것을 발견했다.

「진심으로 축하하네, 보트를레. 은신처를 발견한 것에 덧붙여, 두 가지 점에서 자네 주장이 얼마나 정확했던가를 확인할 수 있었네. 우선 생베랑 양이 총을 쏜 대상은 확실히 자네가 처음부터 말했던 것처럼 아르센 뤼팽 본인이었네. 마찬가지로 그는 분명 에티엔 드 보드레라는 이름하에 파리에서 살고 있었지. 그의 옷에는 〈E. V.〉라는 약자가 수놓아져 있었어. 이 정도 증거라면 충분한 듯 보이네만……, 그렇지 않은가?」

이지도르는 움직이지 않았다.

「백작 어른은 수레를 가지러 갔어. 부검을 위해서 의사 주에 선생을 모셔올걸세. 내가 보기에 사망 시각은 최소한 여드레는 지난 것 같아. 시체의 부패 정도로 보아서……. 그런데 자네는 전혀 들을 기분이 아닌가 보지?」

「아뇨, 듣고 있습니다」

「내가 말하는 것은 결정적인 근거를 가지고 있네. 그러니 예를 들어……」

피열 씨는 자기의 논증을 계속하였는데 보트를레로부터 별다른 주의를 끌어내고 있는 것 같지는 않았다. 어쨌든 제브르 씨가 돌아옴으로써 그의 혼잣말은 중단되었다.

백작은 두 장의 편지를 가지고 돌아왔다. 하나는 다음날 헐록 숌즈가 도착한다는 것을 알리는 편지였다.

「훌륭해! 가니마르 경감도 역시 도착할 거야. 이거 아주 즐거운 기회가 되겠는걸」

아주 경쾌한 어조로 피열 씨가 외쳤다.

「또다른 편지는 당신에게 온 겁니다, 예심판사님」

백작이 말했다.

「점점 더 좋아지는군」

편지를 읽더니 피열 씨가 말을 이었다.

「그 신사 분들은 확실히 할 일이 거의 없겠어. 보트를레, 디에프에서 한 새우잡이 어부가 오늘 아침 바위틈에서 어느 젊은 여인의 시체를 발견했다고 하는군」

보트를레가 펄쩍 뛰어올랐다.

「뭐라고 하셨습니까? 시체라고……」

「젊은 여인의 것이네. 끔찍하게 손상된 시체라고 설명을 해놓았군. 그래서 오른팔에 작고 섬세한 금팔찌가 부어오른 살 속에 박힌 채 남아 있지 않았다면 신원을 확인하는 것이 불가능했을 거라네. 생베랑 양은 오른팔에 금팔찌를 차고 있었지. 백작님, 그러니 그 여자는 분명히 바닷물에 실려 거기까지 흘러간 당신의 불운한 조카가 맞습니다. 자네는 무슨 생각을 하는 건가, 보트를레?」

「아무것도 아닙니다. 아무것도……, 아니, 역시 그렇습니다. 모든 것이 판사님이 보시는 대로 전부 맞아떨어지고 제 논증은 더 이상 부족한 것이 없습니다. 모든 사실이 하나하나, 제일 모순되는 것들마저, 제일 혼란스러운 것들마저 제가 맨 처음부터 예상했던 가정들을 뒷받침하고 있습니다」

「무슨 이야기인지 잘 이해가 안 되는군」

「곧 이해하시게 될 겁니다. 제가 진실 전체를 약속드렸던 것을 기억하십시오」

「하지만 내가 보기에는……」

「조금만 기다려주세요. 지금까지 저에 대해 불만을 가지실 만한 일은 없으셨지요. 날씨가 좋습니다. 산책이나 하시고 성에서 점심을 드시고 담배를 태우십시오. 저는 네시나 다섯시경에 돌아오도록 하겠습니다. 제 학교는 어쩔 수 없지요. 자정 기차를 타고 가야죠」

그들은 성 뒤편에 있는 부속 건물에 도착했다. 보트를레는 자전거에 올라타더니 떠나갔다.

디에프에서 그는 라비지 신문사에 들러 지난 보름 동안 발행된 신문들을 열람했다. 그러고 나서 10킬로미터 떨어진 곳에 있는 앙베르무를 향해서 떠났다. 앙베르무에서 그는 읍장과 신부, 산림 감시원과 얘기를 나누었다. 읍내의 교회 종이 세시를 알릴 때 그의 수사는 끝났다.

그는 신이 나서 노래를 부르며 돌아왔다. 한 바퀴 한 바퀴, 그의 종아리는 똑같은 강도와 박자로 페달을 밟았고, 그의 가슴은 바다 냄새를 풍기는 신선한 공기를 향해 활짝 열려 있었다. 간간이 그는 자기가 이뤄낸 목표와 행운에 찬 시도들을 생각하면서 하늘을 향해 승리의 함성을 날리는 데 몰두하기도 했다.

앙브뤼메지가 나타났다. 그는 자전거가 성으로 이어지는 언덕을 전속력으로 내려가도록 내버려두었다. 길 양편 가장자리에 네 줄로 이어선 몇 백 년 된 나무들이 그를 맞으러 달려왔다가 곧장 뒤로 사라져버리는 것 같았다. 그러다가 갑자기 그는 비명을 질렀다. 그의 시선 속에 갑자기 한 나무에서 다른 나무로 길을 가로질러 묶여 있는 끈이 보였다.

거기에 부딪힌 자전거는 단번에 멈췄다. 그는 엄청난 속도로 거칠게 앞으로 휙 날아가 땅에 처박혔다. 논리적으로 봤을 때 그의 머리가 부딪혀 깨졌어야 할 곳이 분명한 자갈 더미를 피할 수 있었던 것은 오로지 기적 같은 우연 탓인 것 같았다.

그는 몇 초 동안 얼이 빠진 채 멈춰 있었다. 그러고 나서 여기저기 타박상을 입고 무릎이 깨진 채 근처를 조사했다. 오른쪽으로 작은 숲이 펼쳐져 있었고, 범인은 그쪽으로 도망친 것이 분명했다. 보트를레는 끈을 풀었다. 끈이 매어져 있던 왼쪽 나무에, 작은 종이가 실로 묶여 고정되어 있었다. 그는 그것을 펼쳐 읽었다.

세번째 그리고 마지막 경고.

그는 성으로 돌아와 하인들에게 몇 가지 질문을 던지고는 성의 일층 오른쪽 날개 끝에 위치한 방에서 예심판사를 만났다. 피열 씨는 수사가 진행되는 동안 주로 그곳에 머물렀다. 피열 씨는 뭔가를 쓰고 있었고 그의 서기가 맞은편에 앉아 있었다. 신호를 보내자 서기가 나갔고 예심판사가 외쳤다.

「도대체 무슨 일인가, 보트를레 군. 손이 피투성이잖아」

「아무것도 아닙니다. 별것 아니에요」

젊은이가 말했다.

「누군가 제 자전거 앞에 매어둔 이 끈 때문에 단순히 넘어졌을 뿐입니다. 저는 다만 판사님께서 이 끈이 바로 이 성에서 나왔다는 점을 주의해 봐주셨으면 합니다. 그것이 세탁장에서 빨래를 말리는 데에 사용된 지는 채 20분도 안 되었습니다」

「대체 가능하기나 한 일인가?」

「판사님, 저는 바로 이곳에서 감시를 받고 있습니다. 이곳 한 가운데서 저를 보고, 제 말을 듣고, 매 분 매 초마다 제가 벌이는 일에 참여하고 저의 의도를 알고 있는 누군가가 있습니다」

「그렇게 생각하나?」

「확신합니다. 그를 발견하는 것은 판사님이 하실 일이고 그렇게 어렵지 않으실 겁니다. 저는 어서 수사를 끝내고 당신에게 약속드린 설명을 해드리고 싶군요. 저는 우리의 적들이 예상한 것보다 더 빨리 진전했고, 그들 편에서도 아주 강력하게 대처할 것으로 보입니다. 제 주위로 올가미가 압박해 오고 있어요. 위험이 다가오고 있다는 예감이 듭니다」

「이보게, 보트를레, 이봐……」

「쳇! 알게 되겠지요. 일단 지금은 서둘러야 합니다. 우선, 제가 얼른 해치우고 싶은 질문이 하나 있습니다. 크비용 반장이 주위 제 앞에서 당신에게 전해 준 이 문서에 대해 누군가에게 이야기한 적이 있으십니까?」

「정말 아무에게도 전혀 얘기한 적 없네. 하지만 자네는 거기에 무슨 가치가 있다는 것인가?」

「아주 큰 가치가 있습니다. 이건 그저 제 생각일 뿐으로, 고백하자면 아무런 증거에도 기반하고 있지 않은 그런 생각 중 하나이긴 합니다. 왜냐하면 아직까지는 이 문서를 거의 해독하지 못하고 있으니까요. 그리고 지금 당신께 말씀드리는 것은 ……, 더 이상 이 문제로 돌아오는 일이 없었으면 하기 때문입니다」

보트를레는 그의 손을 피열의 손 위로 누르며 낮은 목소리로 말했다.

「조용히 하십시오. 누군가 우리 얘기를 엿듣고 있습니다. 바깥이에요」

모래가 사각거렸다. 보트를레가 창문으로 달려가 몸을 숙였다.

「이제 아무도 없습니다. 하지만 화단이 짓밟혀 있군요. 쉽게 지문을 채취할 수 있을 겁니다」

그는 창문을 닫고 와서 다시 앉았다.

「예심판사님, 아시겠습니까? 적은 이제는 조심을 하지도 않습니다. 더 이상 시간이 없는 거죠……. 그 역시 시간이 촉박하다는 것을 느끼는 거죠. 그럼 우리 서두르도록 하지요. 그리고 그자들은 내가 말하는 것을 원하지 않으니 이야기를 하도록 합시다」

그는 탁자 위에 문서를 놓고 펼친 채로 잡고 있었다.

「무엇보다 우선 한 가지를 지적하겠습니다. 이 종이에는 점들을 제외하면 숫자밖에는 없다는 겁니다. 그리고 처음 세 줄과 다섯째 줄에는——네번째 줄은 완전히 다른 성격의 것으로 보이니까 이 네 줄만 살피도록 하겠습니다——5보다 큰 숫자는 없습니다. 그러니 이 각 숫자들이 다섯 개의 모음을 알파벳 순서대로 표시하는 것일 확률이 아주 높습니다. 결과를 써보지요」

그는 다른 종이에 적어갔다.

e.a.a..e..e.a.

.a..a...e.e. .e.oi.e..e.

.ou..e.o...e..e.o..e

ai.ui..e ..eu.e

그러고는 말을 이었다.

「보시는 것처럼 별로 대단한 것이 나오지는 않습니다. 모음은 숫자로 바꾸고 자음은 점으로 바꿔버리는 것으로 충분하니 푸는 열쇠는 아주 간단하지만, 또한 동시에 문제를 더 복잡하게 만들려는 노력을 전혀 하고 있지 않는 걸로 보아 아주 어렵거나 해독 불가능한 암호일지도 모르겠어요」

「확실히 이걸로도 충분히 모호하군 그래」

「좀더 밝혀보도록 하지요. 두번째 줄은 두 부분으로 되어 있고, 두번째 부분은 이렇게만 보아도 어떤 단어를 이루고 있을 것이 거의 확실해 보입니다. 만일 우리가 지금 중간에 있는 점들을 자음으로 바꾸려고 하면, 어느 정도만 따져보면, 논리적으로 이 모음들과 들어맞을 수 있는 자음들로 만들 수 있는 단어는 한 단어밖에는 없다는 결론이 나옵니다. 〈아가씨들demoiselles〉이라는 딱 한 단어뿐이죠」

「그렇다면 제브르 양과 생베랑 양을 가리키는 것인가?」

「그렇다고 확신합니다」

「그 밖에 다른 것은 못 찾았나?」

「아닙니다. 마지막 줄의 중간에서 이어지는 부분을 보면 해답이 있을 것 같습니다. 줄의 처음 부분을 같은 방식으로 풀어보면, 두 개의 이중 모음 〈ai〉와 〈ui〉 사이에서 점을 대신할 수 있는

96

유일한 자음은 〈g〉라는 것을 금방 알 수 있습니다. 그리고 이 단어의 첫번째 부분인 〈aigui〉를 찾아낸 다음에는, 그 뒤에 나오는 점 두 개와 마지막 〈e〉를 가지고 〈바늘 aiguille〉이라는 단어를 만드는 것은 아주 자연스럽고 당연한 일입니다」

「분명 그렇군……. 〈바늘〉이라는 단어라야만 하겠군」

「그리고 끝으로, 이 마지막 단어에는 세 개의 모음과 세 개의 자음이 있습니다. 좀더 궁리를 해보면, 그러니까 두 첫번째 글자는 자음이라는 원칙에서 출발해 모든 글자들을 하나하나씩 시도해 보면, 네 개의 단어가 들어맞는다는 것을 알게 되죠. 〈강 fleuve〉, 〈증거 preuve〉, 〈울다 pleure〉 그리고 〈속이 빈 creuse〉이라는 단어들이죠. 저는 〈강〉, 〈증거〉, 〈울다〉라는 단어가 바늘과 어떤 가능한 연관도 가질 수 없으리라 보고 제외해 버리고 〈속이 빈〉이라는 단어를 택한 거죠」

「그렇다면 〈속이 빈 바늘 aiguille creuse〉이 되는군. 자네의 해답이 맞는 것으로 보이네만, 이게 어디에 쓸모 있는 거지?」

「전혀 쓸모가 없습니다」

보트를레가 생각에 잠긴 어조로 말했다.

「지금으로는 전혀 없지요……. 좀더 지나면 알게 되겠지요. 아직 생각일 뿐이지만 저에게 생각이 있기는 한데 분명히 〈속이 빈 바늘〉이라는 이 수수께끼 같은 두 단어의 연결 속에 뭔가가 숨겨져 있으리라는 것입니다. 제가 관심을 갖는 것은 그보다는 이 문서, 그러니까 사용된 종이의 재질입니다. 아직도 이런 종류의 약간 울퉁불퉁한 양피지를 만들어내나요? 그리고 이 상앗빛도 그래요……. 그리고 이 접힌 곳, 이 네 번 접힌 곳들이 닳아 있는 것……, 특히 이걸 보세요. 이 붉은 밀랍으로 된 봉인, 이 뒤쪽에……」

바로 그 순간, 보트를레는 말을 멈춰야 했다. 서기인 브레두가 문을 열고 고등 검사장의 갑작스런 도착을 알렸다.

피열 씨가 일어났다.

「고등 검사장께서 밑에 와계시다고?」

「아닙니다, 예심판사님. 고등 검사장께서는 차에서 내리지 않으셨습니다. 그분은 잠시 지나시던 참으로 철책 앞에서 당신을 뵈었으면 좋겠다고 하십니다. 한마디 말씀만 전하면 된다시는군요」

「이상하군」

피열 씨가 중얼거렸다.

「어쨌든……, 알게 되겠지. 보트를레, 미안하네. 나갔다가 돌아오도록 하지」

그가 떠났다. 그의 발자국이 멀어지는 소리가 들렸다. 그러자 서기가 문을 닫고 잠근 후에 열쇠를 주머니에 넣었다.

「아니 이런, 뭡니까!」

보트를레가 깜짝 놀라서 외쳤다.

「뭘 하시는 겁니까? 어째서 문을 잠그는 거죠?」

「이야기하는 데 더 낫지 않겠나?」

브레두가 말을 받았다.

보트를레는 옆방으로 이어지는 다른 문으로 달려나갔다. 그는 이해한 것이다. 공범은 브레두, 바로 예심판사의 서기였다.

브레두가 비웃었다.

「손가락을 부러뜨리지 말게, 이 젊은 친구야. 나는 그 문의 열쇠도 가지고 있어」

「창문이 남았죠」

보트를레가 외쳤다.

「너무 늦었어」

브레두가 앞을 가로막고 서서 권총을 손에 들고 말했다.

모든 퇴로가 막혀 있었다. 더 이상 할 수 있는 일이 없었다. 거칠고 대담하게 본색을 드러낸 적에 맞서서 자신을 지키는 것 외에는 아무것도 할 수 없었다. 이지도르는 알 수 없는 불안한 감정이 압박해 옴을 느끼며 팔짱을 꼈다.

「좋아, 이제 서둘러 일을 끝내자고」

서기가 중얼거렸다. 그는 시계를 꺼냈다.

「그 존경할 만한 피열 씨께서는 철책까지 길을 가시겠지. 철책에는 당연히 아무도 없어. 검사라면 더 더욱 여기 내 손안에 없는 것만큼이나 거기에도 없지. 그러니 그는 돌아올 거야. 그러면 우리에게는 약 4분 정도의 시간이 있군. 내가 저 창문을 통해 빠져나가 폐허의 쪽문으로 사라져 나를 기다리는 오토바이에 올라타는 데에 1분이 필요하겠지. 그러면 3분이 남는군. 그러면 충분해」

그는 괴상하게 생긴 기형의 인간이었다. 아주 길고 몹시 가냘픈 다리가 거미의 몸처럼 둥글고 커다란 몸통을 떠받치고 있었고 거대한 팔을 지니고 있었다. 골격이 드러난 얼굴에 작은 이마가 그의 약간 편협하고 완고한 성격을 드러내주고 있었다.

보트를레는 무릎이 풀려서 비틀거렸다. 그는 앉을 수밖에 없었다.

「말하세요. 무얼 원하죠?」

「종이. 벌써 사흘 동안 그걸 찾았어」

「가지고 있지 않아요」

「거짓말이야. 내가 들어왔을 때, 네가 그걸 지갑에 다시 넣는 것을 보았어」

「그러고요?」

「그러고 나서? 네가 아주 얌전히 지내도록 해야겠지. 너는 우리를 귀찮게 만들고 있어. 우리를 조용히 놔두고 네 할일이나 하란 말이다. 우리도 참는 데 한계가 있으니까」

그가 여전히 권총으로 청년을 겨눈 채 앞으로 다가왔고, 둔탁한 목소리로 한 음절 한 음절 믿을 수 없을 정도의 기운에 넘치는 강세를 넣어 말했다. 그의 눈은 굳어 있었고 웃음은 잔인했다. 보트를레는 몸서리를 쳤다. 그는 난생 처음으로 위험하다는 느낌을 받았다. 그는 위험했다! 그는 집요한 적 앞에서, 저항할 도리가 없는 눈민 힘의 무서움을 느꼈다.

「그러고 나서요?」

질린 목소리로 말했다.

「그러고? 없어. 너는 자유가 되는 거야」

침묵. 브레두가 말을 이었다.

「1분 이상은 안 돼. 결정을 해. 이봐, 이 친구야, 바보 같은 짓하지 말라고. 우리가 더 강해, 언제나 어디서나. 어서 종이를 줘」

이지도르는 창백하게 겁에 질린 채 잠자코 있었지만, 신경이 무너져 가는 속에서도 여전히 자신을 잃지 않고 명석한 두뇌를 유지했다. 그의 눈에서 20센티미터 정도 떨어진 곳에 권총의 작고 검은 구멍이 열려 있었다. 구부린 손가락이 확연히 눈에 보일 정도로 방아쇠를 누르고 있었다. 조금만 더 힘을 줘도 충분히……

「종이. 아니면……」

브레두가 반복했다.

「여기 있어요!」

보트를레가 말했다.

그가 호주머니에서 지갑을 꺼내 서기에게 건네자, 서기가 그것을 낚아챘다.

「훌륭해! 우리는 합리적인 사람들이니까. 분명히 너와는 뭔가를 할 수 있겠어. 조금 겁이 많지만 뭐, 그쪽이 더 좋지. 동료들에게 이야기해 주마. 그리고 이제 나는 사라져야지. 잘 있어라」

그는 권총을 집어넣고 창문의 스페인풍 손잡이 쪽으로 몸을 돌렸다. 복도가 시끄러워졌다.

「다시 한번, 잘 있으라고. 딱 시간이 맞는군」

그가 말했다.

그러나 갑자기 어떤 생각이 떠올랐는지 그가 멈춰섰다. 그리고 곧장 지갑을 확인했다.

「제기랄……, 종이가 없어. 나를 속였구나」

그가 이를 갈며 말했다.

그는 방으로 뛰어들었다. 두 발의 총성이 울려퍼졌다. 이번에는 이지도르가 그의 작은 권총을 집어서 발사한 것이다.

「놓쳤어, 젊은이. 손이 떨리고 있군. 겁먹었구나!」

브레두가 고함을 내질렀다.

그들은 서로의 몸통을 움켜쥐고 맞붙어 싸우며 마룻바닥을 굴렀다. 문에서는 사람들이 더 다급하게 문을 두드렸다.

이지도르는 기운이 빠졌고 곧바로 상대에게 제압을 당했다. 그것으로 끝이었다. 칼을 든 손 하나가 그의 위로 솟아올랐다가 쏟아져 내렸다. 격렬한 고통이 그의 어깨를 태웠다. 그는 잡은 손을 놓았다.

누군가 그의 저고리 안주머니를 뒤져 문서를 가져가는 듯한 인
상을 받았다. 그러고 나서 그는 감겨드는 눈꺼풀의 장막 사이로
사내가 창문 턱을 넘어가는 것을 어렴풋이 보았다.

다음날 아침, 앙브뤼메지 성에서 벌어진 마지막 사건들, 즉 예
배당의 바꿔치기, 아르센 뤼팽의 시체와 레몽드의 시체를 발견한
일, 끝으로 예심판사의 서기인 브레두가 보트를레를 죽이려고 했
던 살인 미수 사건을 보도한 신문들이 다음 두 가지 새로운 소식
을 전했다.

가니마르의 실종과 대낮에 런던 시가지 한복판에서 두브르행
기차를 타려던 헐록 숌즈의 납치였다.

그렇게 해서, 열일곱 살 소년의 놀라운 천재성에 의해 한순간
이나마 무력화되었던 뤼팽 일당들은 다시 공격을 퍼부었고, 단숨
에 모든 곳에서 그리고 모든 점에서 승리자가 되었다. 뤼팽의 두
위대한 숙적, 숌즈와 가니마르는 사라졌다. 보트를레는 전투에서
제외되었다. 더 이상 누구도 그 엄청난 적에 맞서서 싸울 능력이
없었다.

정면 대결

　그로부터 6주가 지난 어느 저녁, 나는 하인들에게 휴가를 주었다. 7월 14일 독립 기념일 하루 전이었다. 폭우라도 쏟아질 것처럼 후텁지근한 날씨였고 전혀 외출하고 싶은 마음이 나지 않았다. 발코니의 창문을 열고 책상의 등불을 켜고 안락의자에 앉아, 아직까지 읽지 않은 신문들을 훑어보기 시작했다. 물론 신문은 아르센 뤼팽에 대해 이야기하고 있었다. 그 불쌍한 이지도르 보트를레가 피해자가 되어버린 살인 미수 사건 이후로 앙브뤼메지 사건을 언급하지 않고 지나간 날은 단 하루도 없었다. 매일 거기에 배정된 고정란이 있었다. 예상할 수 없는 이 혼란스런 반전들, 급변하는 일련의 사건들만큼이나 대중들의 관심을 불러일으켰던 일은 아직까지 없었다. 피열 씨는 인정할 만한 선량함으로 자신의 역할이 보잘것없었음을 겸허하게 받아들였고, 그를 인터뷰한 기자들에게 그 기억에 남을 사흘 동안 자신의 젊은 조언자가 이룬 공적을 털어놓았다. 그로 인해 사람들은 가장 무모한 추측들에까지 몰두할 지경이 되어버렸다.

추측들이 넘쳐나고 있었다. 범죄 전문가와 기술자들, 소설가와 극작가, 법관이면서 전 검찰총장인 은퇴한 MM. 르콕 씨와 장래의 헐록 숌즈, 모두 자신의 이론을 가지고 있었고 넘쳐나는 기사들 속에 그것들을 늘어놓았으며, 각자 수사를 재개해서 완성시켰다. 그리고 이 모든 것은 한 소년, 장송드사유이 고등학교의 졸업반 학생인 이지도르 보트를레의 이야기에 근거한 것이었다.

정말로 이것은 분명히 말해 둬야 할 것인데, 사람들은 진실을 이루는 모든 요소들을 이미 알고 있었다. 수수께끼라니……, 대체 뭐가 수수께끼란 말인가? 사람들은 아르센 뤼팽이 숨어 있던 은신처, 그가 신음을 하며 고통받던 은신처를 알고 있었고, 거기까지는 전혀 의심의 여지가 없었다. 들라트르 박사는 여전히 직업적인 비밀이라는 명분 뒤에 몸을 숨기고 모든 증언을 거부했지만 가까운 사람들에게는——그들이 제일 먼저 한 일은 소문을 내는 것이었으리라——그가 갔던 곳이 분명 지하 예배당 안이었고, 그의 공범들이 아르센 뤼팽이라는 이름으로 소개한 환자를 돌보았다는 점을 고백했다. 그리고 바로 그 동일한 지하 예배당 안에서 발견한 에티엔 보드레의 시체는, 심리에서 그 에티엔 보드레가 바로 아르센 뤼팽 본인이었다는 점이 밝혀짐에 따라, 아르센 뤼팽과 그 환자의 신원이 같다는 점이 다시 한번 추가적인 논증을 얻었다.

그러므로 뤼팽은 죽었고, 여자의 시체는 팔목에 차고 있던 금 팔찌에 의해서 생베랑 양인 것으로 신원이 밝혀졌으므로 연극은 끝이 났다.

그러나 사실은 그렇지 않았다. 사건은 누구에게도 끝나지 않았는데, 왜냐하면 보트를레가 그렇지 않다고 말했기 때문이다. 누구도 어떤 점에서 끝나지 않았는지 전혀 알지 못했지만 그 청년의 말에 따르면 수수께끼는 여전히 그대로 남아 있었다. 현실의 증거들은 보트를레의 확언에 맞설 만한 것이 되지 못했다. 사람들이 모르고 있는 무엇인가가 있고, 그 무엇을 그가 영광스럽게 설명할 수 있었으리라는 점에 대해서 아무도 의심하지 않았다.

사람들은 처음에 백작이 환자 보트를레를 맡긴 디에프의 의사들이 진단서를 발표하기를 몹시도 불안해하며 이제나저제나 기다렸다. 처음 며칠 동안, 그의 목숨이 위태롭다고 믿었을 때 모두 얼마나 비탄에 잠겼던가! 그리고 신문들이 더 이상 두려워할 것 없다고 선언했을 때는 또 얼마나 환희에 들떴던지! 아주 사소한 세부 사항까지도 군중들을 열광하게 만들었다. 사람들은 급전에 의해 다급하게 불려온 늙은 아버지가 간호하는 모습에 감동했고, 환자의 머리맡에서 밤을 지새운 제브르 양의 헌신을 존경했다.

그 후는 빠르고 기쁜 회복기였다. 마침내 사람들은 알게 되리라! 보트를레가 피열 씨에게 드러내겠다고 약속한 것, 범죄자의 칼 때문에 얘기하지 못했던 것을 알게 될 것이다. 그리고 극적인 사건 자체를 빼곤 검찰이 노력했음에도 꿰뚫을 수 없고 접근할 수 없는 것으로 남아 있는 모든 것을 알게 되리라!

보트를레가 상처에서 회복되어 자유로워지면, 여전히 상테 감옥에 수감중인 아르센 뤼팽의 수수께끼 같은 공범, 헬링턴 씨에 대해서도 확실한 것을 알게 될 것이다. 그리고 서기 브레두, 정말로 무시무시한 대담함을 가진 이 또다른 공범이 범죄 후에 어떻게 되었는지 알아낼 것이다.

보트를레가 자유로워지면 가니마르의 실종과 숍즈의 납치에 대해서도 분명한 그림을 그릴 수 있을 것이다. 어떻게 두 번이나 그런 사건이 일어날 수 있었을까? 영국의 탐정들은 프랑스의 동료들이나 마찬가지로 그에 대해 전혀 아무런 단서도 없었다. 오순절 일요일 가니마르는 집으로 돌아오지 않았고, 월요일에도 돌아오지 않았으며 벌써 6주 동안 모습을 보이지 않았다.

헐록 숍즈는 런던에서 오순절 월요일 오후 네시에 역으로 가기 위해 택시를 잡았다. 오르자마자 바로 위험을 느꼈던지 그는 내리고자 했다. 하지만 두 사람이 양쪽에서 차로 기어오르더니 그를 되돌려놓고 자신들 사이에 그를 붙잡아두었는데, 차의 협소함을 고려해 본다면 사실은 깔아뭉갠 것이나 다름없었다. 보는 사람이 열 명이나 있었는데도 전혀 끼어들 겨를이 없었다. 택시는 달려서 도망쳐 버렸다. 그러고 나서는 아무것도 없었다. 사람들은 아무것도 몰랐다.

그리고 어쩌면 서기 브레두가 그것을 지닌 사람을 단도로 찌를 만큼 중요하게 여긴 신비에 찬 종이에 대해 보트를레에게서 완전한 설명을 들을 수 있을지도 몰랐다. 수많은 오이디푸스(스핑크스가 낸 수수께끼를 풀어 테베의 왕이 된 그리스 신화의 영웅——옮긴이)들이 〈속이 빈 바늘의 문제〉라고 부르며 숫자와 점에 달려들었고 거기에서 어떤 의미를 찾으려고 노력했다. 속이 빈 바늘! 단어들의 혼란스러운 연결, 출처조차 알 수 없는 그 종이 조각이 던져놓은 이해할 수 없는 질문! 아이들이 종이 한켠에 잉크로 갈겨놓은 단어 놀이, 의미 없는 표현인 것일까? 아니면 정말로 대괴도 뤼팽의 모든 위대한 모험에 진정한 의미를 부여하는 마법의 단어인 것일까? 사람들은 아무것도 알 수 없었다.

그러나 사람들은 알게 될 것이다. 벌써 며칠째 신문들은 보트를레의 도착을 알리고 있었다. 전투가 다시 시작되려 하고 있었고, 이번에는 설욕을 하기 위해 달아오른 청년 쪽에서 가차없이 나설 것이다.

그러자 곧바로 커다란 활자로 찍힌 그의 이름이 나의 관심을 끌었다. 《그랑 신문》은 첫번째 단에 이런 공지를 실었다.

우리는 이지도르 보트를레 씨에게서 그의 첫번째 증언을 우리 신문에 싣기로 약속을 받았다. 내일 수요일, 검찰보다도 먼저 우리 《그랑 신문》은 앙브뤼메지의 극적인 사건에 관한 전체적인 진실을 실을 예정이다.

「흠, 약속을 하시겠다? 자네는 어떻게 생각하나, 친구?」

나는 안락의자에서 펄쩍 뛰어올랐다. 내 바로 앞, 맞은편 의자에 내가 모르는 누군가가 있었다.

나는 일어나서 눈으로 무기를 찾아보았다. 하지만 그의 태도는 전혀 공격적이지 않았고 나는 스스로를 진정시키며 그에게 다가갔다.

그는 젊은 청년으로, 활기찬 얼굴에 긴 금발 머리를 하고 있었으며 옅은 다갈색이 도는 수염은 짧고 뾰족하게 두 갈래져 있었다. 그의 양복은 영국 신부의 어두운 복장을 연상시켰는데 아닌 게 아니라 그의 인상 전체에 존경심을 불러일으키는 준엄하고 심각한 면이 있었다.

「당신은 누구요?」

나는 그에게 물었다.

그가 대답을 하지 않았으므로 나는 다시 물었다.

「당신은 누구시오? 어떻게 여기에 들어왔소? 무얼 하시려는 거요?」

그는 나를 쳐다보더니 말했다.

「나를 몰라보겠나?」

「아니……, 모르겠소!」

「허! 정말 신기한 일일세. 잘 생각해 보게나. 당신 친구 중 하나이지 않나……, 좀 특별한 종류의 친구지」

나는 세차게 그의 팔을 붙잡았다.

「거짓말이야! 당신은 그 사람이 아니오……. 그건 사실이 아니야……」

「그러면 자네는 왜 하필이면 다른 사람이 아니라 바로 그 사람을 생각하는 거지?」

그가 웃으며 말했다.

아! 그 웃음! 젊고 맑은 그 웃음, 그 재미있는 냉소들로 얼마나 자주 나를 즐겁게 했던지! 나는 몸을 떨었다. 가능하기나 한 일인가?

나는 공포에 가까운 감정을 느끼며 반항했다.

「아냐, 아냐. 그럴 수 없어……」

「그건 나일 수가 없지. 왜냐면 나는 죽었으니까, 응? 그리고 자네는 귀신 같은 것은 믿지 않을 테고 말이야」

그는 다시 한번 웃었다.

「내가 어디 죽을 사람이던가, 이 내가? 젊은 아가씨가 쏜 총알을 등에 맞아서 그렇게 죽을 거라고! 정말이지, 나를 잘못 봤어! 설마, 이 내가 그런 어처구니없는 결말에 동의했으리라는 건가?」

108

내가 여전히 믿을 수 없어하며 감정에 북받쳐 중얼거렸다.

「그렇다면 정말 자네로군! 나는 자네 모습을 알아보지 못했다네……」

「그렇다면 나는 마음 편히 가져도 되겠는걸. 내 진정한 얼굴을 보여주었던 유일한 사람이 지금 나를 알아보지 못한다면, 앞으로 지금 내가 하고 있는 모습으로 나를 보는 모든 사람들 역시 내 진짜 얼굴을 보았을 때 알아보지 못하겠지. 대체 내가 진짜 얼굴이라는 것을 가지고 있다면 말이지만」

이제 그는 더 이상 음색을 바꾸지 않았고 나는 그의 목소리를 알아차렸다. 나는 또한 그의 눈을 알아보았고 그가 만들어낸 외면 속에 감춰진 얼굴 표정, 모든 태도들, 그의 존재 자체를 알아보았다.

내가 웅얼거렸다.

「아르센 뤼팽」

「그래. 아르센 뤼팽」

그가 일어나면서 소리쳤다.

「세상에서 유일한 바로 그 뤼팽이 그림자들의 왕국에서 돌아온 거야. 듣자 하니 나는 지하 예배당에서 고통을 받다가 사망한 것으로 되어 있더군. 그러나 아르센 뤼팽은 펄펄하게 살아서 자신의 의지대로 행동하며 행복하고 자유롭게 그리고 그 어느 때보다도 더욱, 지금까지 언제나 호의와 특권만을 베풀어주었던 바로 이 세상에서 행운으로 가득 찬 독립적인 삶을 즐기기로 다짐하고 있지」

이번에는 내가 웃었다.

「이보게, 분명히 자네로군. 그리고 내가 작년에 자네를 만나는 행운을 가졌던 그날보다 훨씬 경쾌한 모습이로군. 축하하네」

　나는 그의 마지막 방문을 암시했다. 그 방문은 저 유명한 왕관의 모험(「아르센 뤼팽」, 네 막으로 된 희곡에 나오는 사건──옮긴이)과 그의 결혼 파탄, 그와 소니아 크리슈노프의 도주, 그리고 그 젊은 러시아 여인의 끔찍한 죽음 후에 이루어졌다. 바로 그날, 나는 내가 전혀 몰랐던 아르센 뤼팽, 울음으로 지친 눈에 허약하고 상처 입은 약간의 동정과 따뜻함을 찾고 있는 뤼팽을 보았다…….

「그만하게, 과거는 멀리 지나갔어」

　그가 말했다.

「일 년 전이었네」

　내가 지적했다.

「십 년 전이야. 아르센 뤼팽의 세월은 다른 사람의 세월보다 열 배는 빨리 흐르지」

　그가 주장했다.

　나는 고집 부리지 않고 대화의 주제를 바꿨다.

「그래, 자네는 어떻게 여기에 들어왔나?」

「맙소사, 다른 모든 사람들처럼 문으로 들어왔지. 그러고 나서 아무도 없기에 살롱을 지나서 발코니를 따라왔고 이렇게 여기 있는 거지」

「그렇다고 해도 현관의 열쇠는?」

「나한테는 문이라는 것이 없어, 자네도 알지 않나. 나는 자네 집이 필요했고, 그래서 들어온 거라네」

「명령을 따르겠네. 내가 자리를 비켜주어야 하는가?」

「오! 전혀 그럴 필요 없다네, 자네가 방해가 되지는 않을걸세.

게다가 오늘 저녁은 아주 흥미로우리라는 점도 덧붙여 말할 수 있어」

「누군가를 기다리는 건가?」

「그래, 여기서 열시에 누군가를 만나기로 약속했지」

그는 시계를 보았다.

「열시군. 만일 전보가 도착했다면 그 사람은 조만간……」

현관에서 종이 울렸다.

「내가 뭐라고 했어. 아니, 번거롭게 그럴 것 없고……. 내가 직접 가지」

아니 대체 누구와! 그가 누구와 약속을 했다는 말인가? 그리고 나는 대체 어떤 극적인 아니면 터무니없는 장면을 목격하게 될 것인가? 뤼팽 자신이 흥미를 가질 만하다고 보고 있으니, 몹시 특별한 상황이 벌어질 것임이 분명했다.

잠시 후에 그가 돌아왔고, 마르고 큰 키에 아주 창백한 얼굴의 청년에게 자리를 양보했다.

단 한마디의 말도 없이 나를 불편하게 만드는 숙연함을 지닌 몸짓으로 뤼팽은 모든 전깃불을 켰다. 방은 빛으로 넘쳐났다. 그러더니 두 사내는 서로를 들여다보았다. 내면 깊숙이, 불타는 두 눈의 온 힘을 기울여 마치 상대방 속으로 꿰뚫고 들어가기라도 할 것처럼 마주보았다. 그들의 그런 모습은 인상적인 장관이었으며 심각하고 고요했다. 하지만 이 새로 나타난 방문객은 누구일까?

내가 막 최근에 보도된 사진들로 그가 누구인지 알아차리려는 순간, 뤼팽이 나를 향해 돌아섰다.

「친구, 자네에게 이지도르 보트를레 군을 소개하지」

그리고 곧바로 그 청년에게 말을 건넸다.

「보트를레 군, 우선 내 편지 한 장으로 자네의 증언을 이 만남 이후로 늦춰준 것에 대해 진정으로 감사를 표하네. 게다가 이 만남에 선뜻 동의하는 호의를 베풀어준 점에 대해서도 다시 한번 감사하네」

보트를레가 미소 지었다.

「저로서는 그 제 호의라는 것이 사실 당신의 명령에 복종하는 것이었을 뿐이라는 점을 알아주셨으면 합니다. 당신이 그 문제의 편지에서 하신 협박이라는 것이 저를 향한 것이 아니라 바로 제 아버님을 향하고 있다는 점에서 더욱더 결정적인 것이었죠」

「정말, 사람이란 자신이 할 수 있는 방식으로 행동하고 자신이 소유하고 있는 수단을 이용해야 하는 것이지」

뤼팽이 웃으며 대답했다.

「나는 경험을 통해서 자네가 자신의 안전에 대해서는 무관심하다는 것을 알고 있었지. 자네는 브레두 씨의 논증에 저항했으니까. 자네가 각별한 애정을 가지고 있는 자네의 아버님……, 나는 그 끈을 이용한 것뿐이네」

「그래서 제가 여기에 있지요」

보트를레가 동의했다.

나는 그들에게 앉으라고 권했다. 그들은 동의했고, 뤼팽은 그의 독특한 희미하게 냉소적인 어조로 말했다.

「어쨌든 보트를레 군, 자네가 내 감사의 마음을 받지 않는다고 해도 내 사과의 말까지 거부하진 않겠지?」

「사과라고요! 맙소사, 대체 왜요?」

「브레두가 자네에게 보였던 난폭함에 대해서」

「저도 그 행동에는 놀랐다는 점을 고백합니다. 그건 뤼팽이 평소에 사용하던 방식이 아니었어요. 단도라니……」

「그리고 나와는 관련이 없는 것이라네. 브레두는 새로 고용되었지. 내 친구들이 우리 사업을 관리하던 기간 동안, 그들은 수사를 진행하는 판사의 서기가 우리 목적을 이루는 데에 도움이 될지도 모른다고 생각했던 거지」

「당신 친구들은 틀리지 않았어요」

「사실이야, 바로 자네에게 붙여두었던 브레두는 우리에게 아주 각별한 도움이 되었어. 하지만 모든 신참들에게서 나타나곤 하는 돋보이고 싶은 열의 때문에 그는 지나친 열성을 보였고, 자기 멋대로 자네를 찌르기까지 해서 내 계획들을 뒤틀고 말았네」

「아! 그건 약간의 불운일 뿐입니다」

「아니, 그렇지 않아. 그리고 나는 그를 아주 혹독하게 질책했지. 그렇지만 그를 조금 인정하자면 그는 자네의 수사가 갑자기 예상하지 못한 빠른 속도로 진행된 것에 놀랐으리라는 점을 덧붙여야 할걸세. 자네가 그 용서할 수 없는 폭행을 피했다면, 우리에게는 기껏해야 몇 시간 정도밖에는 남지 않았을 테지」

「그랬다면 저는 물론 가니마르 경감이나 숌즈 같은 처지가 된다는 굉장한 특권을 누렸겠지요?」

「정확히 그렇지」

뤼팽이 더 발랄하게 웃으며 말했다.

「그리고 나로 말하면, 자네의 상처로 인해 내가 겪어야 했던 참담한 고뇌를 피할 수 있었겠지. 자네에게 맹세하지만 나는 그 때문에 견디기 힘든 시간들을 보냈고, 지금까지도 창백한 자네를 보니 쓰라린 자책에 시달린다네. 더 이상 나를 원망하지 않는 건가?」

「아무 조건 없이 저를 만나셨다는 점, 당신이 제게 보여주신 그 신뢰의 표시라면 모든 것을 덮을 수 있죠. 사실 가니마르의 친구들 몇 명을 데리고 오는 것은 하나도 어려운 일이 아니었지만요」

그는 진정으로 이야기하는 것인가? 솔직히 말해 나는 몹시 어리둥절했다. 이 두 사람의 결투는 내가 전혀 이해할 수 없는 방식으로 시작되었다. 파리 북역에서 이루어진 뤼팽과 숌즈의 첫번째 만남인 『아르센 뤼팽 대 헐록 숌즈』에 참석했던 나로서는, 그 두 전사의 거만한 풍모나 예의 범절 아래에서 이루어진 끔찍한 자존심의 충돌과 가차없는 행동 방식, 속임수, 그들의 오만을 기억해내지 않을 수 없었다.

여기에는 전혀 그런 것이 없었다. 뤼팽, 본인은 변하지 않았다. 똑같은 전술에 똑같이 빈정대는 듯한 상냥함이었다. 하지만 얼마나 이상한 상대와 마주하고 있는지! 상대이기는 한 것일까? 정말, 그는 어조도 외모도 제대로 갖추고 있지 못했다. 아주 침착하지만 자신을 억누르고 있는 자에 대한 격분을 감추지 않는 현실적인 침착함, 과장되지 않은 예의 바름, 빈정거림 없는 미소, 그는 아르센 뤼팽과 완벽한 대조를 이루었다. 너무나 완벽한 대조라 뤼팽조차 나만큼이나 어리둥절한 것처럼 보일 정도였다.

분명히 그랬다. 뤼팽은 이 비쩍 마른 아가씨 같은 장밋빛 뺨에 순진하고 매력적인 눈을 한 청소년을 마주하고 평소의 자신감을 잃고 있었다. 몇 번이나 나는 그에게서 불편해하는 기색을 읽어냈다. 그는 머뭇거리며 솔직히 공격하지 않고, 공연히 다정한 척하는 문장과 겉멋으로 시간을 낭비했다.

그에게 뭔가가 빠진 것 같기도 했다. 그는 뭔가를 찾고 있는 것처럼, 기다리는 것처럼 보였다. 무엇을? 어떤 도움을!

누군가 다시 종을 울렸다. 그가 나서더니 활기차게 문을 열러 갔다.

그는 편지 한 장을 가지고 돌아왔다.

「괜찮겠소, 여러분?」

그가 우리에게 물었다.

그는 편지를 개봉했다. 전보가 들어 있었다. 그가 눈으로 그것을 읽었다.

마치 그에게 변신이 일어난 것 같았다. 안색이 환해지며 자세가 바로잡혔고, 나는 그의 이마에서 핏줄이 부풀어오르는 것을 보았다. 그의 존재는 힘에 넘치는 자이자 자신감에 넘치는, 사건을 다스리는 자이며 사람을 다스리는 자로 바뀌었다. 그는 전보를 탁자 위에 얹어놓고 주먹으로 그것을 내리치며 소리쳤다.

「보트를레 군. 자, 이제 우리 둘이 맞붙는 거야!」

보트를레는 들을 자세를 취했고, 뤼팽은 차분하지만 메마르고 의지에 넘치는 목소리로 이야기를 시작했다.

「가면은 저리 치워버리자고, 안 그래? 그리고 역겨운 위선도 그만두고. 우리는 서로 무엇을 하려는 것인지 잘 알고 있는 두 명의 정적이지. 우리는 적으로서 행동하는 것이고, 그러니 당연히 서로를 적으로 취급해야 하지」

「취급한다고요?」

보트를레가 놀라서 말했다.

「그래, 취급한다고. 내가 그 단어를 우연히 말한 게 아니야. 그리고 무슨 대가를 치르더라도 그 말을 반복해야겠어. 그리고 많은 값을 치러야 하지. 내가 상대와 대면하면서 그 말을 사용한 것은 이번이 처음이야. 하지만 바로 말하겠네. 또한 마지막이기도 하지. 기뻐하라고. 나는 자네의 약속을 얻어내기 전에는 여기서 나가지 않겠네. 그렇지 않으면 전쟁이 있을 뿐이지」

보트를레는 더욱더 놀라는 듯했다. 그는 상냥하게 말했다.

「이런 걸 예상하지는 못했는걸요. 당신은 정말 이상하게 말씀하시는군요! 내가 믿은 것과 너무나 달라요! 예, 저는 당신을 완전히 달리 생각했어요……. 어째서 화를 내시는 거죠? 어째서 협박을 하죠? 상황이 우리를 서로 대결하게 만든다고 해서 우리가 적인가요? 적이라고요? 왜입니까?」

뤼팽은 좀 당황한 듯이 보였지만, 청년을 향해 몸을 숙이고 비웃으며 말했다.

「잘 들어보게, 꼬마 친구. 이건 어떤 표현을 고를 것인가 하는 문제가 아냐. 이건 확고하고 논의의 여지가 없는 사실에 대한 것이라고. 바로 이 사실이지. 지난 십 년 동안 나는 자네 같은 힘을 가진 상대와 맞부딪친 적이 없었어. 가니마르나 헐록 숌즈나, 나는 아이들을 데리고 놀 듯이 상대했지. 자네는 내게 방어를 하도록, 조금 더 말하자면 뒤로 물러날 수밖에 없도록 강요를 하고 있네. 그래, 바로 지금 이 순간, 자네와 나, 우리는 내가 패자라는 점을 인정해야 한다는 것을 잘 알고 있어. 이지도르 보트를레가 아르센 뤼팽을 누르다. 내 계획들은 다 뒤집혀버렸네. 내가 어둠 속에 남겨두려고 노력한 것들을 자네는 환한 빛 쪽으로 끌어냈지. 자네는 나를 불편하게 해. 내 갈 길을 막고 있어. 좋아, 나는 이제 질렸어……. 브레두는 자네에게 쓸데없는 방식으로 말을 했지. 나는 자네가 그걸 충분히 고려하도록 만들면서 다시 한번 말하겠어. 질렸다고」

보트를레는 머리를 끄덕였다.

116

「그런데 결국 무엇을 원하는 거죠?」

「평화! 각자가 자기 영역에서 각자의 일을 하는 거지」

「그 말은 그러니까 당신은 당신 편할 대로 자유롭게 도둑질을 하고 저는 제 공부로 자유롭게 돌아간다는 거군요」

「자네의 학업이든 자네가 원하는 무엇이든……, 그건 나와는 상관없는 일이야. 하지만 나를 평화롭게 놔두라고. 나는 평화를 원해」

「지금에 와서 제가 어떤 점에서 당신을 괴롭힌다는 거죠?」

뤼팽은 거칠게 그의 팔을 잡았다.

「자네도 잘 알고 있잖아! 모르는 척하지 말라고. 자네는 내가 아주 중요하게 여기는 비밀을 지금 소유하고 있네. 자네가 그 비밀을 추측해 낼 권리는 있겠지만, 대중에게 발표할 자격은 없어」

「당신은 제가 그걸 알고 있다고 확신하나요?」

「자네는 알고 있지, 확신하네. 매일매일, 매시간마다 나는 자네의 생각이 흘러가는 방향과 자네 수사의 진행을 뒤쫓았네. 브레두가 자네를 찌른 바로 그 순간에 자네는 모든 것을 말할 작정이었어. 아버지에 대한 염려 때문에 그 다음에 발표를 늦추게 된 거지. 하지만 오늘 바로 여기 나온 것처럼 발표를 약속했네. 기사가 준비된 것이겠지. 한 시간 후면 인쇄가 될 것이네. 내일이면 발표가 될 거야」

「정확히 맞습니다」

뤼팽은 일어나 손짓으로 공기를 갈랐다.

「그건 발표되지 않을 거야!」

그가 외쳤다.

「발표될 겁니다」

단숨에 일어나서 보트를레가 말했다.

마침내 두 사람은 서로를 향해 마주섰다. 나는 그들이 마치 몸을 뒤섞어 싸우기라도 하는 것처럼 충격을 느꼈다. 갑작스런 기운이 보트를레를 불타오르게 했다. 어떤 섬광이 그에게 대담함, 자기애, 격투의 쾌감, 위험이 주는 취기 같은 새로운 감정들을 밝혀놓았다고 할 수 있을 것이다.

뤼팽 쪽에서는 번쩍이는 그의 시선을 통해 마침내 증오하는 숙적의 검을 만난 결투가의 기쁨이 느껴졌다.

「기사를 이미 건네준 것인가?」

「아직 아니에요」

「지금 가지고 있는가……, 자네가?」

「그렇게 바보는 아니죠! 그러면 이미 뺏겼을 테지요」

「그러면?」

「편집자 한 사람이 가지고 있어요. 이중 봉투에. 제가 자정까지 신문사에 나타나지 않으면 그것을 인쇄할 겁니다」

「아! 악당 같으니라고. 모든 것을 예상해 두었군」

뤼팽이 중얼거렸다.

그의 분노가 눈에 띨 만큼 끔찍하게 익어갔다.

이번에는 보트를레가 비웃을 차례였다. 그는 승리에 취해서 조소를 보냈다.

「입다물어, 애송이 녀석!」

뤼팽이 고함을 질렀다.

「너는 내가 누구인지 모르나? 그리고 내가 원하기만 하면……, 맙소사! 감히 웃고 있군」

엄청난 침묵이 그들 사이에 내려앉았다. 그러고 나서 뤼팽이 나섰고, 보트를레의 눈을 쳐다보며 둔탁한 목소리로 말했다.

「너는 그랑 신문사에 뛰어가는 거야……」

「아뇨」

「네 기사를 찢는 거지」

「아뇨」

「너는 편집장을 만날 거야」

「아니에요」

「그에게 네가 틀렸다고 말하는 거야」

「아뇨」

「그리고 앙브뤼메지의 사건에 대해서 다른 기사, 공식적인 판, 모두가 인정한 그 설명을 쓰는 거야」

「안 합니다」

뤼팽은 내 책상 위에 있던 철로 된 자를 잡아서 전혀 힘들이지 않고 두 동강내 버렸다. 그의 낯빛은 끔찍하게 창백했다. 그는 이마에 번쩍이며 맺혀 있는 땀방울을 닦아냈다. 지금까지 그는 한 번도 자신의 의지에 저항하는 경우를 당한 적이 없었으며, 이 아이의 고집은 그를 미치게 만들었다.

그는 두 손으로 보트를레의 어깨를 눌러잡고 또박또박 끊어 말했다.

「너는 그 모든 걸 하게 될 거다, 보트를레. 네 마지막 발견으로 내 죽음을 확신하게 되었다고, 거기에는 어떤 의심의 여지도 없다고 말하게 될 거야. 너는 그렇게 말할 거다, 왜냐면 내가 원하니까. 왜냐면 사람들이 내가 죽었다고 믿어야만 하니까. 특히 네가 그렇게 말하지 않으면……」

「만일 제가 그렇게 하지 않으면?」

「네 아버지는 오늘밤, 가니마르나 헐록 숌즈처럼 납치당하겠지」

보트를레는 미소를 지었다.

「웃지 마……, 대답을 해」

「당신의 뜻대로 하지 않은 것이 무척 괴로운 일이라고 대답해야겠지만, 저는 말하겠다고 약속을 했고 말할 겁니다」

「내 지시대로 말해」

「전 진실대로 말할 겁니다」

보트를레가 열정적으로 말했다.

「있는 그대로를 소리 높여 말하는 기쁨, 필요, 당신은 이해할 수 없는 일이지요. 진실은 바로 거기, 그것을 발견한 머릿속에 있고, 있는 그대로 완전히 끓어오르는 채로 나올 겁니다. 그러니까 기사는 내가 쓴 대로 발표될 거예요. 사람들은 뤼팽이 살아 있다는 것을 알게 될 것이고, 왜 그가 죽었다고 믿기를 바랐는지 그 이유를 알게 될 겁니다. 사람들은 모든 것을 알게 될 거예요」

그리고 침착하게 덧붙였다.

「그리고 제 아버님은 납치되지 않으실 겁니다」

두 사람 모두 다시 한번 입을 다물었고, 그들의 시선은 여전히 서로에게 못 박혀 있었다. 그들은 서로를 감시했다. 칼이 서로의 몸을 겨누고 얽혀 있었다. 죽음의 한 수를 앞에 둔 무거운 침묵이었다. 과연 누가 그 수를 성공시킬 것인가?

뤼팽이 중얼거렸다.

「오늘밤 새벽 세시, 내가 달리 전하지 않는 한 내 친구 두 명은 네 아버지의 방에 침투해서, 그가 따르지 않으면 힘을 써서라도 사로잡아 데리고 가서 가니마르와 헐록 숌즈가 있는 곳에 합류시키라는 명령을 받았네」

보트를레는 새된 웃음을 터뜨리며 그에게 답했다.

「이 협잡꾼아, 당신은 내가 이미 조치를 취해 놓았다는 것을 이해 못하는 건가?」

보트를레가 소리쳤다.

「그러면 당신은 내가 바보같이 멍청하게 아버지를 당신 집으로, 한적한 시골에 외따로 떨어진 작은 집으로 보냈을 만큼 순진하다고 생각한 건가?」

오! 청년의 얼굴을 생기에 넘치게 만드는 발랄한 비웃음! 그의 입술에서 나오는 그 새로운 웃음, 뤼팽 본인의 영향을 느낄 수 있는 웃음이었다. 그리고 그 건방진 반말은 그를 단번에 상대방의 수준으로 올려놓았다. 그는 말을 이었다.

「이봐, 뤼팽, 당신의 큰 단점은 당신이 짠 계획이 절대 실패하지 않을 거라고 믿는 거야. 당신이 패자라는 걸 인정한다고! 웃기지 말라고! 당신은 어쨌든 끝에 가서는 언제나 당신이 이길 거라고 확신하고 있지. 그리고 다른 이들도 역시 자신들의 계획을 짜 두었을 수 있다는 사실을 잊는단 말야. 내가 짠 계획은 아주 간단한 거라고, 이 친구야」

그의 말을 듣는 것은 무척 감미로웠다. 그는 주머니에 손을 넣은 채, 어린아이가 허세를 부리며 무례하게 묶여 있는 맹수를 놀릴 때처럼 이리저리 거닐었다. 정말로 이 순간, 그는 이 대괴도의 모든 피해자들의 가장 끔찍한 복수를 행하고 있었다. 그리고 그가 결론을 지었다.

「뤼팽, 내 아버님은 사브와에 안 계신다네. 그는 프랑스 다른 쪽 끝의 커다란 도시 한복판에 계시고, 우리의 전투가 끝나기 전까지는 한시도 눈을 떼지 말라는 명령을 받은 스무 명의 내 친구

들의 보호를 받고 계시지. 좀더 자세히 알고 싶은가? 그분은 병기
고의 근무자들을 위한 셰르부르그의 숙소에 계셔. 병기고는 밤에
는 완전히 닫혀 있고, 낮에도 허가나 안내하는 동행인 없이는 들
어갈 수 없는 곳이라고」

　그는 뤼팽의 정면에서 멈추어 또래 아이를 약올리는 아이처럼
비웃었다.

「어떻게 생각하나, 선생?」

　벌써 몇 분 동안 뤼팽은 움직이지 않고 있었다. 그의 얼굴의
힘줄 하나 움직이지 않았다. 그는 무슨 생각을 하는 걸까? 어떤
행동으로 그가 이 상황을 풀어나갈까? 그의 자존심이 가진 야성
의 난폭함을 아는 이라면 누구에게나 오직 하나의 결말만이 가능
해 보였다. 완전하고 급작스런 적의 결정적인 붕괴. 그는 손가락
을 꽉 오므렸다. 나는 아주 잠시 뤼팽이 몸을 던져 그의 목을 조
를 것이라는 느낌을 받았다.

「선생, 어떻게 생각하냐고?」

　보트를레가 반복했다.

　뤼팽은 탁자에 놓인 전보를 잡아 건네주며 확신에 차서 말을
뱉었다.

「받아라, 아가야. 그걸 읽어보렴」

　보트를레는 그 상냥한 몸짓에 곧바로 영향을 받아 심각해졌다.
그는 종이를 펼쳤고 곧바로 눈을 들고 중얼거렸다.

「무슨 말이지? 이해할 수가 없어……」

「너는 첫번째 단어가 무슨 뜻이 아주 잘 알고 있어」

　뤼팽이 말했다.

「전신의 첫번째 단어……, 그건 그 전신을 부친 장소의 이름이

지. 보라고……, 셰르부르그」

「맞아, 그래. 그래……, 셰르부르그. 그 다음은?」

「그 다음? 그 다음도 충분히 명확한 것 같은데. 〈소포를 입수했음. 동지들이 함께 떠났고 아침 여덟시까지 지시를 기다리겠음. 모든 것이 잘되고 있음.〉여기서 너한테 모호한 게 뭐가 있나? 소포라는 단어? 허! 아무리 그래도 보트를레의 아버지라고 쓸 수는 없잖아. 그러면 뭐? 어떻게 작업을 수행했는지? 스무 명의 감시자가 있는데도 너의 아버지를 셰르부르그의 병기고에서 빼돌린 기적의 비결? 쳇! 그런 건 애들 장난이라고! 어쨌든 언제나 소포는 발송되지. 여기에 대해서는 뭐라고 하겠니. 응, 아가야?」

온몸에 힘을 주고 안간힘을 써서 이지도르는 자세를 흩뜨리지 않으려고 노력했다. 하지만 입술이 부들거리고, 턱은 덜덜 떨렸으며 흔들리는 시선은 한 점을 응시하려고 헛된 노력을 했다. 그는 몇 마디 말을 웅얼거리며 내뱉다가 입을 다물었고, 갑자기 손으로 얼굴을 가리고 무너져내리며 오열을 터뜨렸다.

「아아! 아버지……, 아버지……」

예상할 수 없던 결말이자 뤼팽의 자존심에 합당한 몰락임이 분명했지만, 무한히 애틋하고 무한히 순진한 다른 어떤 것이기도 했다. 뤼팽은 이 해괴한 발작과 감상에 질려버렸다는 듯 짜증이 난 몸짓으로 모자를 집어들었다. 하지만 문턱을 넘으려던 순간 그는 멈추었고 머뭇거리더니 천천히 한 발 한 발씩 되돌아왔다.

조용히 오열하는 소음이 고통으로 짓눌린 어린아이의 슬픈 항변처럼 조금씩 높아졌다. 어깨가 애처로운 리듬으로 들썩거렸다. 얽힌 손가락 사이로 눈물이 비쳤다. 뤼팽은 몸을 기울여 보트를레를 건드리지 않은 채, 조금의 비웃는 기색도 승리자의 저 모욕적인 동정도 들어 있지 않은 어조로 말했다.

「울지 말아라, 얘야. 너처럼 대담무쌍하게 전투에 뛰어들었을 때는 타격을 받을 수도 있다는 점을 예상해야 한단다. 더 심한 재앙이 너희를 노리고 있으니……. 그게 우리들, 싸움꾼들의 운명이 바라는 것이기도 하단다. 꿋꿋하게 버텨내야 해」

그러더니 그는 다정하게 이야기를 계속했다.

「네가 옳았다. 알겠니, 우리는 적이 아냐. 아주 오래전부터 그걸 알고 있었지. 처음부터 나는 네가 마음에 들었다. 그처럼 영리한 너에 대해서 어쩔 수 없는 공감과……, 경외감이 일었지. 그래서 너에게 이 말을 하고 싶은 거란다. 절대로 기분 상해하지 말아라. 너를 언짢게 한다면 마음이 아플 거다. 하지만 이 말은 꼭 해야겠다. 자, 바로 이거지! 나에게 대항해서 싸우는 것을 포기해. 허영심에서 너에게 이런 말을 하는 것이 아냐. 너를 얕잡아 보아서도 아니지. 하지만 알겠니? 이 싸움은 전혀 상대가 안 돼. 너는 몰라. 아무도 내가 가지고 있는 모든 자원을 알지 못해. 이 봐, 네가 그렇게 헛되이 해독하려고 노력하는 〈속이 빈 바늘〉의 비밀이란 것, 그것이 바닥 나지 않는 놀라운 보물이라고 잠시 가정을 해보렴. 아니면 보이지 않는 기묘하고 환상적인 은신처라고 가정을 하거나……. 어쩌면 둘 모두일 수도 있을 테지. 내가 거기서 끄집어낼 수 있는 초인간적인 힘을 생각해 봐! 그리고 너는 내 안에 있는 모든 능력도 알지 못해……, 내 모든 의지와 상상력이 계획하고 이뤄낼 그 모든 것들. 그러니까 내 인생 전부가, 말하자면 내가 태어나던 그 순간부터 바로 하나의 목적을 지향해 이어져 왔다는 것과, 바로 지금의 내가 되기 전에 내가 창조하기를 원했고 결국 창조해 내고야 만 인물을 모든 점에서 완벽하게 현실화시키기 위해 노예처럼 일했다는 것을 생각해 보아라. 그러면……, 너는 뭘 할 수가 있지? 네가 승리를 쟁취했다고 믿는 바로 그 순간에 그건 사라져버릴 거야. 네가 생각하지 못한 어떤 것이 있을 테지. 아무것도 아닌 어떤 것……. 이 내가 올바른 장소에 너도 모르는 사이에 놓아둔 하나의 모래알 같은 것. 부탁이다. 그만둬. 너를 해칠 수밖에 없게 될 거다. 그러면 정말 마음이 아플 거야」

그리고 이마에 손을 얹으면서 그가 되풀이해서 말했다.

「두번째로 이야기하마, 얘야. 포기해라. 나는 너를 해치게 될 거야. 어쩌면 네가 어쩔 수 없이 빠지게 될 함정이 이미 네 발밑에 열려 있는지도 모르지」

보트를레는 자세를 바로잡았다. 그는 더 이상 울지 않았다. 뤼팽의 말을 들은 것일까? 정신이 나간 듯한 그의 분위기로 보아서는 의심스러웠다. 이 분이나 삼 분 정도, 그는 침묵을 지켰다. 그는 자신이 내리게 될 결정을 재어보고 양쪽의 논지를 살펴보고, 득이 되거나 손실이 될 요소들을 계산하고 있는 것처럼 보였다. 마침내 그가 뤼팽에게 말했다.

「만일 제가 기사의 방향을 바꾼다면, 제가 당신의 죽음을 재확인하고 그 날조된 안을 절대로 뒤집지 않고 퍼뜨리겠다고 한다면, 당신은 아버지가 자유로워지실 거라고 맹세할 수 있나요?」

「맹세하지. 내 친구들은 자동차로 자네 아버지와 함께 지방에 있는 다른 도시에 계신다. 내일 아침 일곱시, 만일 《그랑 신문》의 기사가 내가 주문한 대로라면, 나는 그들에게 전화를 할 것이고 그들은 자네 아버지를 자유롭게 풀어줄 거야」

「좋습니다. 당신의 조건을 따르겠습니다」

보트를레가 말했다.

자신의 패배를 인정한 이상 이 면담을 계속하는 것은 의미가 없다는 듯, 그는 급히 일어나 자신의 모자를 집었고, 나와 뤼팽에게 인사를 한 다음 밖으로 나갔다.

뤼팽은 그가 나가는 것을 바라보았고, 문이 다시 닫히는 소리를 듣자 중얼거렸다.

「불쌍한 녀석……」

다음날 아침 여덟시, 나는 하인을 보내 《그랑 신문》을 사오도록 시켰다. 그는 이십 분이 지나서야 신문을 가져왔는데, 대부분의 가판대에 이미 신문이 남아 있지 않았기 때문이다.

나는 열기에 들떠서 신문을 펼쳐보았다. 일면 첫단에 보트를레의 기사가 실려 있었다. 다음이 전 세계의 신문들이 재수록한 기사의 내용 전부이다.

앙브뤼메지의 극적인 사건

이 몇 줄 안 되는 기고문의 목적은 앙브뤼메지의 극적인 사건, 아니 차라리 이중의 사건을 내가 재구성해 내기까지의 사유와 탐색의 작업들을 상세하게 나열하려는 것이 아니다. 내가 보기에 그런 종류의 작업이나 그것이 포함하는 해설들, 즉 추론과 귀납, 분석 등등, 그런 모든 것들은 상대적인, 그리고 어쨌거나 아주 평범한 흥미 거리를 제공해 줄 뿐이다. 그렇다. 나는 다만 내가 시도하던 바에 있어서 방향을 잡아주었던 두 중심 주제를 제시하는 것으로 만족할 것이며, 바로 그런 점에서, 그러니까 두 주제를 제시하고 그것들이 제기하는 두 가지 문제를 해결하는 데에 있어서 나는 사건 전체를 구성하는 각각의 사실들을 그것들이 진행된 순서 그대로 단순하게 이야기할 것이다.

아마도 사람들은, 어떤 사실들은 입증되지 않은 것이며 내가 상당히 많은 부분을 가정으로 남겨놓고 있다는 점을 지적할지 모르겠다. 맞는 말이다. 하지만 나는 내 가정이 상당한 양의 확실함에 근거하고 있다고 추정하는데, 그것은 비록 입증되지 않은 사실이라고 하더라도 사실들의 진행이 견고한 논리적 엄밀함으로 그런 가정을 요구하고 있기 때문이다. 샘물이 갑자기 자갈밭 밑으로 사라진다고 해서, 그것이 얼마 정도 떨어진 곳에서 다시 나타나 푸른 하늘을 비추는 샘과 다른 샘물이라고 할 수는 없는 것이다.

그러므로 나는 내 관심을 끌었던 첫번째 수수께끼, 어느 한 세부에 관한 수수께끼가 아니라 전체를 포괄하는 수수께끼 하나를 밝히겠다. 죽을 정도로 상처를 입었다고 말할 수 있는 뤼팽이 어떻게 40일 동안 간호도 받지 않고 약도, 식량도 없이 어두운 구멍 속에서 지낼 수 있었을까?

맨 처음부터 다시 시작해 보자. 3월 23일 목요일 새벽 네시, 아르센 뤼팽은 그의 가장 대담한 도적질 중 하나를 실행하던 차에 발각되고 폐허를 통해 난 길로 도주하다가 총에 맞아 쓰러진다. 그는 힘겹게 기어가다가 다시 쓰러지고 예배당까지 도달하려는 악착같은 희망으로 다시 일어난다. 거기에는 그가 우연히 발견한 지하 예배당이 있다. 만일 거기에 숨을 수만 있다면 구원받을 수도 있으리라. 그는 남다른 기력으로 그곳으로 다가가고, 몇 미터를 남겨두었을 때 불현듯 발자국 소리가 들려온다. 기진맥진한 채 희망을 잃고 그는 포기한다. 적이 도착했다. 그 사람은 레몽드 드 생베랑 양이다. 바로 이것이 극적인 사건의 전주곡, 아니 오히려 사건의 첫번째 막이다.

그들 사이에서 어떤 일이 일어났는가? 이후 모험의 진행이 그에 관해 모든 단서들을 제공하고 있는 까닭에 그것을 추측하는 것은 쉬운 일이다. 이 젊은 아가씨의 발밑에는 고통으로 기진맥진한, 앞으로 이 분이면 체포될 것이 분명한 상처 입은 사내가 있다. 이 사내, 그를 상처 입힌 것은 바로 그녀이다. 그녀는 그가 체포되도록 넘길 것인가?

만일 그가 장 다발의 살인자였다면 그녀는 그의 운이 다하도록 남겨두었을 것이다. 하지만 빠른 몇 마디 말로, 그는 그녀의 외삼촌, 드 제브르 씨가 정당 방위로 저지른 살인의 진실을 밝힌다. 그녀는 그를 믿는다. 그녀는 어떻게 할 것인가? 아무도 그들을 볼 수 없다. 하인 빅토르는 쪽문을 감시하고 있다. 다른 하인, 알베르는 살롱의 창에서 감시하고 있고, 그 둘을 시야에서 놓치고 말았다. 그녀는 자신이 상처 입힌 사내를 넘길 것인가?

여인이라면 누구나 이해할 만한 저항할 수 없는 연민의 감정이 젊은 여인을 이끈다. 뤼팽이 몇 번의 몸짓으로 전한 지시에 따라 그녀는 피 때문에 흔적이 남는 것을 피하기 위해서 손수건으로 그의 상처를 감싼다. 그리고 나서 그가 건네준 열쇠를 사용해 예배당의 문을 연다. 그는 젊은 여인의 부축을 받아 안으로 들어간다. 그녀는 문을 닫고 멀어진다. 알베르가 도착한다.

만일 그 순간, 아니면 최소한 그 뒤 몇 분 내에 사람들이 예배당을 찾았다면, 뤼팽은 기운을 되찾아 포석을 들고 지하 예배당으로 향한 계단으로 사라질 시간을 얻지 못하고 잡혔을 것이다. 하지만 그 방문은 여섯 시간 후에야, 그것도 아주 피상적인 방식으로 이루어졌다. 뤼팽은 구원받았다. 누구에게 구원받았는가? 그를 거의 죽일 뻔한 이에 의해서였다.

그 후로 원했든 원치 않았든 생베랑 양은 그의 공범이 된다. 그
녀는 그를 더 이상 넘길 수 없을 뿐만 아니라 그녀가 시작한 일을
계속해 나가야만 한다. 그렇지 않으면 부상자는 그녀가 그를 숨기
는 데 일조한 그 피난처에서 사라질 것이다. 그리고 그녀는 계속
했다. 게다가 여자의 본능이 그 일을 의무로 받아들이게 했던 것
만큼이나, 그 일을 쉬운 것으로 만들기도 했다. 그녀는 아주 세심
했고 모든 것을 예상하고 준비한다. 예심판사에게 아르센 뤼팽의
거짓된 인상착의를 말한 것이 그녀이다(그 문제에 대한 두 사촌의
견해차를 기억하기 바란다). 운전사로 변장한 뤼팽의 공범을, 내가
모르는 어떤 단서를 통해서 알아본 것도 분명 그녀이다. 그에게
경고를 한 것도 그녀이다. 긴급한 수술의 필요성을 전한 것도 그
녀이다. 모자를 뒤바꾼 것도 의심의 여지없이 그녀이다. 그녀가
직접 지목을 받고 협박을 당하는 그 유명한 쪽지를 적게 한 것도
그녀이다. 그 일이 일어난 후, 어떻게 그녀를 의심할 수 있겠는가?

내가 예심판사에게 사건에 대한 첫인상을 전하려고 하던 그 순
간, 그 전날 잡목림에서 나를 보았다고 주장하고, 피열 씨로 하여
금 나를 의심하게 만들고 나를 침묵하게 만든 것도 그녀이다. 내
주의를 끌게 되고 뻔히 거짓임을 아는 혐의를 나에게 덮어씌워서
그자를 향해 내가 대항하게 만든다는 점에서 위험한 술책임에 분
명하지만, 시간을 벌고 내 입을 막는 것이 무엇보다 필요한 시점
이었으므로 효과적인 술책이기도 하였다. 그리고 40일 동안, 뤼팽
을 먹이고 약을 가져다준 것이 그녀이다(우빌의 약사를 심문해 보
면 생베랑 양을 위해서 제조한 처방전을 보여줄 것이다). 그녀는 결
국 환자를 간호하고 붕대를 갈고 그를 돌보고 치료한다.

그렇게 해서 이제 여기 우리의 두 가지 문제 중 첫번째가 사건이 제시됨과 동시에 해결되었다. 아르센 뤼팽은 그의 곁에, 그것도 성 안에서, 우선은 눈에 띄지 않기 위해 그리고 후에는 살아가기 위해서 그에게 필수 불가결했던 구원자를 찾아냈다.

이제 그는 살았다. 그러면 이제 내 탐색에 핵심적인 실마리가 되었고 앙브뤼메지의 두번째 사건에 대응하는 두번째 문제가 제기된다. 어째서 살아 있고 자유로우며 새로이 자기 일당의 대장이 되어서 그 이전만큼이나 막강한 뤼팽이 검찰과 대중에게 그의 죽음을 강요하기 위해서 그렇듯이 절망적인 시도, 나 또한 끊임없이 맞부딪쳐야 했던 그 시도들을 하는 것일까?

생베랑 양이 무척 아름답다는 사실을 기억해야 한다. 그녀가 사라지고 나서 신문에 실린 사진들은 그녀의 아름다움에 대해서 불완전한 인상밖에 주지 못한다. 그러므로 일어날 수밖에 없던 일이 일어난 것이다. 40일 동안 이 아름다운 여인을 보고, 그녀가 없을 때는 그리워하고, 그녀가 있을 때는 그녀의 매력과 우아함을 쫓으며, 그녀가 몸을 숙일 때면 그녀의 숨결이 내뿜는 신선한 향기를 들이마시던 뤼팽은 자신의 간병인을 향한 사랑에 빠졌다. 감사의 마음은 사랑이 되고 존경은 열정이 되었다. 그녀는 구원이자 동시에 그의 시선을 위한 기쁨이고, 외로운 시간을 버티는 꿈이며 그의 광명, 희망, 그의 삶 자체였다.

그는 그 여인의 헌신을 악용하지 않고 일당들을 지휘하는 데 이용하지도 않을 정도로 그녀를 존중한다. 실제로 일당들의 행동에는 흔들림이 있었다. 하지만 또한 그녀를 사랑한 까닭에 그는 점점 자제력을 잃어간다. 그러나 생베랑 양이 이 어긋난 사랑을 받아들이려 하지 않고, 자신이 점점 필요없어짐에 따라 방문 횟수를 줄이고, 그가 치료되던 날부터 아예 방문을 그만두자……, 절망에 빠지고 고통으로 미칠 지경이 된 그는 끔찍한 결정을 내린다. 그는 굴에서 나와 자신의 일격을 준비하고 6월 6일 토요일, 공범들의 도움을 받아 여인을 납치한다.

그것이 전부가 아니다. 사람들이 그 유괴 사실을 알아서는 안 된다. 모든 수색, 가정, 심지어 희망마저도 중단시켜야 한다. 생베랑 양은 죽은 것으로 알려질 것이다. 살인이 위장되고 수사를 위해 증거들이 제공된다. 범죄는 확실하다. 게다가 이미 예정된 범죄, 공범들에 의해서 선언된 범죄, 복수를 위해 실행된 범죄, 기획의 경이로운 천재성이 드러나는 바로 거기에, 뭐라고 말할까, 그 죽음에 대한 믿음의 미끼가 있었다.

믿음을 불러일으키는 것으로는 충분하지 않으며 확신을 얻어야 한다. 뤼팽은 내가 개입할 것을 예상했다. 나는 예배당의 속임수를 알아챌 것이다. 나는 지하 예배당을 발견할 것이다. 그리고 지하 예배당이 비어 있을 것이므로 모든 발판이 무너져버릴 것이다.

그러나 지하 예배당은 비어 있지 않을 것이다.

마찬가지로 생베랑 양의 죽음은 바다가 그녀의 시신을 되돌려놓지 않는 한 확실한 것이 되지 않을 것이다.

그렇다면 바다는 생베랑 양의 시체를 되돌려주리라!

상당히 어려울 것이라고? 넘을 수 없는 이중의 난관이라고? 그렇다, 뤼팽이 아닌 모든 다른 이들에게는. 그러나 뤼팽에게라면 그렇지 않다.

그가 예상했던 것처럼 나는 예배당의 속임수를 알아차리고 지하 예배당을 발견하고 뤼팽이 숨어 있던 동굴 속으로 내려간다. 그리고 그의 시체가 거기 있다!

뤼팽의 죽음을 가능한 것으로 인정했던 모든 사람들은 잘못된 길로 인도되었다. 하지만 단 1초라도 나는 우선은 직감으로, 그러고 나서는 이성에 의해 그런 가능성을 인정한 적이 없었다. 그러자 그 책략은 쓸모 없고 모든 점에서 헛된 것이 되어버렸다. 나는 곧바로, 곡괭이로 흔들린 바윗덩이가 수상하다 할 만치 정확하게 놓여 있어서 아주 작은 흔들림으로도 떨어지게 되어 있었고, 떨어지면서 가짜 아르센 뤼팽의 머리를 알아볼 수 없게 죽처럼 뭉개버리도록 되어 있었다는 점을 눈여겨 보았다.

또다른 놀라운 발견. 반 시간 후, 나는 생베랑 양의 시신이 디에프의 바닷가 바위 속에서 발견되었다는 것을, 아니 그 아가씨의 팔찌와 비슷한 팔찌를 차고 있었다는 이유로 사람들이 생베랑 양이리라 추정하는 시신이 발견되었다는 것을 알았다. 게다가 그것은 유일한 신분의 표식이었고 시체는 알아볼 수 없는 상태였다.

그 이상에 대해서는 나는 기억을 되살림으로써 이해하게 되었다. 그 며칠 전에 나는 디에프의 《라비지》한 호에서 한 젊은 미국인 부부가 앙베르무에서 묵던 중에 독약을 먹고 자살했고, 바로 그들이 죽은 그날 밤에 시체가 사라졌다는 기사를 읽은 적이 있었다. 나는 앙베르무로 달려갔다. 사람들은 그 이야기가 시체의 실종에 관한 것만 제외하면 사실이라고 말했는데, 시신을 찾으러 왔던 것은 두 피해자의 형제들로 부검을 하기 위해 시신을 가져갔다고 했다. 그 형제들이, 아르센 뤼팽과 그의 도당이라고 자신들을 밝히지 않았을 것은 뻔한 일이다.

그럼으로써 증거가 주어졌다. 우리는 아르센 뤼팽이 아가씨의 살해를 가장하고 자기 자신의 죽음에 관한 소문을 확실하게 만든 동기를 알고 있다. 그는 사랑에 빠져 있고 사람들이 알기를 원치 않는다. 그리고 사람들이 그것을 모르게 하기 위해서라면 그는 조금의 물러섬도 없이 자신의 역할과 생베랑 양의 역할을 연기하기 위해 필요한 두 구의 시신을 훔친다는, 저 놀랄 만한 도난을 실행하는 데까지 이른다. 그렇게 해서 그는 평안해졌다. 어떤 것도 그를 괴롭힐 수 없었다. 아무도 그가 틀어막고 싶은 진실에 관해 의심하지 않았다.

아무도? 아니……, 세 명의 적수라면 필요에 따라 몇 가지 의심을 가질 수도 있었다. 가니마르, 사람들은 그의 도착을 기다리고 있었고, 헐록 숌즈, 그는 해협을 건너게 될 것이고, 그리고 나는 사건이 벌어진 장소에 있었다. 이렇게 삼중의 위협이 있었다. 그는 그것들을 제거한다. 그는 가니마르를 납치한다. 그리고 헐록 숌즈를 납치한다. 브레두를 통해 나에게도 단도 한 방을 먹인다.

단 한 가지 점이 모호한 채로 남는다. 어째서 뤼팽은 나에게서 〈바늘〉에 관한 암호문을 빼앗기 위해 그토록이나 악착같이 시도를 한 것일까? 설마 그가 그것을 다시 가져감으로써, 내용을 이루고 있는 다섯 줄의 글에 관한 내 기억을 지울 수 있으리라고 믿는 것은 아니리라. 그렇다면 어째서? 그는 종이 자체의 성질이, 아니면 전혀 다른 어떤 실마리가 내게 어떤 정보를 제공할까 봐 두려웠던 것일까?

내가 제안하는 설명의 상당 부분은 가정이며, 더욱이 내 개인적인 수사에서는 분명 아주 큰 역할을 했다는 점을 반복해 말해 둔다. 하지만 뤼팽과 싸우기 위해서 증거와 사실들만을 쫓는다면, 사람들은 한없이 기다리거나, 목적과 전혀 상반되는 곳으로 이끌어 가는 뤼팽이 준비해 놓은 것들만을 발견하게 될 심각한 위험을 져야 한다.

나는 사실들이 모두 알려지면, 모든 점에서 나의 가정들을 확인해 주리라 믿는다.

이렇게 해서 한때 아르센 뤼팽에게 눌려 아버지의 납치로 혼란에 빠지고 패배를 인정하던 보트를레는 결국 침묵을 지키는 데 만족하지 않았다. 진실은 너무나 훌륭하며 너무나 기괴했고, 그가 제공할 수 있는 증거들은 너무나 논리적이며 결정적인 것들이어서, 그것을 쓸모 없이 남겨둔다는 사실을 스스로 인정할 수 없었다. 세상은 그의 발표를 기다리고 있었다. 그는 말을 했다.

그의 기사가 실린 바로 그날 저녁, 신문들은 보트를레의 아버지가 납치당했다고 발표했다. 이지도르는 세시에 셰르부르그에서 온 전보를 통해 그 연락을 받았다.

단서를 따라

그 난폭한 일격은 젊은 보트를레를 어지럽게 만들었다. 비록 자신의 기사를 발표함으로써 모든 조심스런 고려를 무시하도록 만드는 저항할 수 없는 움직임에 복종하고 만 것이지만, 내심으로 그는 납치의 가능성을 믿지 않고 있었다. 자신의 예방책은 너무 확실했다. 셰르부르그의 친구들은 단지 보트를레의 아버지를 맡아 보호하는 것만이 아니라, 그가 나가고 들어오는 것을 주시하고, 절대 혼자 외출하지 못하도록 하고, 심지어 미리 개봉하기 전에는 어떤 편지도 전달되지 않도록 했다. 그랬다. 위험은 없었다. 뤼팽이 허풍을 치는 것이다. 뤼팽이 시간을 벌 생각에 적수를 위협하는 수작을 부리는 것이다. 그러므로 그 일격은 거의 예상할 수 없던 것이었다. 맞서서 행동해야 할 때였지만 그날 저녁 내내 보트를레는 무기력감에 빠져 쓰라린 충격을 느꼈다. 다만 한 가지 생각만이 그를 지탱했다. 여기를 떠나 그곳으로 가서 자신이 직접 무슨 일이 벌어졌는지 알아보고 다시 공격을 시작하는 것. 그는 셰르부르그에 전보를 보냈다. 그리고 여덟시경 생라자르 역에 도착했다. 몇 분 후 급행 열차가 그를 데려갔다.

한 시간이 더 지나서야, 그는 아무 생각 없이 플랫폼에서 구입한 석간 신문을 펼치면서 뤼팽이 아침에 실린 자신의 기사에 간접적으로 답하고 있는 그 유명한 편지에 대해서 알게 되었다.

편집장님께

좀더 영웅적인 시기였다면 전혀 눈에 띄지도 않았을 것이 분명한 저의 보잘것없는 개성이 우리의 나약하고 초라한 시대에 와서 어느 정도 주목을 받고 있다는 점을 부인할 생각은 없습니다. 하지만 군중의 병적인 호기심이라고 해도 파렴치한 무례를 무릅쓰지 않는다면 넘지 못할 한계라는 것이 있습니다. 사람들이 더 이상 개인의 삶이라는 장벽을 존중하지 않는다면 대체 무엇으로 시민을 보호할 수 있을까요?

사람들은 진실이 우월한 가치를 갖는다고 주장하려 할까요? 저에 관한 문제에서 이것은 아무런 의미 없는 변명으로, 이미 진실은 알려졌고 저는 그에 관한 공식적인 고백을 발표하는 데에 아무런 어려움도 느끼지 않습니다. 예, 생베랑 양은 살아 있습니다. 저는 그녀를 사랑합니다. 저는 그녀로부터 사랑받지 못하기에 고통받고 있습니다. 보트를레 청년의 정확하고 올바른 수사는 칭찬할 만합니다. 예, 우리는 모든 점에 대해 동의할 수 있습니다. 더 이상 수수께끼는 없습니다. 좋습니다, 하지만 그래서요?

제 마음은 무엇보다 잔인한 사랑의 상처로 여전히 피를 흘리고 있는데, 바로 그 제 마음 가장 깊숙한 곳까지 침해당하고 있으니, 더 이상 저의 가장 내면적인 감정과 가장 비밀스런 희망을 공중의 악의에 노출시키지 말아줄 것을 요구합니다. 저는 평화를 요구합니다. 생베랑 양의 애정을 얻기 위해, 그리고 이것은 얘기되지 않았지만 그녀가 가난한 부모를 가졌다는 이유로 자신의 아저씨와 사촌으로부터 받았을 수많은 작은 모욕들에 대한 기억을 지우기 위해서 저에게 필요한 평화를 요구합니다. 생베랑 양은 그 지긋지긋한 과거를 잊을 것입니다. 그녀가 원하는 모든 것, 그것이 세상에서 가장 아름다운 보석이든 가장 얻기 어려운 보물이든 저는 그것을 그녀의 발치에 놓겠습니다. 그녀는 행복할 겁니다. 그녀는 저를 사랑할 것입니다. 하지만 성공하기 위해서, 다시 한번 역시 저는 평화가 필요합니다. 이것이 바로 제가 지금 무기를 내려놓고 적들에게 올리브 나뭇가지를 전하려는 이유입니다. 반면 동시에 아주 관대하게, 그들이 거부하는 경우에는 그들에게 아주 심각한 결과들을 가져올 것이라고 경고하는 바입니다.

헬링턴 씨 문제에 대해서 한마디 덧붙이겠습니다. 그 이름 속에는, 미국인 백만장자인 쿨리의 비서로서 그를 위해 유럽으로부터 발견할 수 있는 모든 진귀한 예술 작품을 긁어모으라는 임무를 받은 훌륭한 한 청년이 숨어 있습니다. 불행하게도 그는 제 친구 에티엔 드 보드레, 일명 아르센 뤼팽, 즉 저를 만나게 되었습니다. 그는 그렇게 해서, 어쨌든 이것은 거짓이지만 제브르 씨라는 사람이 그 그림을 모사품으로 대체하고 사람들 몰래 거래를 승인한다는 루벤스의 그림 네 점을 처분하려 한다는 사실을 알게 됩니다. 저의 친구 보드레는 또한 제브르 씨에게 샤펠듀 예배당을 팔게 만들려고 열심히 노력합니다. 그 협상은 제 친구 보드레 편에서 보여준 전적인 호의와 헬링턴 씨 편에서 보여준 아주 매력적인 진술함을 통해 진행되었고, 루벤스의 작품들과 샤펠듀 예배당의 조각된 돌들이 안전한 장소에 놓일 때까지……, 그리고 헬링턴 씨가 감옥에 갈 때까지 계속됩니다. 사실 그 불운한 미국인은 사기당하는 역을 겸허하게 받아들인 것뿐이니 당장 풀어줘야 마땅합니다. 그리고 비난받아야 할 사람은 백만장자인 쿨리로, 그자는 난처한 일이 벌어질까 봐 자기 비서의 체포에 대해서 항의하지 않았지요. 그리고 제 친구인 에티엔 드 보드레, 즉 저는 축하받아야 할 일입니다. 별로 상냥한 구석이라곤 없는 그 쿨리로부터 선금으로 받은 오십만 프랑을 간직함으로써 공중의 도덕심을 위해 복수를 행했다는 점에서죠.

　글이 이렇게 길어진 점에 대해 사과드리며 존경하는 편집장님, 제 각별한 심정을 받아주시기 바랍니다.

　　　　　　　　　　　　　　　　　　아르센 뤼팽

　이지도르는 〈속이 빈 바늘〉의 문서를 연구하던 때만큼이나 세심하게 이 편지의 각 부분들을 살폈다. 그는 우선 다음의 원칙에서 출발했고 그 원칙이 맞다는 것을 증명하는 것은 쉬운 일이었다. 즉 뤼팽이 지금까지 어떤 절대적인 필요 없이, 어떤 동기 없이 신문에 그 유쾌한 편지들을 보내어 싣게 하는 수고를 들인 적은 없었다. 그 동기는 사건이 진행됨에 따라 어느 날인가는 밝혀지게 마련이었다. 이 편지의 동기는 무엇일까? 어떤 비밀스런 이유로 그가 자신의 사랑과 그 사랑의 실패를 고백하는 것일까? 그가 살펴보아야 할 곳이 바로 그 지점인가 아니면 헬링턴 씨에 관한 설명을 살펴야 할 것인가, 그것도 아니라면 좀더 멀리 나아가 행간 속에서 단어들 뒤에 숨어 있는 어떤 것을 찾아야 하는 것인가? 즉 눈에 보이는 말들은 어떤 사소한 생각을 불어넣어 사악하고 거짓된 혼란에 빠트리는 것만이 목적인 게 아닐까?

몇 시간 동안이나 청년은 열차 칸에 갇혀 걱정스럽게 생각에 잠겨 있었다. 이 편지는 의구심을 불러일으켰고, 마치 그를 위해서 씌어진 것처럼, 즉 개인적으로 그 자신이 실수하게 만드려는 목적을 가진 것처럼 느껴졌다. 그는 직접적인 공격이 아니라 수상하고, 뚜렷하게 정의할 수 없는 싸움의 진행과 마주하게 되었으므로, 아주 분명한 공포의 감정을 느꼈다. 그리고 자신의 잘못으로 납치된 상냥하고 나이 드신 아버지를 생각하자 이렇듯 대등하지 못한 결투를 계속한다는 것은 미친 짓이 아닌가 불안 속에서 자문했다.

잠시의 실패일 뿐이다! 아침 여섯시, 몇 시간 눈을 붙여 기운을 보충한 다음 자신의 열차 칸에서 내려올 때에는 모든 확신을 되찾고 있었다.

플랫폼에선 아버지에게 숙소를 제공하는 친절을 베풀었던 군기지 직원 프로브르발이 기다리고 있었고, 열두어 살쯤 돼보이는 딸 샤를로트를 데리고 있었다.

「그래, 어찌되었죠?」

보트를레가 외쳤다.

이 딱한 청년은 탄식을 하며 다짜고짜 상대방을 근처 한 카페에 데리고 들어갔다. 그리고는 커피를 주문하고 상대가 다른 말을 꺼낼 틈도 주지 않고 이야기를 시작했다.

「제 아버님은 납치되지 않았어요, 그렇죠? 그건 불가능한 일이지요?」

「불가능하지. 그렇지만 그분은 사라졌네」

「언제부터죠?」

「우리도 모른다네」

「뭐라고요?」

「그래. 어제 아침 여섯시에 평소와 달리 그분이 밑으로 내려오시지 않기에 내가 그분 방문을 열어보았지. 그런데 그분은 거기에 없었다네」

「하지만 그 전날, 그저께는 아버님이 계셨나요?」

「그래. 그저께 그분은 온종일 방에만 계셨어. 조금 피곤한 듯싶으셔서 샤를로트가 정오와 저녁 일곱시에 점심 식사와 저녁 식사를 가져다드렸네」

「그렇다면 그제 저녁 일곱시부터 어제 아침 여섯시 사이에 사라지신 거로군요?」

「그렇지. 그저께 밤에 사라지신 거지. 다만……」

「다만?」

「에, 그러니까 이거네. 밤에는 그 누구도 병기고를 떠날 수 없게 되어 있어」

「그렇다면 나가지 않으셨다는 말이군요」

「불가능해! 나와 동료들은 군기지를 샅샅이 뒤졌다고」

「그러면 나가신 거로군요」

「불가능하지. 모든 것을 감시하고 있었으니까」

보트를레는 잠시 생각에 잠기더니 말을 꺼냈다.

「그러고 나서는?」

「그러고 나서 내가 사령부로 달려갔고 경찰서장에게 연락을 취했지」

「그가 아저씨 집으로 왔나요?」

「그래, 경찰청에서도 한 사람이 왔지. 오전 내내 수색을 했어. 전혀 진전이 없고 더 이상 희망이 없다는 것을 알았을 때 내가 자네에게 전보를 쳤다네」

「그분 방의 침대는 흐트러져 있었나요?」

「아니」

「방은 정돈되어 있었고요?」

「그래. 나는 그분의 파이프와 담배, 그분이 읽던 책이 원래 있던 자리에 놓여 있는 것을 보았네. 심지어 그 책의 중간쯤 펼쳐진 쪽에 자네 사진이 끼워져 있는 것도 보았지」

「보여주세요」

프로브르발은 사진을 건넸다. 보트를레는 놀란 듯한 몸짓을 했다. 스냅사진 속의 그는 두 손을 주머니에 넣고 나무들과 폐허가 있는 잔디밭을 배경으로 서 있었다. 프로브르발이 덧붙였다.

「그분에게 보낸 마지막 자네 사진일걸세. 여기 뒤를 보면 날짜가 있지. 4월 3일, 사진사의 이름인 R. 드 발, 그리고 도시의 이름, 리옹……리옹쉬메르겠지, 아마」

이지도르는 사진을 뒤집어 자신의 필체로 씌어진 짤막한 메모를 읽었다.

〈R. 드 발. ──3-4── 리옹.〉

그는 몇 분 동안 침묵을 지키다가 말을 이었다.

「제 아버님이 당신에게 이 스냅사진을 보여준 적이 있었나요?」

「전혀 없었어. 그래서 어제 그걸 보았을 때 좀 놀랐지. 자네에 대해서 말씀은 그렇게 자주하셨는데 말이야!」

또다시 침묵이 이어졌다. 아주 긴 침묵이었다. 프로브르발이 중얼거렸다.

「저, 나는 작업장에 볼일이 있는데……. 지금쯤 돌아가는 것이 어떻겠나?」

그는 입을 다물었다. 이지도르는 그 사진에서 눈을 떼지 않고 모든 것을 뜯어보고 있었다. 마침내 청년이 물었다.

「이 도시 근방, 몇 킬로미터쯤 떨어진 곳에 리옹도르라는 여관이 있습니까?」

「그래, 정말 그렇다네. 여기서 4킬로미터 정도 떨어진 곳이야」

「발로뉴로 가는 길에 있지 않나요?」

「분명 발로뉴로 가는 길이지」

「아, 그렇다면 그 여관이 뤼팽 일당들의 근거지였다고 가정하기에 충분합니다. 그곳에서 저의 아버님과 접촉하기 시작한 거지요」

「무슨 이야기인가! 자네 아버지는 누구하고도 이야기하지 않았어. 그분은 아무도 만나지 않았네」

「아무도 만나지 않았지만 중개인을 이용했습니다」

「무슨 증거가 있는가?」

「이 사진입니다」

「하지만 그것은 자네 것이지 않은가?」

「제 사진이지요. 하지만 제가 보낸 것은 아닙니다. 저는 그 사진을 알지도 못했어요. 그 사진은 제가 모르는 사이에 앙브뤼메지의 폐허에서 찍은 것입니다. 분명 당신도 아시겠지만 아르센 뤼팽의 공범이었던 예심판사의 서기가 찍었을 겁니다」

「그래서?」

「이 사진은 제 아버님의 신뢰를 얻기 위한 신분증, 부적이었던 것이지요」

「하지만 누가? 누가 우리집에 들어올 수 있었다는 건가?」

「저도 모릅니다. 하지만 제 아버님은 함정에 빠지신 겁니다. 누군가 제가 근처에서 그를 만나기 원하며 리옹도르 여관에다 약속을 잡았다고 말했고 그분은 믿은 거죠」

「하지만 그건 말도 안 돼, 전부 다! 어떻게 그걸 확신할 수 있는 건가?」

「아주 간단합니다. 누군가 사진 뒤에 제 필적을 모방했고 약속 장소를 명기해 놓았으니까요. 발로뉴로 가는 길, 3.4킬로미터, 리옹 여관. 제 아버님은 그곳에 가셨고 그들에게 붙잡히신 겁니다. 이게 전모입니다」

「그렇겠군」

아연해진 프로브르발이 중얼거렸다.

「그래, 인정하네. 일이 그렇게 된 거군. 그러나 그 모든 것도 어떻게 그분이 밤에 빠져나갈 수 있었는지는 설명해 주지 못하네」

「아버님은 약속 장소에 가기 위해 밤까지 기다릴 작정으로 대낮에 나간 겁니다」

「하지만 빌어먹을, 그분은 그저께 하루 종일 자기 방을 떠나지 않았는데!」

「뭔가 해결할 방법이 있었던 거죠. 프로브르발, 기지로 뛰어가서 그저께 오후에 보초를 섰던 사람 하나를 찾아주세요. 저를 여기서 다시 만나시려면 서두르셔야 합니다」

「자네는 그럼 떠나는 건가?」

「예, 기차를 탈 겁니다」

「뭐라고! 하지만 자네는 아직 모르는 것이……. 자네의 수사는……」

「제 수사는 끝났습니다. 제가 알려던 것들은 대충 다 알았어요. 한 시간 후에 저는 셰르부르그를 떠날 겁니다」

프로브르발은 일어섰다. 그는 완전히 얼이 빠진 듯한 표정으로 보트를레를 바라보고 잠시 망설이다가 모자를 집어들었다.

「같이 가야지, 샤를로트?」

「아뇨, 아직 몇 가지 정보들이 더 필요합니다. 저와 함께 남겨두시죠. 그러면 우리는 이야기를 나누고 있겠습니다. 저는 애가 아주 어렸을 때부터 알았으니까요」

프로브르발은 떠났다. 카페 홀에는 보트를레와 소녀, 둘만이 남아 있었다. 몇 분이 지나 급사가 들어와 잔을 가져다주더니 사라졌다. 청년의 눈과 아이의 눈이 마주쳤고 아주 다정하게 보트를레는 자기 손을 소녀의 손 위에 올려놓았다. 그녀는 숨이 막히는 듯 정신을 못 차리고 잠시 동안 그를 쳐다보았다. 그러더니 갑자기 두 팔에 머리를 처박고 울음을 터뜨렸다.

그는 그녀가 울도록 잠자코 내버려두었다가 어느 정도 시간이 지나자 말을 걸었다.

「전부 네가 한 짓이야, 그렇지? 중개인 역할을 한 것이 너였지? 그 사진을 가져온 것도 너고? 그렇다고 고백하겠지, 그렇지 않니? 그리고 그저께 내 아버님이 방에 안 계신 걸 알면서도 계시다고 말했어, 맞지? 왜냐하면 아버님이 빠져나가도록 도운 게 너였으니까……」

그녀는 대답하지 않았다. 그는 그녀에게 말했다.

「어째서 그런 짓을 했니? 분명 돈을 주었겠지……. 리본이나

144

옷가지를 살 만한 돈이었겠지······」

그는 샤를로트의 팔을 풀더니 그녀의 머리를 들었다. 그는 눈물로 얼룩진 안쓰러운 얼굴과 온갖 유혹, 온갖 나약함의 운명을 가지고 태어난 아가씨들의 상냥하고 염려에 찬 불안스런 표정을 보았다.

「됐어, 끝났어······. 더 이상 이야기하지 않을게」

보트를레가 말을 이었다.

「심지어 어떻게 해서 벌어진 일인지도 묻지 않겠어. 단지 나한테 도움이 될 만한 것들은 모두 말해 줘야 해! 뭔가 건네들은 것이 있었니? 그 사람들이 하는 말이나······, 납치는 어떻게 실행되었지?」

그녀는 곧장 대답했다.

「자동차로······, 그런 말을 하는 것을 들었어요」

「그러면 어떤 길로 갔지?」

「아, 그건 나도 몰라요」

「뭔가 우리를 도와줄 수 있는 말을 네 앞에서 한 적이 없었니?」

「전혀······. 그렇지만 이렇게 말한 사람이 하나 있었어요. 〈늦장 부릴 시간이 없을 거야. 대장이 내일 아침 여덟시에 그리로 우리한테 전화를 걸기로 했다고」

「거기가 어디지?」

「그러니까, 기억이 잘······」

「잘 찾아봐······. 기억을 되새겨봐. 무슨 도시 이름이야, 그렇지?」

「그래요. 이름인데······, 샤토 뭐라는데······」

「샤토브리앙? 샤토티에리?」

「아니······, 아녜요」

「샤토루」

「바로 그거예요. 샤토루」

보트를레는 그녀가 말을 끝낼 때까지 기다리지도 않았다. 그는
이미 일어서 있었고, 프로브르발은 전혀 생각지도 않았으며 여자
애를 돌보는 것도 잊은 채였다. 그녀는 그런 그를 얼이 빠져서 바
라보았다. 그는 문을 열고 역을 향해 달렸다.

「샤토루 부탁합니다, 아주머니. 샤토루로 가는 차표요」

「르망과 투르를 통해서?」

창구 직원이 물었다.

「당연해요……, 제일 지름길로 해서요. 점심때까지는 도착할까요?」

「아! 아뇨……」

「저녁때는? 잘 시간 전에는?」

「저런, 아뇨. 그러려면 파리를 통해서 가야죠. 파리 급행은 여
덟시에 있어요. 너무 늦었군요」

그러나 아직 늦지 않았다. 아직은 기차를 잡을 수 있었다.

보트를레는 두 손을 마주 비비며 말했다.

「어디 보자, 셰르부르그에서 한 시간밖에 보내지 않았지만 아
주 유용한 시간이었어」

단 한순간도 그는 샤를로트의 거짓말을 비난하겠다는 생각을
하지 않았다. 나약하고 혼란에 빠진 여린 본성은 더 끔찍한 배신
이라도 해치울 수 있을 테지만 마찬가지로 진실한 애정에도 복종
을 했고, 보트를레는 그 겁먹은 눈에서 자신이 저지른 악행에 대
한 부끄러움과 일부만이라도 그것을 되돌리는 데에서 느끼는 즐
거움이 담겨 있는 것을 보았다. 그러므로 그는 샤토루가 뤼팽이
암시한 적 있는, 그가 공범들에게 전화를 걸기로 했던 도시라고

확신했다.

파리에 도착하자마자 보트를레는 미행당하지 않기 위해 필요한 모든 조치를 취했다. 그는 지금이 정말 중요한 순간임을 느꼈다. 그는 자신의 아버지에게로 이끌어줄 올바른 길을 가고 있었다. 사소한 부주의로도 모든 것을 망칠 수 있었다.

그는 학교 동기생의 집으로 들어가 한 시간 후 완전히 알아볼 수 없는 모습이 되어 나왔다. 서른 살쯤 먹은 영국인으로 커다란 체크 무늬 밤색 정장에 짧은 바지를 입고, 모직 양말을 신고 여행용 모자를 쓰고, 울긋불긋한 얼굴에 붉은 턱수염을 조금 기른 모습이었다. 그는 그림 도구 일체가 매달려 있는 자전거에 올라타 오스털리츠 역을 향하여 달려나갔다.

저녁에 그는 이수덩에서 잤다. 다음날 아침 동이 트자마자 그는 자전거 위로 뛰어올랐다. 그리고 일곱시 샤토루의 우체국에 나타나 파리와 통화를 신청했다. 기다려야 했으므로 그는 직원과 대화를 나누었고, 그 전전날 같은 시각, 자동차 운전사 복장을 한 사람이 역시 파리와 통화하기를 요청했다는 사실을 알게 되었다.

증거가 확보되었다. 그는 더 이상 기다리지 않았다.

오후, 그는 확실한 증언들을 통해서 리무진 한 대가 투르 도로를 따라서 뷔장세 마을과 샤토루 읍을 지나서 숲 경계에 멈추었다는 것을 알았다. 열시경에 어떤 사람이 모는 카브리올레가 리무진 옆에 정차했다가 부잔 고개를 통해서 남쪽으로 멀어져 갔다. 그때 운전사 옆에는 또 한 사람이 앉아 있었다. 그리고 리무진은 반대 방향을 택해 북쪽으로 이수덩을 향해 나아갔다.

이지도르는 아주 간단하게 카브리올레의 소유주를 찾아낼 수 있었다. 하지만 그 소유주는 아무 이야기도 해주지 못했다. 그는 어떤 사람에게 마차와 말을 빌려주었고 빌려간 사람은 다음날 돌려주러 왔을 뿐이었다.

마침내 그날 저녁, 이지도르는 자동차가 이수덩을 가로질렀을 뿐 오를레앙을 향한 도로, 즉 파리를 향해서 계속 나아갔다는 점을 확인했다.

그 모든 것으로부터 가장 확실한 방식으로 보트를레는 아버지가 주변에 있다는 결론을 이끌어낼 수 있었다. 그자들이 단지 샤토루에서 전화를 걸기 위해 프랑스를 가로질러 거의 5백 킬로미터를 달렸다가 파리로 향하는 거의 정반대쪽 방향의 길로 되돌아갔다고는 도저히 생각할 수 없었다. 이 놀랄 만한 길이의 나들이는 분명한 목적을 가지고 있었다. 보트를레의 아버지를 지정된 장소로 옮기는 것.

「그리고 그 장소는 내 손이 닿는 곳에 있어」

이지도르가 희망으로 몸을 떨면서 혼잣말을 했다.

「여기서 40킬로미터쯤, 아니 60킬로미터쯤 떨어진 곳에 아버지가 내가 구해 주기를 기다리고 계셔. 그분은 여기 있어. 나와 같은 공기를 숨쉬고 있어」

곧바로 그는 시골을 돌아보기 시작했다. 8만 분의 1 지도를 집어들고 작은 사각형들로 나누어 하나하나 차례로 방문했다. 농장에 들르고 농부들과 대화를 나누며, 학교 선생과 읍장, 신부들을 만나고 여자들과 수다를 떨었다. 조만간 목적에 도달할 것처럼 보였고, 그의 희망은 더욱 부풀어올라 자기 아버지만이 아니라 뤼팽이 포로로 잡고 있는 모두, 어쩌면 레몽드 드 생베랑이나 가니마르, 헐록 숌즈와 아주 많은 다른 이들까지도 구해 내기를 바

랐다. 그리고 그들에게 다가가는 것과 동시에 그는 뤼팽의 성채 한복판으로, 그가 숨어 있는 굴이자 세계로부터 훔친 보물들을 쌓아놓은 침입할 수 없는 은신처에 이르게 되는 것이다.

하지만 보름 동안의 헛된 수색 후에 그의 열의는 사그라들기 시작했고 급속하게 그는 자신감을 잃어버렸다. 모습을 드러내지 않는 성공에 대해서 어느덧 그는 거의 불가능한 것으로 판단하기 시작했다. 비록 자신의 수색 계획을 계속 따르기는 했지만 자신의 노력이 아주 조그마한 것이라도 발견할 때마다 진짜 놀라곤 했다.

단조롭게 기운을 빼앗는 며칠이 더 흘러갔다. 그는 신문을 보고 제브르 백작과 그의 딸이 앙브뤼메지를 떠나 니스 근처에 정착했다는 사실을 알았다. 또한 아르센 뤼팽이 준 단서대로 결백함이 밝혀진 헬링턴 씨의 석방도 알게 되었다.

그는 근거지를 바꾸어서 이틀 동안은 라샤트르에서 다음 이틀은 아르정통에서 머물렀다. 결과는 같았다.

그쯤 되자 그는 거의 탐색을 포기할 지경이 되었다. 분명 그의 아버지를 데려온 카브리올레는 한 단계만 제공한 것이고 또다른 자동차에 의해서 다른 단계가 이어졌던 것이리라. 그리고 그의 아버지는 멀리 있을 터였다. 그는 떠날 생각을 하기 시작했다.

그런데 월요일 아침, 그는 파리에서 우표가 붙어 있지 않은 편지 한 장을 받았고 그 필적을 알아차리고는 당황했다. 그는 몇 분 동안이나 실망할까 봐 두려워 감히 개봉하지도 못할 정도로 감정이 끓어올랐다. 그의 손이 떨렸다. 이것이 가능한 일인가? 그의 지옥 같은 적이 내민 함정이 아닐까? 단번에 그는 편지를 뜯었다.

그것은 분명 그의 아버지 본인이 쓴 편지였다. 글투에는 그가 너무나도 잘 알고 있는 모든 세세한 특징들과 글 버릇들이 나타나 있었다. 편지의 내용은 이랬다.

내 사랑하는 아들아, 이 글이 네게 전해지게 될까? 나는 차마 그렇게 믿을 엄두가 나지 않는구나.

납치되었던 날 밤새도록 우리는 자동차로 여행을 했고, 아침에는 마차를 이용했다. 나는 아무것도 볼 수가 없었지. 나는 눈가리개를 하고 있었다. 그자들이 나를 잡아두고 있는 성은 건물 형태나 정원의 식물들로 판단해 볼 때 프랑스의 중심부에 있는 게 분명하다. 내가 머물고 있는 방은 삼층에 있으며 두 개의 창문이 있는데, 그중 하나는 등나무로 된 커튼으로 거의 막혀 있단다. 오후에는 일정한 시간 동안 자유롭게 지낼 수 있고 정원으로 나갔다가 들어올 수도 있지만 감시가 게을러지지는 않지.

아주 우연하게 나는 너에게 이 편지를 써서 돌 하나에 매달았다. 어쩌면 어느 날엔가 그것을 담 너머로 던질 수 있을지도, 그리고 어떤 농부가 그것을 주울지도 모르겠다. 걱정하지 말아라. 그자들은 나를 아주 정중하게 대한단다.

너를 몹시 사랑하는, 그리고 내가 너에게 가져다줄 걱정을 생각하며 슬퍼하는 너의 늙은 아버지가.

보트를레

이지도르는 곧바로 우체국 소인을 살펴보았다. 앙드르의 퀴지옹이라고 적혀 있었다. 앙드르! 그곳은 벌써 몇 주 동안이나 그가 뒤지는 데 열중했던 그 지방이었다!

그는 손에 놓은 적이 없는 작은 휴대용 안내서를 뒤져보았다. 퀴지옹, 에귀종 지역의 마을……, 그곳 역시 그가 지나간 곳이었다.

신중을 기하기 위해서 그는 그 지역에 얼굴이 알려지기 시작한 영국인의 변장을 그만두고 노동자의 모습으로 변장했다. 그리고 별로 크지 않아서 편지를 보낸 사람을 어렵지 않게 찾을 수 있을 것 같은 퀴지옹으로 달려갔다.

게다가 곧바로 운이 따라주었다.

「지난주 수요일 우체국에 던져진 편지라고?」

읍장이 외쳤다. 그는 상냥한 부유 계층으로 보트를레가 자신의 처지를 털어놓자 최대한 도울 것을 약속했다.

「들어보게나. 내 생각에는 자네에게 아주 귀중한 단서를 줄 수 있을 것 같군. 토요일 아침 마을 끝에서 이 지방의 모든 장터를 돌며 칼을 갈아주는 샤렐 영감을 만났는데, 그가 나에게 묻더군. 〈읍장님, 우표가 없는 편지라도 지가 알아서 가나요?〉〈그럼.〉〈그러면 목적지에 잘 도착하나요?〉〈당연하지. 단지 세금을 조금 더 내야 하지, 그게 다라네.〉」

「그러면 그는 어디에 사나요. 샤렐 영감님은?」

「그는 저쪽 언덕 위에, 묘지 옆에 있는 오두막에서 혼자 살지. 내가 함께 가주기를 원하나?」

오두막은 외따로 떨어져 과수원 한가운데에 높은 나무들로 둘러싸여 있었다. 그들이 안으로 들어가자 까치 세 마리가 집 지키는 개가 묶여 있는 개집으로부터 날아올랐다. 개는 짖지 않았고 그들이 다가오는 데도 움직이지 않았다.

보트를레는 깜짝 놀라서 앞으로 다가갔다. 그 짐승은 모로 누워 다리가 뻣뻣하게 굳은 채 죽어 있었다.

그들은 서둘러 집으로 다가갔다. 문은 열려 있었다.

그들이 안으로 들어섰다. 축축하고 낮은 방 가운데 땅바닥에 던져진 질 나쁜 짚으로 된 매트 위에 한 사내가 옷을 전부 입은 채로 누워 있었다.

「샤렐 영감!」

시장이 외쳤다.

「죽었나? 그도 역시?」

영감의 두 손은 차가웠고 표정은 끔찍하게 창백했다. 하지만 심장은 여전히 약하고 느리게 뛰고 있었고 상처를 입은 것 같지는 않았다.

영감이 정신을 차리게 하려고 몸을 문질렀으나 정신이 돌아오지 않자 보트를레는 의사를 찾으러 나섰다. 그러나 의사 역시 그 이상 뭔가를 하지는 못했다. 그는 단지 자고 있다고도 할 수 있었지만, 인공적인 수면 상태로 꼭 최면이나 수면제에 의해서 잠든 것처럼 보였다.

그러나 다음날 한밤중에 옆을 지키고 있던 보트를레는 영감의 숨결이 강해지며, 그의 존재 전체가 그를 마비시킨 보이지 않는 끈으로부터 풀려나는 것처럼 보이는 것을 눈치 챘다.

새벽녘에 영감은 깨어났고 정상적인 상태를 회복해서 음식을 먹고 마시고 몸을 움직였다. 하지만 하루 종일 청년의 질문에 대답할 수가 없었고, 그의 뇌가 설명할 수 없는 어떤 마비 상태로 여전히 굳어 있는 것처럼 보였다.

다음날이 되어서야 그는 보트를레에게 물었다.

「당신 여기에서 뭐하시오? 당신 말이오」

처음으로 그는 자기 옆에 낯선 이가 있는 것에 놀라는 참이었다.

조금씩조금씩 그런 식으로 그는 정신을 차려갔다. 그는 말을 했고 해야 할 일을 얘기했다. 하지만 잠이 들기 이전에 있던 일들에 대해서 보트를레가 물어보면, 전혀 이해하지 못하는 것처럼 보였다.

그리고 실제로 보트를레는 그가 이해하지 못한다고 느꼈다. 그는 지난 금요일 이후로는 아무것도 기억하지 못했다. 마치 그의 일상적인 삶의 흐름 중에 어떤 틈이 생긴 것 같았다. 그는 금요일 아침 나절과 오후에 한 일, 장터에서 이루어진 거래, 여관에서 먹었던 식사에 대해서 얘기해 주었다. 그러고는 더 이상 아무것도 없었다. 그는 자신이 깨어난 게 그 다음날 일이라고 생각했다.

보트를레에게는 경악할 만한 일이었다. 진실이 거기에 있었다. 그 너머로 아버지가 기다리고 있는 정원의 담을 보았던 두 눈 속에, 편지를 주웠던 손안에, 그 장면이 벌어진 장면, 풍경, 그 사건이 일어난 세상의 어느 한적한 구석을 기억하고 있는 혼란스런 머릿속에 진실이 있었다. 그러나 그 손과 눈, 머리에도 불구하고 그렇게나 가까운 진실에 대한 아주 작은 그림자조차 얻어낼 수 없었다.

아! 그의 노력에 저항하는 저 형체 없는 놀라운 난관, 침묵과 망각으로 이루어진 그 난관은 확실히 뤼팽의 표식을 지니고 있었다! 오직 그만이, 분명히 보트를레의 아버지가 어떤 신호를 보내려고 시도했다는 것을 알게 된 후에 유일하게 그를 방해할 수 있는 증언을 할 만한 저 영감을 부분적인 죽음으로 몰아갈 수 있었다. 보트를레 자신이 발견되었다고 느끼거나 뤼팽이 그의 은밀한 공격을 알아차렸으며, 편지 한 장이 그에게 도달했다는 사실을 발견하고 대항하고 있다는 생각이 든 것은 아니었다. 하지만 얼마나 놀라운 예지와 진정한 두뇌인가! 그저 지나가던 이가 증언할 가능성마저 없애버리다니. 더 이상 어느 누구도 어떤 정원의 담 사이에 구원을 요청하는 포로가 존재하고 있다는 것을 알지 못했다.

어느 누구도? 아니, 보트를레가 있었다. 샤렐 영감이 말을 할 수가 없다고? 좋다. 하지만 적어도 그 영감이 들르는 장터나 그곳에 가기 위해 그가 택할 만한 길은 알 수는 있었다. 그리고 그 길을 따라가다 보면 마침내 그곳을 찾게 될 수도 있었다.

지금까지 이지도르는 몹시 주의를 기울이며, 아무런 의혹도 불러일으키지 않을 방식으로만 샤렐 영감의 오두막에 들렀다. 그는 그곳에 다시 돌아가지 않기로 결정했다. 그는 물어물어 금요일이 이삼십 킬로미터 떨어진 곳에 있는 커다란 마을 프레슬린의 장날이라는 것을 알게 되었고, 그곳에 가려면 상당히 돌아가는 큰 도로를 통하거나 지름길을 통해야 한다는 것을 알았다.

금요일, 그는 그곳에 가기 위해서 큰 도로를 선택했다. 그러나 주목할 만한 어떤 것도, 어떤 높은 성벽이나 성의 그림자도 찾지 못했다. 그는 프레슬린 여관에서 점심을 먹고 샤렐 영감이 칼 가는 작은 수레를 밀면서 광장을 가로질러 나타나는 것을 보고는 떠날 채비를 했다. 그는 곧장 멀찌감치 뒤에서 영감을 뒤쫓았다.

영감은 두 번이나 끝나지 않을 것처럼 한참 동안 멈춰서 열두어 개의 칼을 갈았다. 그러더니 마침내 크로장과 에귀종 마을로 향하는 완전히 다른 길로 떠나갔다.

보트를레는 그의 뒤를 쫓아 그 길로 들어섰다. 하지만 5분도 걷지 않아, 그 영감을 뒤쫓는 것이 자기 혼자가 아니라는 느낌이

들었다. 한 사람이 그들 사이로 가면서 샤렐 영감과 같은 순간에 멈추었다가 다시 출발하고는 했고, 별로 몸을 숨기려고 하지도 않는 것 같았다.

〈그를 감시하고 있어. 어쩌면 그가 담벼락 앞에서 멈추는지 알아보려는 것일지도 모르지.〉

보트를레가 생각했다. 그의 심장이 뛰었다. 결정적인 순간이 가까워지고 있었다.

나란히 서로를 뒤쫓으며, 셋은 이 지방의 언덕들을 오르내렸고 크로장에 도착했다. 거기에서 샤렐 영감은 한 시간 동안 쉬었다. 그러더니 강 쪽으로 내려가서 다리를 건넜다. 그러자 보트를레를 놀라게 만드는 한 가지 사건이 일어났다. 그 사람은 강을 건너지 않았다. 그는 영감이 다리를 건너는 모습을 바라보다가 시야에서 사라지자 밭 한가운데 난 좁은 길로 들어섰다. 어떻게 할까? 보트를레는 몇 초 동안 망설이다가 바로 결정을 내렸다. 그는 그 사람을 뒤쫓기 시작했다.

〈그는 샤렐 영감이 바르게 지나갔다는 점을 확인한 거야. 안심을 하고 떠나는 거지. 어디로? 성으로?〉

목표가 거의 가까웠다. 그는 일종의 고통스런 희열 속에서 그것을 느꼈으며, 그 사실이 그를 안도하게 만들었다.

사내는 강을 에워싸고 있는 어두운 숲으로 들어가더니 다시 오솔길 저편 환한 빛 속으로 모습을 드러냈다. 그러나 보트를레가 숲에서 나왔을 때 사내의 모습이 종적을 감춰 몹시 놀랐다. 그는 눈으로 사내를 찾다가, 갑자기 신음소리를 내지르고는 뒤로 껑충 뛰어 지금 막 떠나온 나무들이 선을 이루며 늘어서 있는 곳으로 돌아갔다. 그의 오른편에 성벽으로 이루어진 성채가 보였고, 성벽에는 같은 간격으로 육중한 버팀벽이 덧대어져 있었다.

거기였다! 바로 거기였다! 저 벽이 그의 아버지를 가두어놓고 있었다! 그는 뤼팽이 그의 피해자들을 데려다놓은 비밀 장소를 찾은 것이다!

그는 더 이상 숲의 무성한 나뭇잎들이 제공하는 은신처에서 떨어질 엄두를 내지 못했다. 그는 천천히 거의 배를 바닥에 깔고서 오른쪽으로 갔고, 그렇게 해서 주변 나무들의 꼭대기 정도 높이에 이르는 언덕 꼭대기에 도달했다. 성벽은 그보다 더욱 높았지만 성벽에 둘러싸인 성의 지붕은 알아볼 수 있었다. 루이 13세풍의 오래된 지붕으로 아주 가는 작은 첨탑들이 그보다 더 뾰족하고 높은 첨탑 주변을 둥글게 감싸며 솟아 있었다.

보트를레는 그날 하루는 그 이상 일을 진행시키지 않았다. 그는 생각할 필요가 있었고 어떤 것도 우연에 맡기지 않을 완벽한 공격 계획을 세워야 했다. 뤼팽을 지배할 자, 이제는 그가 전투의 시간과 방법을 결정할 것이다. 그는 떠났다.

다리 근처에서 그는 우유 단지를 이고 가는 두 명의 시골 아낙네와 마주쳤다. 그가 그들에게 물었다.

「저기, 숲 뒤에 있는 저 성을 뭐라고 부르지요?」

「저거요? 젊은 양반, 저 성은 에귀유 성이지요」

그는 별뜻 없이 질문을 던졌다. 그러나 대답은 그를 동요하게 만들었다.

「에귀유 성……, 아! 그런데 지금 여기가 어디지요? 앵드르 지방인가요?」

「저런, 앵드르는 강 저쪽 편이지요. 이쪽은 크뢰즈랍니다」

이지도르는 현기증을 느꼈다. 에귀유 성! 크뢰즈 지방! 에귀유 크뢰즈! 속이 빈 바늘! 바로 문서의 열쇠! 결정적이고 완전한 보장된 승리…….

　말 한마디 덧붙이지 않고, 그는 여인들에게서 등을 돌리고는 술에 취한 사람처럼 비틀거리며 떠났다.

역사적인 비밀

이지도르의 해결책은 즉각적인 것이었다. 그는 혼자 행동할 생각이었다. 검찰에 알리는 것은 너무 위험했다. 더구나 그는 가정들밖에 제공할 수 없는데 검찰의 행동은 느려터지고 비밀이 새어나갈 게 확실하므로, 앞서서 진행되어야 할 모든 수사들이 두려웠다. 그것들이 진행되는 사이에 경고를 받은 뤼팽은 여지없이 깨끗하게 도피해 버릴 것이 분명했다.

다음날 여덟시가 되자마자, 그는 짐 꾸러미를 가슴에 안고 머물고 있던 퀴지옹 근처의 여관을 떠났다. 그리고 처음으로 나타난 덤불 숲으로 들어가 노동자 옷을 벗고 이전의 젊은 영국 화가의 모습으로 돌아와 근방에서 가장 큰 읍인 에귀종의 공증인 사무소를 방문했다.

그는 이 지방이 마음에 들며 적당한 거주지를 구할 수 있다면 기꺼이 부모와 함께 정착하겠노라고 말했다. 그러면서 사람들이

크뢰즈의 북쪽에 있는 에귀유 성 이야기를 하더라는 뜻을 내비
쳤다.

「그렇죠, 하지만 에귀유 성은 지난 5년 동안 제 고객 중 한 분
이 소유하신 성으로 매물이 아닙니다」

「그럼 그가 거기에 사나요?」

「그가 살았어요. 아니 그보다 오히려 그의 어머니가 살았죠.
하지만, 그분은 그 성이 좀 적적하다고 여기셔서 마음에 들어하
지 않으셨어요. 그래서 작년에 그곳을 떠났죠」

「그리고 아무도 살지 않나요?」

「아닙니다. 제 고객이 여름 동안 이탈리아 사람인 앙프레디 남
작에게 성을 빌려줬지요」

「아! 앙프레디 남작이라면, 아직 젊고 좀 점잔빼는 그 사
람……」

「정말, 저는 아무것도 모른답니다. 제 고객이 직접 처리했지
요. 계약서도 없었어요. 그저 간단한 편지 한 장뿐이었죠」

「하지만 당신도 남작을 아실 테지요?」

「아뇨, 그는 거의 성에서 나오지 않습니다.가끔씩 자동차를 타
고, 그것도 밤에 외출하는 듯싶더군요. 식료품은 나이 든 요리사
가 조달하는데 누구와도 이야기하지 않는답니다. 이상한 사람들
이에요……」

「당신 고객이 그 성을 팔려고 할까요?」

「아닐 겁니다. 아주 역사적인 성으로 가장 순수한 루이 13세
양식으로 지어졌지요. 제 고객은 아주 애착을 가지고 있는 데다
가 지금까지 생각을 바꾸지 않았다면……」

「그의 이름을 알려주실 수 있을까요?」

160

「루이 발메라, 몽타보가 34번지입니다」

보트를레는 가장 가까운 역에서 파리로 가는 기차를 탔다. 이틀 후, 별 소득 없던 세 번의 방문 끝에 마침내 루이 발메라를 만났다. 그는 서른 살 정도 된 사내로 친절하고 호탕한 얼굴을 하고 있었다. 보트를레는 말을 돌릴 필요가 없다고 보고 곧바로 자신을 소개한 후 그의 작업의 경과와 목적을 이야기했다.

「제 아버님이 다른 피해자들과 함께 에귀유 성에 감금되어 있다고 확신하기에 충분한 근거가 있습니다. 그래서 저는 당신이 세입자인 앙프레디 남작에 대해서 알고 계신 것을 여쭤보기 위해서 왔습니다」

「별로 없네. 나는 앙프레디 남작을 작년 겨울에 몽테카를로에서 만났지. 그는 여름을 프랑스에서 보내고 싶어하던 참에 우연히 내가 성을 소유하고 있다는 것을 알고 세를 놓으라고 제안한 것일세」

「아직 젊은 사내이지요……」

「그렇다네. 아주 활기찬 눈에 금발 머리를 하고 있었지」

「수염은요?」

「맞아, 뾰족하게 양갈래진 수염이, 신부들처럼 뒤에서 단추를 채우는 목까지 올라오는 깃에 닿아 있었다네. 그러고 보면 어딘지 영국 성공회 신부 같은 분위기가 풍겼어」

「그예요. 바로 그예요. 제가 본 모습 그대로, 정확한 인상착의예요」

보트를레가 중얼거렸다.

「뭐라고! 정말로 그렇게 생각하는 건가?」

「예, 그렇다고 생각해요. 저는 당신의 세입자가 바로 아르센 뤼팽이라고 확신합니다」

이 이야기는 루이 발메라의 흥미를 끌었다. 그는 뤼팽의 모든 모험들과 그와 보트를레 사이에 파란만장한 결투를 알고 있었다. 그는 손을 비볐다.

「이런, 에귀유 성이 유명해지겠는걸……. 나야 불만스러울 게 없지. 사실 내심, 어머님이 거기 살지 않게 된 후로 나는 항상 기회가 닿는 대로 성을 처분할 생각이었으니까……. 그런 일이 생기면 매수자를 찾을 수 있을 거야. 다만……」

「다만?」

「몹시 신중하게 행동하고 분명한 확신이 서는 경우에만 경찰에 알리라고 부탁하고 싶네. 생각해 보게, 만일 내 세입자가 뤼팽이 아니라면 어찌겠는가?」

보트를레는 그의 계획을 설명했다. 그는 밤에 혼자 갈 것이고 담을 넘어서 정원에 숨을 것이다…….

그러자 루이 발메라가 바로 그의 말을 끊었다.

「그렇게 쉽게 그 높은 벽을 넘어가지는 못할걸세. 그렇게 한다고 해도, 어머니가 기르다가 성에 두고 온 두 마리 거대한 개가 자네를 맞을 것이고」

「하! 고깃덩이죠」

「고맙군! 하지만 자네가 피할 수 있다고 치세. 그러고 나서? 어떻게 성에 들어갈 텐가? 문은 육중하고 창에는 철망이 쳐져 있지. 게다가 일단 들어가고 나서는 누가 자네를 인도하지? 여든 개의 방이 있다네」

「예, 삼층에 있는 창이 두 개 나 있는 방이라면?」

「그 방을 알아. 우리는 글리신의 방이라고 부르지. 하지만 그걸 어떻게 찾을 텐가? 계단이 세 개고 복도는 미궁 같아. 내가 열심히 위치를 보여주고 어떻게 가야 할지 설명한다 해도 길을 잃고 말걸세」

「저와 함께 가시죠」

보트를레가 웃으며 말했다.

「불가능해. 나는 어머니와 지중해에서 만나기로 약속했다네」

보트를레는 숙소를 제공한 친구의 집으로 돌아왔고 떠날 준비를 시작했다. 하지만 날이 저물 무렵, 그가 막 떠나려는 참에 발메라가 찾아왔다.

「여전히 나를 원하는가?」

「원하다마다요」

「좋아, 자네와 함께 가지. 그래, 이 탐험에 마음이 동하네. 지겨워질 일은 없을 것 같은 데다가 이 모든 것에 뒤섞이는 것도 흥미로울 거야. 게다가 내 도움이 쓸모 없지는 않을걸세. 보게, 이것으로 벌써 협력이 시작되는 거지」

그는 잔뜩 녹슬어 부서질 듯한 커다란 열쇠를 보여주었다.

「그 열쇠로 문이 열리나요?」

보트를레가 물었다.

「몇 세기 동안 버려진 두 버팀벽 사이에 작은 비밀 문이 숨겨져 있어. 내 세입자에게 알려줄 필요조차 없다고 생각했던 문일세. 한적한 곳을 향하고 있지. 정확히는 숲의 경계에 있네……」

보트를레는 갑자기 그의 말을 막았다.

「그들은 그 출구를 알고 있어요. 제가 뒤쫓던 자는 분명히 그 문을 통해 정원으로 들어갔을 겁니다. 떠나죠. 멋진 한판이 될 거고, 우리가 이길 겁니다. 확실해요. 신중하게 행동하기만 하면 되는 거죠」

　이틀 후, 크로장에 굶주린 말 한 마리가 이끄는 마차를 탄 집
시들이 도착했다. 마차 몰이꾼은 마을 끝에 위치한 버려진 오래
된 창고 밑에 마차를 들여놓도록 허가를 받았다. 몰이꾼은 바로
발메라였고, 그 말고도 버들가지로 긴 의자를 엮고 있는 세 명의
청년들이 더 있었는데, 보트를레와 그의 장송 고등학교 동기들이
었다.
　그들은 거기에 사흘을 머물면서 적당한 밤을 기다렸고 각자 흩
어져 정원 주변을 어슬렁거렸다. 한번, 보트를레는 비밀 문을 찾
아냈다. 그것은 두 버팀벽 사이에 설치되어 있었는데, 가시덤불
장막에 가려져 성벽을 쌓은 바위들이 만들어내는 선들과 거의 구
분이 되지 않았다. 마침내 네번째 밤에 먹장구름이 하늘을 뒤덮
자, 발메라는 상황이 나쁘면 되돌아올 것을 각오하고 정찰을 나
가기로 결정했다.
　네 명 모두 작은 숲을 건넜다. 그리고 보트를레는 히드 덤불
사이로 기어가, 가시덤불 울타리에 손을 긁히면서 반쯤 일어나더
니 천천히 억제된 몸짓으로 열쇠를 자물쇠에 집어넣었다. 조심스
럽게 그는 열쇠를 돌렸다. 문이 이 정도로 열릴 것인가? 반대편에
빗장이 걸려 있지는 않을까? 그러나 문을 밀자 문은 삐걱거리는
소리나 흔들림 없이 열렸다. 그는 정원 안으로 들어섰다.
　「자네 거기 있나, 보트를레?」
　발메라가 물었다.
　「나를 기다리게. 자네들, 두 친구는 도주로가 막히지 않도록
문을 지키고 있게. 조금이라도 수상한 점이 있으면 휘파람을 불

도록」

그는 보트를레의 팔을 잡았고, 그들은 덤불의 두꺼운 그늘 속으로 들어갔다. 중앙에 있는 잔디밭의 가장자리에 이르자 공간이 좀더 밝아졌다. 그 순간 달빛이 구름 사이로 비추었고, 그들은 가늘게 뻗어 있는 첨탑 주변을 에워싼 작은 첨탑들로 가득한 성의 모습을 알아보았다. 성의 이름은 분명, 저 첨탑들로부터 유래한 것이 분명했다. 모든 창의 불이 꺼져 있었다. 어떤 소리도 들리지 않았다. 발메라가 동행인의 팔을 붙들었다.

「조용히하게」

「뭐라고요?」

「저기 있는 개들……, 보이나?」

으르렁거리는 소리가 들려왔다. 발메라는 아주 낮게 휘파람을 불었다. 하얀 두 그림자가 뛰어오르더니, 펄쩍거리며 달려와 주인의 발치에 달려들었다.

「조용, 조용히, 애들아……. 거기 누워. 그래……, 이제 움직이지 마」

그리고 보트를레에게 말했다.

「그럼 이제 걸어가자고. 나는 문제 없네」

「이 길이 확실한가요?」

「그래. 우리는 테라스로 가고 있네」

「그러고 나서요?」

「내 기억으로는, 왼쪽으로 가면 일층 창문 높이만큼 세워져 강을 마주보고 있는 테라스가 있다네. 거기에는 제대로 닫히지 않아 밖에서도 열 수 있는 덧문이 있지」

그들이 그곳에 이르렀을 때, 덧문은 약간 힘을 주자 정말로 움직였다. 발메라는 다이아몬드의 끝으로 유리창을 잘라냈다. 그리고 창문의 고리를 돌렸다. 한 사람씩, 발코니를 넘어섰다. 이제 그들은 성 안에 있었다.

「지금 우리가 있는 방은 복도 끝에 위치하고 있지」

발메라가 말했다.

「그 다음에는 조각으로 장식된 거대한 현관이 있고, 현관 제일 끝에 자네 아버님이 머무르고 있는 방으로 이어지는 계단이 있다네」

그는 한 발을 내딛었다.

「따라오고 있나, 보트를레?」

「예, 예」

「아니잖아, 따라오고 있지 않구먼. 도대체 무슨 일인가?」

그는 보트를레의 손을 잡았다. 손은 얼음장처럼 차가웠고, 그는 청년이 마룻바닥에 웅크리고 앉아 있다는 것을 알아차렸다.

「도대체 무슨 일이야?」

그가 다시 말했다.

「아무것도 아니에요. 괜찮아질 거예요」

「아니, 대체……」

「겁이 나요」

「겁이 난다고!」

「예」

보트를레가 순순히 고백했다.

「신경이 약해져서 그래요. 대개는 조절할 수 있었는데……. 하지만 오늘은, 이 적막에다 감정이 북받쳐서……, 게다가 서기에게 단도로 찔린 후에는……. 하지만 괜찮아질 거예요……. 봐요, 이제 괜찮아요」

실제로 그는 일어나 섰고 발메라는 그를 방 밖으로 이끌었다. 그들은 더듬거리며 복도를 따라갔고 너무나 조용히 움직여서, 서로의 존재조차 느끼지 못할 정도였다. 그러나 흐릿한 불빛이 그들이 향해 가는 복도를 비추는 것 같았다. 발메라는 고개를 내밀었다. 그것은 계단 밑에 야자나무의 가느다란 가지 사이로 보이는 작은 탁자 위에 놓인 야간등이었다.

「멈추게!」

발메라가 작게 내뱉었다.

야간등 근처에 한 사내가 서서 소총을 들고 망을 보는 중이었다. 그들을 보았을까? 어쩌면. 적어도 무엇인가에 대해 경계를 하고 있는 것은 분명한 것처럼 그는 총을 들어 겨누었다.

보트를레는 관목 식물 화분에 기대며 무릎을 꿇고 주저앉아 더 이상 움직이지 않았고, 심장이 가슴에서 뛰쳐나올 것 같았다.

그러나 고요함과 정지된 사물들이 망을 보던 사내를 안심시켰다. 그는 총을 내렸다. 하지만 고개는 여전히 관목 식물 화분을 향한 채였다.

공포스런 몇 분이 흘러갔다. 십 분, 십오 분. 한 줄기 달빛이 계단 창문으로 살며시 쏟아져 들어왔다. 그리고 갑자기 보트를레는 빛줄기가 거의 느껴지지 않을 정도로 서서히 움직이고 있으며 십오 분, 십 분 정도면 그가 있는 곳에 도달해 환하게 얼굴을 비추게 되리라는 것을 알아차렸다.

땀방울이 그의 얼굴에서 떨리는 두 손으로 떨어져 내렸다. 너무나 두려워 그대로 일어나서 도망가고 싶을 지경이었다. 하지만 발메라가 있다는 사실을 기억해 냈다. 눈으로 그를 찾다가 그의 모습을 보고는, 아니 그보다는 관목들과 조각들을 은폐물 삼아 어둠 속에서 기어가는 어렴풋한 모습을 보고는 아연실색하고 말았다. 그는 벌써 계단 밑에 이르러 있었고 사내와 같은 높이로 그에게서 몇 발자국 떨어져 있었다.

그가 뭘 하려는 걸까? 그냥 지나가려는 것인가? 혼자서 올라가 포로들을 풀어주려는 것인가? 하지만 지나갈 수 있을까? 보트를레는 더 이상 그의 모습을 볼 수 없었고 무슨 일인가가 벌어지려 한다는 인상을 받았다. 더 무겁고 끔찍해진 침묵이 그 일을 예고하는 듯이 보였다.

그리고 갑작스럽게 그림자 하나가 사내를 덮쳤고 야간등이 꺼지면서 격투 소리가 들렸다. 보트를레는 달려갔다. 두 개의 몸뚱이가 포석 위를 구르고 있었다. 그가 몸을 숨이려는 참에 거친 신음소리, 한숨 소리가 들렸고, 곧바로 결투자 중 하나가 일어나서 그의 팔을 잡았다.

「서두르게······, 어서 가자고」

발메라였다.

그들은 두 층의 계단을 올라가 카펫이 깔린 복도 입구로 나왔다.

「오른쪽으로, 왼편 네번째 방」

발메라가 속삭였다.

그들은 금세 그 방의 문을 찾았다. 예상대로 포로의 방은 열쇠로 잠겨 있었다. 삼십 분이 걸렸다. 자물쇠를 따기 위해 숨막히는 노력들, 소리를 죽인 시도들로 보낸 삼십 분이었다. 마침내 그들은 안으로 들어갔다. 그리고 보트를레는 더듬거리며 침대를 찾았다. 그의 아버지는 잠들어 있었다. 그가 조용히 그를 깨웠다.

「저예요, 이지도르……. 그리고 친구 한 사람하고요. 걱정하지 마세요. 일어나세요. 한마디도 하지 마세요」

아버지는 옷을 입고 막 나가려는 참에 낮은 목소리로 말했다.

「성에는 나 혼자 있는 게 아냐」

「아! 누구요? 가니마르? 숌즈?」

「아니……, 그들은 보지 못했다」

「그러면?」

「젊은 아가씨란다」

「생베랑 양이지요? 분명해요」

「모르겠구나. 하지만 정원에 있을 때 멀리서 몇 번 보았단다. 게다가 창문에 몸을 기대면 그녀의 방 창문을 볼 수 있는데, 나에게 신호를 보내더구나」

「그녀 방이 어딘지 아세요?」

「그래. 이 복도에 있지. 오른쪽 세번째 방이야」

「푸른 방이군」

발메라가 중얼거렸다.

「문짝 두 개로 된 문이니 고생을 좀 덜하겠군」

확실히 순식간에 문짝 하나를 열 수 있었다. 보트를레의 아버지가 들어가 아가씨에게 알렸다.

십 분 후, 그는 그녀와 함께 방에서 나왔고 아들에게 말했다.

「네가 맞았어. 생베랑 양이다」

그들은 네 명 모두 아래층으로 내려갔다. 발메라는 계단 밑에 멈추어 사내 위로 몸을 숙이더니, 그를 테라스가 있는 방으로 옮겼다.

「그는 안 죽었어. 깨어날 거야」

「아!」

보트를레가 안도의 한숨을 내뱉었다.

「다행히 내 칼날은 접혀 있었지. 그 일격이 치명적이지는 않았다네. 게다가 뭐야, 이 악당 녀석들은 동정할 만한 가치가 없다고」

바깥에서 그들은 두 마리 개들의 마중을 받았고, 개들은 비밀문까지 그들을 호위했다. 거기서 보트를레는 자신의 두 친구를 만났다. 작은 일행은 정원을 나섰다. 새벽 세시였다.

보트를레는 이 첫번째 승리에 만족하지 못했다. 아버지와 아가씨를 안전한 곳에 데려다놓자마자, 그는 성에 사는 사람들에 대해, 특히 아르센 뤼팽의 행적에 대해 묻기 시작했다. 그는 뤼팽이 사나흘에 한 번 정도, 저녁에 자동차를 타고 와서 아침에 다시 떠나고는 했다는 사실을 알게 되었다. 방문할 때마다 그는 두 명의 포로를 만났고, 두 사람 모두 그가 보인 존경심과 굉장한 친절을 칭찬했다. 이때 그는 성에 머무르고 있지 않았다.

그를 제외하면, 그들은 음식과 살림을 해주던 나이든 여인 한 사람과 그들을 돌아가며 감시하던 두 명의 사내밖에는 아무도 만나지 못했다. 두 사내는 그들에게 전혀 말을 걸지 않았고 그들의 행동 방식이나 용모로 판단했을 때 하찮은 말단 부하임에 틀림없었다.

「어쨌든 두 명의 일당임에는 틀림이 없지」

보트를레가 결론을 내렸다.

「아니, 세 명이지. 나이든 여인이 있으니까. 그녀는 무시할 수 없는 사냥감이지. 우리가 시간을 허비하지만 않는다면……」

그는 자전거에 올라타서 에귀종 읍까지 단숨에 달려가 경찰들을 깨웠고, 모두를 움직여서 긴급 나팔을 불도록 한 다음 여덟시에 경찰서장과 여덟 명의 경찰을 동반하고 크로장으로 돌아왔다.

그중 두 명은 보초로 남아 마차를 지켰다. 다른 두 명은 비밀문 앞에 배치되었다. 나머지 네 명은 상관의 지휘를 받으며 보트를레와 발메라와 함께 성의 정문을 향해 다가갔다. 너무 늦었다. 문은 활짝 열려 있었다. 한 농부가 그들에게 한 시간 전에 성에서 자동차가 나가는 것을 보았다고 말해 주었다.

가택 수색은 실제로 아무런 결과도 내지 못했다. 거의 확실히 일당들은 이곳에 임시 거처를 차렸던 게 분명했다. 약간의 옷 더미와 세탁물, 살림 도구가 찾아낸 것 전부였다.

더욱이 보트를레와 발메라를 놀라게 한 것은 부상자가 사라진 것이었다. 아주 사소한 결투의 흔적도, 심지어 피 한 방울도 복도의 포석 위에서 발견할 수 없었다.

간단히 말해 어떤 물질적인 증거도 에귀유 성에 뤼팽이 다녀갔다는 것을 증명할 수 없었다. 젊은 아가씨가 머물던 방과 붙어 있는 방에서 마침내 아르센 뤼팽의 카드가 꽂혀 있는 화려한 꽃다발 대여섯 개를 발견하지 않았다면, 보트를레와 그의 아버지, 발메라와 생베랑 양의 증언에 대해 사람들이 이의를 제기한다 해도 뭐라고 대꾸할 수 없을 정도였다. 꽃다발들은 그녀의 무관심 속에 시들고 내버려져 있었다.

그중 하나에는 카드에 덧붙여서 레몽드가 읽지 않은 편지 한 장이 들어 있었다. 오후에 예심판사가 그 편지를 개봉하자, 사람들은 그 안에서 열 쪽에 걸친 호소와 애원, 약속, 협박, 절망 등 경멸과 혐오밖에 얻지 못한 사랑의 모든 광기를 찾을 수 있었다.

그리고 편지는 이렇게 끝을 맺었다.

〈레몽드, 나는 화요일 저녁에 그곳으로 가겠소. 그때까지 잘 생각해 보도록 하시오. 나는 더 이상 기다릴 수 없소. 나는 무슨 짓이든 할 작정이오.〉

화요일 저녁은 보트를레가 생베랑 양을 구해 낸 바로 그날 저녁이었다.

이 예상할 수 없는 결말에 관한 소식이 전해지자 전 세계에서 터져나온 엄청난 경악과 열광을 기억할 것이다. 생베랑 양이 풀려났다! 뤼팽이 갈망하던 아가씨, 그녀를 얻기 위해 수단방법을 가리지 않고 가장 대담한 술책을 고안해 내어 손아귀에 쥐었던 그 아가씨! 그리고 뤼팽 자신의 열정이 간절히 휴전을 바란 끝에 인질로 선택한 보트를레의 아버지, 두 포로 모두가 풀려났다.

이렇게 해서 사람들이 풀어내지 못하리라 믿었던 에귀유의 비밀이 발표되고, 세상의 모든 구석에 내던져졌다.

군중들은 진정으로 즐거워했다. 사람들은 패배한 모험가를 풍자하는 노래를 불렀다. 「뤼팽의 사랑」, 「아르센의 오열!」, 「사랑에 빠진 도적」, 「소매치기의 한탄!」, 이런 것들이 거리에서 울려 퍼지고 작업장에서 흥얼거려졌다.

질문에 시달리고 인터뷰 공세에 쫓기게 된 레몽드는 정말 몹시 신중하게 대답했다. 하지만 편지와 꽃다발, 그 모든 딱한 모험들이 있었다! 뤼팽은 조롱당하고 웃음거리가 되어 권좌에서 굴러떨어졌다. 그리고 보트를레는 우상이 되었다. 그는 모든 것을 보고 예고했으며, 모든 것을 밝혀내었다. 생베랑 양이 예심판사 앞에서 자신의 납치에 관해 한 증언은 그 청년이 상상했던 가정을 확인시켜 주었다. 모든 점에서 현실은 그가 미리 선언한 것들에 맞아떨어지는 것처럼 보였다. 뤼팽은 호적수를 만난 것이다.

보트를레는 아버지가 사브와 산맥으로 돌아가기 전에 몇 달 동안 햇볕을 쪼이며 휴식을 취하도록 조처했고, 자신이 직접 제브르 백작과 그의 딸 쉬잔이 겨울을 보내고자 머무르고 있는 니스 근교로 아버지와 생베랑 양을 데리고 갔다. 그 이틀 후에, 발메라는 새로운 친구들 곁으로 어머니를 모시고 왔다. 그런 식으로 그들은 제브르의 빌라 주변에 작은 동아리를 이루었고, 백작이 고용한 대여섯 명의 사내들이 밤낮으로 그 주변을 감시했다.

시월 초에 졸업반 학생인 보트를레는 수업을 재개하고 시험을 준비하기 위해서 파리로 갔다. 그리고 일상적인 나날이 다시 시작되었다. 이번에는 조용히, 그리고 아무런 사건도 없이. 하기야 더 이상 무슨 일이 일어나겠는가? 전쟁은 끝났다.

뤼팽도 나름대로 그에 관해 아주 분명한 느낌을 받고 벌어진 일들을 감수하는 수밖에 없다고 마음을 정한 것으로 보였다. 왜냐하면 어느 화창한 날에, 다른 두 명의 피해자, 가니마르와 헐록 숌즈가 다시 나타났기 때문이다. 그런데 그들의 귀환에서는 정말로 조금의 위엄도 찾아볼 수 없었다. 경찰서를 마주보고 있는 오르페브르 선착장에서 한 넝마주이가 그들을 거두었으며 그때 둘은 모두 결박당한 채 잠들어 있었다.

그들은 일주일 동안 완전히 망연자실해 있다가 마침내 생각의 가닥을 정리하고 이야기할 수 있게 되었다. 사실 이야기한 것은 가니마르뿐으로 숌즈는 무시무시한 침묵 속에 잠겨 있었다. 그들은 〈종달새〉라는 요트를 타고 아프리카 주변을 일주했다. 여행은 매력에 넘치면서도 교훈적이었다. 어느 이국적인 항구에 정박해 선원들이 배에서 내리는 동안, 선창 깊숙한 곳에서 보낸 몇 시간만 빼면 자유로웠다고도 여길 만한 것이었다. 그러나 오르페브르의 선착장에 내리게 된 일에 관해서는 아무것도 기억해 낼 수 없었고, 분명 며칠 동안 잠에 빠져 있던 것으로 보였다.

이 포로의 석방은 패배를 고백하는 것이었다. 그리고 더 이상 싸우지 않음으로서 뤼팽은 패배를 유보없이 인정했다.

덧붙여 한 가지 사건이 그것을 더욱 분명하게 만들었다. 루이 발메라와 생베랑 양의 약혼이었다. 현실적인 삶의 조건이 만들어 낸 친밀함 속에서 두 젊은이는 서로에게 끌렸다. 발메라는 레몽드의 우수에 잠긴 모습을 사랑했고, 인생에서 받은 상처로 보호를 갈구하고 있던 레몽드는 자신의 구원에 용감하게 뛰어들었던 그의 강인함과 활력에 이끌렸다.

사람들은 약간의 불안을 느끼면서 결혼식 날을 기다렸다. 뤼팽이 다시 공격을 시작하려 하지 않을까? 자신이 사랑하는 여인을 돌이킬 수 없이 잃어버린다는 사실을 그가 기꺼이 받아들일까? 두세 번 정도, 사람들은 수상한 용모를 한 자들이 빌라 주변을 어슬렁거리는 것을 보았다. 심지어 어느 날 저녁 자칭 주정뱅이라는 자가 쏜 총알이 발메라의 모자를 꿰뚫고 지나가는 바람에 싸우기도 했다. 하지만 결과적으로 예식은 정해진 날, 정해진 시간에 치러졌고 레몽드 드 생베랑 양은 루이 발메라 부인이 되었다.

마치 운명의 신이 보트를레의 편을 들어서 승리자의 목록에 그의 이름을 적은 것처럼 보였다. 그것이 너무나 확실하게 느껴졌기 때문에, 그 즈음 그를 따르는 무리들 사이에서 그의 승리와 뤼팽의 짓밟힘을 축하하기 위한 거대한 연회를 열자는 생각이 번지기 시작했다. 그것은 멋진 생각이었고 상당한 열광을 불러일으켰다. 보름 만에 3백 명의 지지자가 모였다. 사람들은 파리에 있는 고등학교에서, 졸업반 각 학급마다 두 명의 학생을 초대했다. 언론이 그에 반주를 넣었다. 그리고 연회는 말할 것도 없이 굉장한 찬양이 될 것이었다.

하지만 보트를레가 그 주인공이었던 까닭에 찬양은 매력적이면서도 단순했다. 그가 참석하는 것으로 모든 것을 제자리에 놓기에 충분했다. 그는 마치 별일 아닌 것처럼 겸손한 모습을 보였고 지나친 환호에 조금 놀랐으며 그가 가장 유명한 경찰들보다도 낫다고 주장하는 과장된 예찬에 조금 난처해했다. 난처해하면서도 그는 아주 감동을 받았다. 그는 시선을 받으면 아이처럼 얼굴을 붉히고 당황해하면서 모두를 흡족하게 만드는 몇 마디 말로 그 감동을 표현했다. 그는 자신의 기쁨과 자부심을 이야기했다. 그리고 진정으로, 그렇게나 이성적인 사람이고 자신을 제어하고 있음에도 몇 분 동안 잊을 수 없는 도취감을 느꼈다. 그는 친구들과 장송의 동기들, 그를 축하하기 위해 특별히 와준 발메라, 제브르 씨, 아버지를 향해 미소 지었다.

그런데 그가 말을 마치고 여전히 손에 잔을 들고 있던 그때, 방 끝에서 목소리가 들려왔고 누군가가 신문을 흔들어댔다. 사람들은 조용해졌고, 그 방해자는 다시 앉았지만 호기심에 찬 웅성거림이 그 탁자 주변으로 퍼져나갔고, 이 손 저 손으로 신문이 전해졌는데, 참석자의 눈길이 펼쳐진 면에 가 닿을 때마다 탄성이 터져나왔다.

「읽어요! 읽어!」

반대편에서 외쳐댔다.

주빈석에서 사람들이 일어났다. 보트를레의 아버지가 신문을 집어들고 와서 아들에게 전해 주었다.

「읽어! 읽으라고!」

사람들이 더 크게 외쳐댔다. 그러자 다른 사람들이 소리쳤다.

「그럼 들어야지! 그가 읽으려고 해……, 들어봐!」

보트를레는 서서 관중들을 마주한 채, 눈으로 그의 아버지가 건네준 석간 신문에서 그런 야단법석을 불러일으킨 기사를 찾아보았다. 갑자기 푸른 색연필로 줄을 친 제목을 알아차리고는 손을 들어 침묵을 요구했다. 그리고 점점 감정이 바뀌는 목소리로, 그의 모든 노력들을 헛된 것으로 돌려버리고 〈속이 빈 바늘〉에 대한 생각들을 뒤엎고 아르센 뤼팽을 상대로 한 싸움이 허영으로 가득한 것임을 드러내는 경악할 만한 폭로 기사를 읽었다.

고고학, 문헌학 학술원 회원, 마시방 씨의 공개 편지

편집국장님께

1679년 3월 17일——저는 분명하게 1679년을 지목하는 겁니다. 즉 루이 14세하이지요——다음과 같은 제목으로 소책자가 발간되었습니다.

속이 빈 바늘에 관한 수수께끼

처음으로 모든 진실을 밝히다
궁중의 계몽을 위하여 짐이 백 부를 인쇄하다

3월 17일 그날 아침 아홉시, 한창때의 젊은이로 잘 차려입은 작가가 이 책을 궁중의 주요 인사들의 집에 배포하기 시작합니다. 열시, 그가 네번째 작업을 막 마쳤을 때, 근위대 대장이 그를 체포하지요. 대장은 그를 왕의 집무실로 데려다놓고 곧바로 배포된 네 부의 책자를 찾기 위해 다시 떠납니다. 백 부의 모든 책자가 모이자 신중하게 숫자를 헤아리고 면들을 살펴보고 확인한 다음, 왕은 자신을 위해서 한 부만 간직한 채 손수 그것들을 불에 던져넣습니다. 그런 다음, 근위대장에게 책의 저자를 드 생마르스 씨에게 데려가라는 명령을 내렸습니다. 생마르스는 처음에는 그 포로를 피녜롤에, 그 다음엔 생마르그리트 섬의 성채에 감금합니다. 이 저자는 분명 다름 아닌 바로 그 유명한 철가면의 사내입니다.

그 사건에 참여했던 근위대장이 왕이 잠시 몸을 돌린 틈을 타 벽난로의 불길이 닿기 전에 또다른 한 부를 끄집어내려는 유혹을 느끼지 않았다면 진실은, 혹은 진실의 일부조차도 절대로 알려지는 일이 없었을 겁니다. 여섯 달 후, 이 대장은 가이용에서 망트로 가는 대로에 살해당한 채 발견됩니다. 암살자들은 그의 옷을 몽땅 뒤져 약탈했지만 그만 한 가지는 잊고 말았습니다. 나중에 사람들은 오른쪽 주머니에서 보석 하나를 발견하는데, 그 보석은 최고로 깨끗한 투명도를 지닌 엄청나게 비싼 다이아몬드였습니다.

그리고 사람들은 그의 서류 중에서 그가 적은 기록을 발견합니다. 그는 불꽃 속에서 사라져 간 책자에 대해서는 전혀 이야기가 없지만 첫번째 장을 요약해서 전해 주고 있습니다. 그것은 영국 왕들에게 알려졌던 비밀을 다루고 있습니다. 불쌍한 광인, 앙리 4세의 왕관이 요크 공작의 머리로 넘어가던 때에 그들은 비밀을 잃어버리고, 잔 다르크에 의해 프랑스의 왕 샤를 7세에게 알려집니다. 그 후 그것은 국가적인 기밀이 되어서, 군주에게서 군주로, 매번 다시 봉인되어 고인이 임종한 침대에 〈프랑스 왕을 위하여〉라는 문구와 함께 놓인 편지로 전해 왔습니다. 그 비밀은 왕들이 소유하던, 매 세기마다 불어난 놀라운 보물의 존재에 관한 것으로 보물의 위치를 알려주는 것이었습니다.

하지만 114년이 지나, 루이 16세는 텡플의 죄수가 됩니다. 그는 왕의 가족들을 감시하는 임무를 맡은 장교 중 하나를 따로 불러내서 말합니다.

「이보게, 자네의 선조 중에 혹시 위대한 왕이셨던 내 조부 밑에서 근위대장을 맡았던 이가 있지 않은가?」

「예, 폐하」

「그렇다면 자네는 어쩌면……, 어쩌면」

그는 망설였다. 장교가 문장을 끝냈다.

「당신을 배신하지 않겠냐는 말씀이십니까? 오! 폐하……」

「그렇다면 내 말을 듣게」

왕은 주머니에서 소책자 하나를 끄집어내 마지막 장을 뜯어냈다. 하지만 생각을 바꾸었다.

「아니, 이걸 베끼는 게 나을 듯하군」

그는 커다란 종이 한 장을 집더니 아주 작게 찢어내어 그 위에 인쇄된 쪽에 적혀 있던 다섯 줄의 점과 선, 숫자들을 베껴적었다. 그러더니 인쇄된 종이를 태워버리고 손으로 적은 종이를 넷으로 접어 붉은 밀랍으로 봉인한 후 장교에게 주었다.

「이보게, 내가 죽고 난 후 꼭 이것을 왕비에게 전하고 이렇게 말하게. 〈불의 왕으로부터, 부인, 귀하와 귀하의 아들을 위해서…….〉」

「만일 그분께서 이해하지 못하시면?」

「이렇게 덧붙이게. 〈에귀유의 비밀에 관한 것입니다.〉 왕비는 이해할걸세」

말을 마치고 그는 책을 벌겋게 달아오른 난로 안의 숯더미 사이에 던져넣었다.

1월 21일 그는 단두대에 올라섰다.

여왕이 콩시에르주리로 옮겨지는 바람에 장교가 맡은 임무를 수행하기까지는 두 달이 걸렸다. 마침내 은밀한 꾀를 써서, 어느 날 겨우 마리 앙투아네트와 만나는 데 성공했다. 그는 그녀가 간신히 알아들을 만한 소리로 말했다.

「불의 왕으로부터, 부인, 귀하와 귀하의 아들을 위해서」

그리고 봉인된 편지를 전했다.

그녀는 간수가 그것을 보지 못하도록 조치를 취한 후, 봉인을 뜯어냈다. 처음엔 이 해독할 수 없는 글을 보고 놀란 듯했지만 곧바로 이해한 듯이 보였다. 그녀는 쓸쓸한 미소를 지었고 장교는 이런 말을 들을 수 있었다.

「어째서 이렇게 늦게서야?」

그녀는 망설였다. 이 위험한 문서를 어디에 숨겨야 할 것인가? 마침내 그녀는 자신의 기도서를 열고 가죽 장정과 그것을 덮고 있는 양피지 사이에 있는 비밀 주머니 속에 그 종이 조각을 집어넣었다.

〈어째서 이렇게 늦게서야?〉

그녀는 이렇게 말했다.

그 문서가 구원을 가져올 수 있었을지도 모르지만 실제는 어쨌든 너무 늦게 도착한 것이 확실했고, 그 다음달 시월에 이번에는 왕비 마리 앙투아네트가 단두대에 올라섰다.

그 후로, 그 장교는 자기 가족의 서류들을 뒤지다가 루이 14세의 근위대장이었던 증조부가 필사한 기록을 찾았다. 그는 더 이상한 가지 생각밖에는 할 수 없었고 자신의 여가를 이 이상야릇한 문제를 밝히는 데 보냈다. 그는 수없이 많은 라틴어 책들을 읽고 프랑스와 이웃 나라들의 연대기를 훑고 수도원을 방문하며, 회계 장부, 교회의 증서 대장, 조약들을 해독했고, 그렇게 해서 여러 시대에 걸쳐 흩어져 있는 몇 개의 인용구를 찾아낼 수 있었다.

골 족과의 전쟁에 관한 카이사르의 「주석」 3권에는 G. 티툴리우스 사비누스에게 비리도빅스가 패한 후 칼레트의 대장이 카이사르 앞에 끌려왔고, 그의 몸값으로 에귀유의 비밀을 밝혔다고 적혀 있었다.

샤를3세와 북쪽 야만인들의 대장인 롤로 사이에 체결한 〈생 클레르 쉬르 엡트 조약〉에는 롤로의 이름 뒤에 그의 모든 직위가 나열되어 있는데, 그중에 〈에귀유 비밀의 주인〉이라는 말이 있었다.

「색슨 족의 연대기」(집송 편집, 134쪽)는 〈기욤 아 라 그랑 비퀴 (정복자 기욤)〉에 대해서 이야기하면서 그의 깃발 손잡이는 예리한 점으로 끝나고 마치 바늘 같은 형태로 구멍이 나 있다고 적고 있었다.

또한 심문 도중에 아주 모호한 문장 하나에서, 잔 다르크는 그녀가 아직 프랑스의 왕에게 전할 한 가지 비밀이 있다고 고백하는데, 판사들은 그것에 대해 〈그래, 우리는 무엇에 대한 것인지 알고 있지. 그리고 그것이야말로 잔, 네가 죽어야 할 이유다〉라고 말했다.

또한 선량한 왕, 앙리 4세는 가끔 〈에귀유의 덕성을 위하여〉라고 맹세하고는 했다.

그 전에 프랑스와 1세는 1520년 아브르의 공증인들에게 연설하
면서 이런 말을 내뱉었는데 옹플뢰의 한 귀족의 일기를 통해 우리
에게도 전해졌다.

〈프랑스의 왕은 사물들의 방향과 도시의 운명을 좌우할 만한 비
밀을 지니고 있다.〉

편집국장님, 철가면에 관련된 이야기나 근위대장과 그의 증손
자에 관한 이 모든 이야기들을 나는 정확히 그 증손자가 쓴 어느
소책자에서 발견했습니다. 이 책자는 1815년 유월, 워털루 전투의
전날 혹은 그 다음날, 즉 혼란의 시기에 출판되었는지라 그 내용
이 폭로하고 있는 것들은 주목받지 않고 넘어갔습니다.

이 소책자에 어떤 가치가 있을까요? 제 첫번째 인상은 아무런
가치도 없으며 그를 신뢰해서도 안 된다는 것이었습니다. 그러나
케사르의 「주석」에서 위에 얘기된 장을 펼치면서, 소책자에 지적
된 문장을 발견하고는 저는 정말로 경악하고 말았습니다. 〈생클레
르 쉬르 엡트 조약〉, 「색슨 족의 연대기」, 잔 다르크의 심문, 간
단하게 말해서 제가 지금까지 확인할 수 있었던 모든 것들에 관해
서 마찬가지 사실을 확인할 수 있었습니다.

마침내 1815년에 씌어진 소책자의 저자가 이야기하고 있는 것보
다 더 상세한 설명을 발견했습니다. 프랑스 전투중, 나폴레옹의
장교 하나가 어느 날 저녁, 지친 말을 이끌고 어느 성문 앞에서
생루이의 늙은 기사의 호의로 휴식을 청하게 됩니다. 그리고 그
늙은이와 대화를 나누며 그는 조금씩조금씩 크뢰즈의 경계에 위치
한 그 성이 에귀유 성이라 불리며, 루이 14세의 분명한 명령에 따
라 건설되고 이름지어졌다는 것, 바늘 모양을 한 작은 첨탑과 첨

탑들로 장식되었다는 것을 알게 됩니다. 건설된 시기는 1680년으로 현재와 다름없습니다.

1680년이라면 책자의 출판과 철가면의 감금 후 일 년 뒤입니다. 모든 것이 설명됩니다. 루이 14세는 비밀이 새어나갈 것을 예상하고 호기심 많은 이들에게 오래된 수수께끼에 관한 자연스런 설명을 제공하기 위해서 이 성을 짓고 명명한 것입니다. 에귀유 크뢰즈가 뭘까? 뾰족한 소첨탑들에 둘러싸이고 크뢰즈 경계에 위치하고 있으며, 왕이 소유하고 있는 성인 거죠. 단숨에 사람들은 수수께끼의 단어를 깨달았다고 믿었고 탐색은 사라지게 됩니다.

그 계산은 정확했습니다. 왜냐하면 2세기나 지난 후에 보트를레 씨가 같은 함정에 빠졌으니까요. 그리고 편집국장님, 제가 이 편지를 쓰기로 한 것도 바로 그 때문입니다. 만일 앙프레디의 이름으로 뤼팽이 발메라 씨에게서 크뢰즈 경계에 위치한 에귀유 성을 빌렸다면, 그리고 그곳에 두 명의 포로를 머물게 했다면, 그것은 그가 보트를레 씨의 피할 수 없는 수색이 성공하도록 내버려뒀다는 것이고, 또 그가 요청한 평화를 구하기 위한 목적에서 정확히 보트를레 씨에게 루이 14세의 역사적인 함정이라고 부를 만한 것을 전했다는 것입니다. 그리고 그런 점에서 우리는 바로 반박할 수 없는 결론으로 나아가게 됩니다. 즉 뤼팽이 우리와 똑같은 사실들만을 가지고도 자신의 깨달음만으로, 정말 예외적인 천재의 마법으로 그 해독 불가능한 문서를 해독해 냈다는 것입니다. 또한 뤼팽이 프랑스 왕의 마지막 후손으로 에귀유 크뢰즈에 관한 왕가의 수수께끼를 알고 있다는 것입니다.

기사는 여기서 끝이 났다. 하지만 몇 분 전부터 에귀유 성에

관한 문단에서부터 기사를 읽던 것은 더 이상 보트를레가 아니었
다. 자신의 패배를 알아차리고 나서, 그에 따르는 모멸감의 무게
에 짓눌려서, 그는 신문을 놓고 의자 위로 무너져내려 얼굴을 두
손에 묻고 있었다.

이 믿기 어려운 이야기로 인해 숨을 헐떡이며 감정이 격앙된
군중들이 조금씩 모여들다가 그의 주변으로 밀려들기 시작했다.
사람들은 불안한 웅성거림으로 그의 대답과 반박을 기다렸다.

그는 더 이상 움직이지 않았다.

다정한 몸짓으로 발메라가 그의 손을 풀고 머리를 들어올렸다.

이지도르 보트를레는 울고 있었다.

에귀유에 관하여

　새벽 네시였다. 이지도르는 고등학교로 돌아가지 않았다. 그는
자신이 뤼팽에게 선언한 이 인정사정없는 전쟁을 끝내기 전에는
돌아가지 않을 것이다. 패배로 인해 완전히 절망한 그를 자동차
로 데려오는 중에, 아주 낮은 목소리로 그렇게 맹세했다. 그러나
당치도 않은 맹세였다! 무모하고 부조리한 전쟁이었다! 그가 무
엇을 할 수 있을 것인가. 활기와 힘으로 넘치는 그런 모습에 대항
해서 아무런 무기도 없이 혼자뿐인 어린아이가? 어떻게 그를 공
격할 것인가? 그는 공격이 불가능했다. 어떻게 그를 상처 줄 것인
가? 그는 불사신이었다. 어떻게 그에게 다가갈 것인가? 그는 다가
갈 수 없는 상대였다.

　새벽 네시……, 이지도르는 또 한 번 장송 고등학교의 친구 집
에 머무르고 있었다. 방의 벽난로 앞에 서서, 팔꿈치를 반듯이
대리석 위에 기대고 두 주먹을 턱에 괴고, 그는 거울이 반사하는

184

자신의 모습을 바라보았다.

그는 더 이상 울지 않았고 더 이상 울고 싶지 않았다. 두 시간 전부터 이미 그는 침대에서 웅크리고 있기를, 절망에 빠져 있기를 더 이상 원치 않았다. 그는 생각과 이해를 바랐다.

그리고 생각에 잠긴 자신의 모습을 바라보면서 생각의 힘을 두 배로 만들기를 원하는 것처럼, 저 너머에 보이는 존재의 심연 속에서 자신 안에서는 찾을 수 없는 풀리지 않는 답을 찾으려는 듯이, 거울에 비친 자신의 눈에서 눈을 떼지 않았다. 여섯시까지 그는 그런 상태로 있었다. 그리고 조금씩 복잡하고 모호하게 만드는 모든 세부 사항으로부터 벗어나, 질문이 엄격한 방정식처럼 완전히 메마르고 벌거벗은 채 머릿속에 제시되었다.

그렇다. 그는 잘못 알았다. 그렇다, 그의 문서의 해석은 틀렸다. 〈에귀유〉라는 단어는 크뢰즈 경계에 위치한 성을 가리키고 있는 것이 아니다. 더군다나 그 문서의 글은 몇 세기 전의 것이니 〈아가씨들〉이라는 단어는 레몽드 드 생베랑 양과 그녀의 사촌을 가리키는 말일 리가 없었다.

그러므로 모든 것을 다시 시작해야 했다. 어떻게?

단 하나의 문서만이 확고한 근거를 가지고 있었다. 루이 14세 하에서 출판된 책자. 철가면으로 불리게 될 자에 의해서 인쇄된 백 부 중에 두 부만이 불꽃으로 사라지는 것을 면했다. 하나는 근위대장이 훔쳐냈고 사라졌다. 다른 하나는 루이 14세가 보관하여 루이 15세에게 전한 다음, 루이 16세에 의해서 불태워졌다. 하지만 최소한 암호화된 것이라 할지라도 문제의 해답을 제공하는 핵심이 되는 쪽의 사본이 남아 있었다. 마리 앙투아네트에게 전해져서 그녀가 자신의 기도서 겉장에 밀어넣은 사본.

그 종이는 어떻게 되었을까? 그것이 보트를레 자신의 손에 지니고 있던, 그리고 뤼팽이 서기 브레두를 통해서 다시 빼앗아간 바로 그것인가? 아니면 여전히 그 종이는 마리 앙투아네트의 기도서 속에 남아 있는 것일까?

그리고 질문은 다음으로 이어졌다. 왕비의 기도서는 어떻게 되었을까?

잠시 쉰 후에 보트를레는 친구의 아버지와 이야기를 나누었다. 그는 권위 있는 수집가였는데, 때때로 공식적인 전문가의 자격으로 자문에 응하기도 했고, 최근에도 공립 미술관의 관장이 그 기관의 수집품 목록을 작성하기 위해 자문한 적이 있었다.

「마리 앙투아네트의 기도서라고?」

그가 외쳤다.

「그거라면, 왕비가 페르셍 백작에게 전하라는 비밀스런 임무와 함께 몸종에게 전해 주었지. 그리고 그 백작의 가문에서 소중하게 간직되어 오다가 5년 전부터 진열장에 전시되었고」

「진열장이라고요?」

「다른 곳도 아닌 바로 카르나발레 미술관이야」

「그러면 그 미술관은 열려 있나요?」

「지금부터 20분 후에 열리겠군」

세비녜 부인의 오래된 저택 문이 열리는 바로 그 순간, 이지도르는 친구와 함께 마차에서 뛰어내렸다.

「이보게, 보트를레 군이 아닌가!」

열 사람의 목소리가 그를 맞이했다. 놀랍게도 〈에귀유 크뢰즈 사건〉을 쫓던 모든 기자들이 몰려와 있었다. 그중 한 사람이 외쳤다.

「재미있군 그래! 우리는 모두 똑같은 생각을 한 거잖아. 조심하세요, 아르센 뤼팽 자신도 어쩌면 우리들 사이에 있을지 모르니까」

그들은 함께 안으로 들어갔다. 곧바로 연락을 받은 관장은 전적인 협조를 제공하기로 하고 그들을 진열대 앞으로 데려 갔다. 그리고 아무 장식 없는 어느 보잘것없는 책자를 보여주었는데, 거기에는 정말 왕족의 기풍이라고는 조금도 찾아볼 수 없었다. 그럼에도 왕비가 그 비극적인 날들을 보내며 직접 만지고 눈물로 붉어진 눈으로 쳐다보았을 그 책의 모습에서 어떤 감상을 느낄 수 있었다……. 그리고 그들은 마치 신성모독이라도 저지르는 것 같아서 감히 그것을 집어들어 뒤져볼 엄두를 내지 못했다.

「이보게나, 보트를레 군, 자네에게 맡겨진 임무인 것 같은데」

그는 불안한 몸짓으로 책을 집었다. 형태가 소책자의 저자가 적어놓은 설명에 잘 맞아떨어졌다. 우선 여러 곳을 굴러다니다가 더럽혀지고 까맣게 닳은 겉표지가 보였고, 그 밑으로 두꺼운 가죽으로 된 진짜 장정이 있었다.

보트를레는 엄청난 전율을 느끼며 숨겨진 주머니를 찾았다. 그저 전설일 뿐일까? 아니면 루이 16세가 쓰고 왕비가 그녀의 충실한 친구에게 넘겼던 그 문서를 지금 다시 찾게 될 것인가?

첫번째 장, 책의 앞부분에는 비밀 주머니가 없었다.

「없습니다」

그가 중얼거렸다.

「없다네」

그들이 부들부들 떨면서 따라했다.

하지만 마지막 쪽에 책의 겉장을 조금 힘주어 펼치자 곧장 양피지가 장정으로부터 떨어져 나왔다. 그는 손가락을 집어넣었다. 뭔가가 있었다, 그렇다. 그는 무엇인가가 있음을 느꼈다. 종이 한 장…….

「오!」

그가 승리감에 차서 외쳤다.

「자, 이것이……. 대체 이게 가능한 일인가!」

「어서! 어서!」

사람들이 외쳤다.

「대체 뭘 기다리는 거지?」

그는 반으로 접힌 종이를 끄집어냈다.

「좋아, 읽으라고! 붉은색 잉크로 글이 씌어져 있어. 보라고. 피라고도 할 수 있겠어. 아주 창백한 핏빛이잖아. 그럼 어서 읽어 보게!」

그가 읽었다.

〈페르상, 당신에게. 나의 아들을 위해서. 1793년 10월 16일. 마리 앙투아네트.〉

그리고 갑자기 보트를레는 경악의 외침을 내질렀다. 왕비의 서명 밑에 바로……, 검은 잉크로 길게 휘갈긴 두 단어가 적혀 있었다. 두 단어. 〈아르센 뤼팽〉.

모두 차례대로 종이를 받아 읽었고, 곧바로 똑같은 외침을 내질렀다.

「마리 앙투아네트……, 아르센 뤼팽!」

침묵이 그들을 한데 모았다. 기도서 바닥에서 발견된 이 이중의 서명, 함께 묶인 두 이름, 1백 년도 넘게 불쌍한 왕비의 절망

188

적인 호소가 잠들어 있던 소중한 유물, 그 끔찍한 날, 왕족의 머리가 떨어지던 1793년 10월 16일이라는 날짜, 이 모든 것은 음울하고 당황하게 만드는 비극이었다.

「아르센 뤼팽……」

한 사람이 웅얼거렸고, 그 웅얼거림은 성스러운 종이의 밑바닥에서 그 악마의 이름을 보는 것이 얼마나 어처구니없는지를 강조하고 있었다.

「그래요, 아르센 뤼팽」

보트를레가 그 말을 따라했다.

「여왕의 친구는 죽어가는 이의 절망적인 호소를 이해하지 못했어요. 그는 자신이 사랑하던 이가 그에게 보낸 기념품을 가지고 살아갔고 그 기념품의 이유를 깨닫지 못했던 거죠. 뤼팽, 그는 모든 것을 알아챘어요……. 그리고 가져간 거죠……」

「그가 무엇을 가져갔다는 거지?」

「당연히 그 문서죠! 루이 16세가 적었던 문서, 제가 두 손에 들고 있던 바로 그 문서죠. 똑같은 모습, 똑같은 형태, 똑같은 붉은색 봉인. 어째서 뤼팽이 나한테 그 문서를 남겨두려고 하지 않았는지 이해가 돼요. 그저 종이나 봉인 따위를 검사해 보기만 해도 뭔가를 알아낼 수 있었을 테니까요」

「그래서?」

「그래서 전 제가 성공할 거라고 확신해요. 저는 그 진짜 문서의 글을 알고 있고 그 붉은 봉인의 흔적을 직접 보았으니까요. 또한 마리 앙투아네트 자신이 직접 쓴 글을 통해서 확인해 주고 있고 마시방 씨가 재발굴한 소책자의 이야기들은 모두 사실이고 에귀유 크뢰즈의 역사적인 문제라는 것은 정말로 존재하니까요」

「어떻게? 진짜든 아니든 자네가 그걸 해독하지 못하는 한 아무 것도 아니라고. 루이 16세는 설명을 담고 있는 책을 파괴해 버렸으니까」

「예, 하지만 또다른 한 부, 루이 14세의 근위대장이 불꽃에서 끄집어낸 또 한 부는 파괴되지 않았어요」

「그걸 자네가 어떻게 아나?」

「아니라는 걸 증명해 보세요」

보트를레는 입을 다물고 있더니 천천히 자신의 생각을 더 분명하게 정리하려는 듯이 눈을 감은 채 말을 시작했다.

「비밀의 소유자, 근위대장은 나중에 증손자가 찾게 되는 조각들을 신문에 넘기는 것에서 시작하죠. 그러고 나서는 침묵뿐이에요. 수수께끼의 단어, 그것은 주지 않았어요. 어째서? 왜냐하면 그 비밀을 사용하고 싶은 유혹에 굴복하고 만 거죠. 증거요? 그의 암살이죠. 그의 몸에서 발견된 엄청난 보물이 바로 그 증거로, 의심의 여지없이 그것은 왕가의 보물에서 끄집어낸 것이고, 누구에게도 알려지지 않은 그 비밀 보물 창고가 바로 정확히 에귀유 크뢰즈의 수수께끼를 이루고 있는 것이죠. 뤼팽이 제게 이야기를 흘린 적이 있어요. 그는 거짓말을 하지 않았어요」

「그래서 보트를레 군, 자네의 결론은?」

「제 결론은 그 이야기에 관해서 최대한 광고를 해야 한다는 것입니다. 사람들이 모든 신문을 통해서 우리가 〈에귀유에 관하여〉이라는 제목이 붙은 책을 찾고 있다는 것을 알아야 해요. 어쩌면 지방의 무슨 서고 바닥에서 그것을 끄집어낼지도 모르는 일이니까요」

곧바로 짧은 기사가 작성되었고, 그 결과를 기다리지도 않고서 보트를레는 작업을 시작했다.

단서의 실마리가 제공되었다. 근위대장의 암살은 가이용 근처에서 일어났다. 보트를레는 그날로 그 도시를 방문했다. 물론 2백년 전에 행해진 범죄를 재구성해 내리라고는 조금도 희망하지 않았다. 하지만 어쨌든 중요한 범죄들은 기억 속에, 지방의 전통 속에 어떤 흔적을 남겨놓는 법이다.

그것들을 모아둔 게 지역의 연대기이다. 지방의 학식 있는 이들이나 오래된 전설의 수집가, 지난 삶들의 작은 사건들을 불러내는 이들이 어느 날 그것들을 신문 기사로 만들거나 그 지방의 학술지에 기고하고는 했다.

그는 그러한 두세 명의 학식 있는 자들을 만나보았다. 특히 그 중 하나인 늙은 공증인과 함께 감옥의 대장과 지역 재판소, 교구의 대장들을 뒤지고 열람했다. 그러나 어떤 기록도 17세기에 근위대장의 암살에 관하여 언급하고 있지 않았다.

그는 기운을 잃지 않았고 사건의 수사가 이루어졌을지도 모르는 파리에서 탐색을 계속했다. 그의 노력은 성공하지 못했다.

하지만 또다른 단서에 관한 생각이 새로운 방향을 제시하고 있었다. 그 근위대장의 이름을 아는 것은 불가능할까? 그의 손자는 지역을 옮겼고, 증손자는 공화국 군대에서 근무했으며 왕의 가족들이 감금되어 있던 동안 텅플에서 근무하다가 나중에 나폴레옹을 위해 프랑스의 전투에 참여했다.

인내심 끝에 그는 결국 적어도 거의 완전한 유사성을 보여주는 두 개의 이름 목록을 만들어낼 수 있었다. 루이 14세 치하의 라르베리 씨와 공포 정치 시대의 시민 라르브리 씨.

그것만으로도 이미 충분히 중요한 단서였다. 그는 신문에 게재한 단신 기사를 통해 그 사실을 밝힌 후, 누군가 그에게 라르베리 씨나 그의 후손에 관한 정보를 제공할 수 있는지 물었다.

그에게 답을 보내온 것은 학회 회원이자 소책자의 마시방, 바로 그였다.

보트를레 씨에게

당신에게 볼테르의 한 구절을 전하고자 합니다. 루이 14세 시대에 그가 쓴 수고(25장, 「왕국의 전모와 일화들」)에서 찾아낸 구절이지요. 이 구절은 다양한 편집본에서는 제거되었던 부분입니다.

〈나는 샤미야르 장관의 재정 관리인이자 친구이며 고인이 된 코마르탱 씨가 하는 얘기를 들었다. 왕이 어느 날, 드 라르베리 씨가 살해당했으며 놀라운 보석을 빼앗겼다는 소식을 듣고 서둘러 자신의 마차를 타고 떠난 적이 있다는 것이다. 왕은 몹시 충격을 받은 듯이 보였고 똑같은 소리를 되풀이했다. '모든 것을 망쳤어……. 모든 것을 망쳤어…….' 다음해, 라르베리의 아들과 벨린 후작과 결혼한 딸은 프로방스와 브레타뉴에 있는 자신들의 땅으로 유배되었다. 거기에 어떤 전모가 있으리라는 점은 의심할 수 없을 것이다.〉

제가 여기에 덧붙이자면, 볼테르에 따르면 샤미야르가 철가면의 신비한 비밀을 알고 있던 마지막 장관이라는 점을 더 더욱 의심할 수 없다는 겁니다.

당신도 아시겠지요, 이 구절에서 끄집어낼 수 있는 이득이 얼마인지, 그리고 두 모험 사이에 어떤 관계가 성립되는지. 저로서는 감히 사건의 진행과 수상한 점들에 대해, 이런 상황에 대한 루이 14세의 생각에 대해서 아주 구체적인 가정을 세우기가 망설여집니

192

다만, 또 한편으로는 이런 가정을 해보는 것이 가능하지 않을까 싶습니다. 즉 라르베리 씨에겐 시민군 장교 라르브리의 조부가 되는 아들 하나와 딸 하나가 있었으니, 라르베리가 남긴 문서들의 일부가 딸에게 전해졌을 것이며, 그 문서들 중에 근위대장이 불길에서 구해 낸 그 유명한 문서가 있을 수도 있지 않을까요?

저는 성에 관한 연감을 찾아보았습니다. 그랬더니 렌 근처에 벨린 남작이 살고 있었습니다. 그가 혹시 남작의 후예일까요? 만일을 생각해서 어제 저는 그 남작에게 혹시 그의 소유로 〈에귀유〉라는 단어가 언급된 제목을 가진 오래되고 조그만 책자가 있는지 물었습니다. 저는 그의 대답을 기다리고 있습니다.

이 모든 것들을 당신과 직접 이야기하는 것은 저에게 아주 커다란 즐거움이 될 것입니다. 혹시 너무 폐가 되는 것이 아니라면 저를 만나러 와주십시오. 제 충심을 받아주시기를.

추신 —— 이해하시겠지만 저는 이 작은 발견들을 신문에 싣지 않으려 합니다. 이제 당신이 목표에 다가가고 있는 중이므로, 무엇보다 말을 아껴야 할 테니까요.

보트를레의 견해도 그와 똑같았다. 그는 심지어 더 멀리까지 나아갔다. 두 명의 기자들이 그날 아침 그를 괴롭혔는데, 그는 자신의 정신 상태와 계획에 대해서 완전 거짓 정보들을 전해 주었다.

오후에 그는 볼테르 17번지에 살고 있는 마시방 씨의 집으로 서둘러 달려갔다. 놀랍게도 그는 마시방이 예정에 없던 일로 방금 전에 떠났으며, 혹시 그가 방문할 것에 대비해서 전갈을 남겨놓았다는 것을 알게 되었다. 이지도르는 봉투를 뜯고 그것을 읽었다.

저는 희망을 품게 만드는 전보를 받았습니다. 그래서 지금 떠나 렌에서 밤을 보낼 계획입니다. 당신은 저녁 기차를 타고 렌에서 멈추지 않으면, 벨린의 작은 역까지 오실 수 있을 겁니다. 그러면 그 역에서 4킬로미터쯤 떨어진 성에서 만나기로 합시다.

이 계획은 보트를레의 마음에 들었다. 특히 마시방과 같은 시간에 성에 도착한다는 부분이 마음에 들었는데, 사실 그는 이 경험 없는 사내가 실수를 저지를까 봐 걱정스러웠기 때문이다. 그는 친구의 집으로 돌아와 그날의 남은 시간을 그와 함께 보냈다. 저녁 그는 브레타뉴행 급행열차를 탔다. 그리고 여섯시에 벨린에 내렸다. 그는 무성한 숲 사이로 4킬로미터의 길을 걸어갔다. 멀리서 그는 언덕 위에 기다란 저택을 볼 수 있었는데, 르네상스풍과 루이 필립풍이 혼합된 양식으로 지어졌지만, 네 개의 망루와 덩굴 식물로 뒤덮인 도개교 때문에 충분히 웅장한 느낌을 주었다.
이지도르는 그곳으로 다가감과 동시에 심장이 뛰는 걸 느꼈다. 마침내 추적의 목표물에 실제로 다가가게 되는 것일까? 이 성이 수수께끼의 열쇠를 가지고 있을까?
일말의 두려움이 있기는 했다. 이 모든 것들이 그에게는 너무 완벽하게 보였고, 이번에도 역시 뤼팽이 짜놓은 사악한 계획을 따르고 있는 것은 아닌지 자문했다. 이를테면 마시방이 적의 손에 조종되는 도구는 아닌지 의심이 들었다.
그는 웃음을 터뜨렸다.

「맙소사, 내가 정말 웃기는 사람이 되어가는군. 뤼팽이 모든 것을 예상하고 절대 실패하지 않는 사람, 그를 상대로 아무것도 할 수 없는 일종의 전능한 신이라도 된다고 생각하는 것인가? 그런 엉터리 같은! 뤼팽도 실수하고, 그 역시 상황들에 영향을 받아. 사실, 문서를 잃어버림으로써 저지른 바로 그 실수 덕분에 내가 그를 방해할 수 있었던 것이지. 모든 것이 거기서 시작되는 거야. 그리고 그의 노력들은 간단히 말하면 그 저질러진 실수를 만회하고자 하는 것에 불과하다고」

그리고 명랑하게 확신에 차서 보트를레는 초인종을 눌렀다.

「무슨 일이십니까?」

문턱에 하인이 나타나서 말했다.

「벨린 남작님을 뵐 수 있을까요?」

그리고 그는 자신의 명함을 내밀었다.

「남작님께서는 아직 일어나지 않으셨습니다만, 기다리실 의향이 있으시다면……」

「혹시 이미 그분을 만나고자 했던 분이 계시지 않았나요? 흰 수염에 몸이 조금 굽은 분이신?」

신문에 실렸던 사진을 통해 마시방을 알고 있던 보트를레가 말했다.

「예, 그 신사 분은 한 10분 전에 도착하셨고 응접실로 모셔다 드렸지요. 당신도 저를 따라오시겠습니까?」

마시방과 보트를레의 만남은 진심 어린 환대로 이루어졌다. 이지도르는 그 늙은이에게 빚지고 있는 일급의 정보들에 대해서 감사를 표시했고, 마시방은 아주 다정한 태도로 자신의 존경심을 표시했다. 그러고 나서 그들은 문서에 관한 자신들의 인상과 책을 발견할 가능성에 대해 이야기를 나눴다. 마시방은 그가 드 벨린 씨로부터 얻어들은 것을 되풀이했다. 남작은 예순 살 정도의 사내인데 아주 오래전부터 홀아비였고, 딸인 가브리엘 드 빌몽과 세상사로부터 떨어져 살고 있었다. 드 빌몽 부인은 얼마 전 자동차 사고로 남편과 큰아들을 잃고 굉장한 상심에 빠져있었다.

「남작님께서 신사 분들에게 올라와 주시기를 부탁했습니다」

하인은 그들을 이층으로 데리고 가서, 장식 없는 벽에 책상, 서류함, 종이와 장부로 덮여 있는 탁자만 놓인 거대한 방으로 인도했다. 남작은 아주 친절하게, 너무 오랫동안 혼자서만 지낸 사람들이 곧잘 그러듯이 얘기하고 싶은 욕구에 차서 그들을 맞아주었다. 그들이 방문의 목적을 설명하는 데에는 상당한 어려움을 겪었다.

「아! 예, 그렇지요. 마시방 씨, 당신은 그 문제로 제게 편지를 썼지요. 에귀유에 관련된 책 아닌가요? 제가 선조들에게서 물려받은 책을 말씀하시는 것이지요?」

「바로 그렇습니다」

「말씀드리자면 제 선조들과 저는 별로 사이가 좋지 않았습니다. 그 시절에 사람들은 참 웃기는 생각들을 했지요. 저로 말하자면, 제 시대에 속해 있습니다. 과거와는 단절했지요」

「예, 하지만 그런 비슷한 책을 보았던 기억도 없으십니까?」

인내심을 잃은 보트를레가 되물었다.

「있어요, 글쎄! 그래서 제가 전보를 보낸 것이지요」

그가 초조하게 방 안을 오락가락하고 있는 마시방 씨를 향해 외쳤다.

196

「그래요! 제 딸이 서재에 쌓여 있는 수천 권의 책들 속에서 그 제목을 본 것 같더군요. 신사 분들, 저는 독서라면……, 사실 저는 신문도 읽지 않는답니다. 하지만 제 딸은 가끔 읽어요. 물론 그 애에게 남은 아들, 꼬마 조르주가 몸이 좋을 때만이지요. 그리고 나는 내 소작료들이 전부 들어와 있고 계약서들이 제대로 정리되어 있을 때만 읽지요. 당신들도 제 장부들이 보이시지요. 신사 분들, 저는 그 속에서 살고 있답니다. 그리고 당신이 편지에서 언급하신 그 역사에 대해서는 하나도 모른다는 점을 고백할 수밖에 없군요, 마시방 씨」

이 수다스러움에 질린 이지도르 보트를레가 갑작스럽게 그의 말을 끊었다.

「죄송합니다, 어르신. 하지만 그래서 그 책은……」

「제 딸아이가 찾았습니다. 어제부터 그걸 찾았지요」

「그러면?」

「그러니까 그 애가 그걸 다시 찾았지요. 한 시간인가 두 시간 전에 찾았답니다. 당신들이 도착했을 때였죠……」

「그러면 그것이 어디에 있습니까?」

「어디에 있냐고요? 그야 이 탁자 위에다 올려놓았지요. 보세요, 저기에……」

이지도르가 달려들었다. 탁자 한 끝에 뒤죽박죽으로 얽혀 있는 서류 더미 위에 붉은 가죽으로 덮인 작은 책자가 있었다. 그는 난폭하게 주먹을 가져다대었다. 마치 누구도 거기에 손대지 못하도록 막으려는 것 같았다. 그리고 약간은 마치 그 자신이 그것을 집을 엄두가 안 난다는 듯이.

「그러면……」

마시방이 완전히 감동에 젖어서 외쳤다.

「제가 가졌어요. 이겁니다, 이제 끝난 거예요……」

「하지만 제목은……, 확실한가?」

「하, 당연해요! 보세요」

그는 가죽에 금으로 새겨진 제목을 보여주었다.

〈에귀유 크뢰즈의 비밀.〉

「실감이 나세요? 우리가 마침내 비밀을 알아내게 된 걸까요?」

「첫번째 쪽……, 첫 번째 쪽에 무엇이 있지?」

「읽어보세요. 〈처음으로 모든 진실을 밝히다. 궁중의 계몽을 위하여 짐이 백 부를 인쇄하다.〉」

「그거야. 그거지」

마시방이 떨리는 목소리로 중얼거렸다.

「불길에서 건져낸 판본이야! 루이 16세가 금지한 바로 그 책이라고」

그들은 책을 훑어보았다. 처음 절반은 드 라르베리 대장이 일기에 적어놓은 부분에 대해 이야기하고 있었다.

「넘어가세요, 넘어가요」

해답에 도착하는 것을 기다리지 못한 보트를레가 말했다.

「뭐라고, 넘어가라고! 그럴 순 없지. 우리는 이미 철가면의 사내가 프랑스 왕가의 비밀을 알고 있기 때문에, 그리고 그것을 폭로하려 했기 때문에 감금당했다는 것을 알고 있어! 하지만 그는 어떻게 알았을까? 그리고 어째서 그것을 폭로하려는 것이지? 마지막으로 철가면이라는 그 이상한 사람이 대체 누구지? 볼테르가 주장한 것처럼 루이 14세의 배다른 형제인가 아니면 현대의 비평에서 주장하듯이 이탈리아 재상 마티올리인가? 빌어먹을! 거기에 무엇보다 중대한 질문이 있는 거야!」

「나중에요! 나중에!」

보트를레가 항의했다. 그는 마치 그 책이 수수께끼를 알기도
전에 손에서 날아가 버릴까 봐 두려워하는 것 같았다.

「하지만……」

이런 역사적인 세부 사항들에 열정을 가지고 있는 마시방이 반
대했다.

「우리는 시간이 있어. 나중에……, 우선은 설명을 보자고」

갑자기 보트를레가 그의 말을 막았다. 그 문서였다! 한 쪽 중
간 왼편에서, 그의 눈은 점과 숫자로 이루어진 신비한 다섯 줄을
보았다. 한눈에 그는 그가 그렇게 열심히 연구했던 것과 똑같은
글임을 알 수 있었다. 기호들은 똑같은 순서로 배열되어 있었다.
〈다무와젤〉이라는 단어를 분리시키고 에귀유 크뢰즈의 두 용어를
서로 구분해 주기 위해 똑같은 간격이 벌어져 있었다.

앞에 작은 문구가 적혀 있었다.

〈모든 필요한 정보들이 루이 13세에 의해서 내가 여기 옮겨놓
은 작은 표로 축소된 것으로 보인다.〉

표가 다음에 나왔다. 그리고 문서에 대한 설명이 나왔다.

보트를레는 감정에 겨워 간간이 끊기는 목소리로 읽었다.

「〈여기 볼 수 있는 것처럼, 이 표는 숫자를 모음으로 바꾼다
하더라도 아무 뜻도 전해 주지 못한다. 이 수수께끼를 해독하기
위해서는 우선 그것을 알고 있어야 한다고도 말할 수 있을 것이
다. 이것은 미궁의 길들을 알고 있는 자에게 주어진 실꾸러미이
다. 이 실 끝을 잡고 걸어가 보자. 내가 당신을 인도하겠다.

우선 네번째 줄. 네번째 줄은 기준과 지시들을 담고 있다. 여

기에 적힌 지시를 따르고 기준에 맞춘다면, 예외 없이 목적에 다다르도록 되어 있는 것으로, 물론 어디에 있는지, 어디로 가는지를 알고 있다는 가정하에, 한마디로 말해서 에귀유 크뢰즈의 진짜 의미에 대해서 알고 있다는 가정하에서 그렇다는 것이다. 그것을 우리는 첫번째 세 줄에서 배울 수 있다. 첫째는 그러므로 왕에게 복수하기 위해서 만들어진 것으로, 나는 그것을 이미 예고한 바 있다…….〉」

보트를레가 어안이 벙벙해져서 멈췄다.

「뭐야? 무슨 일이지?」

마시방이 말했다.

「더 이상 뜻이 없어요」

「정말이군」

마시방이 말을 받았다.

「〈첫째는 그러므로 왕에게 복수하기 위해서 만들어진 것으로……〉, 이게 대체 무슨 말이지?」

「제기랄!」

보트를레가 울부짖었다.

「그러니까……」

「뜯어냈어요! 두 쪽을! 그 다음 쪽! 이 흔적을 보세요!」

그는 완전히 분노와 실망에 사로잡혀 떨고 있었다. 마시방이 몸을 숙여 그것을 보았다.

「사실이군. 손톱 자국처럼 두 쪽이 뜯겨나간 자국이 남아 있어. 최근의 흔적 같은데. 잘린 게 아니고 뜯겨나갔어……. 난폭하게 뜯겨졌지. 이걸 보게, 마지막 쪽들은 전부 구겨진 자국이 있지」

「누가? 대체 누가?」

이지도르가 주먹을 그러모으며 이를 갈았다.

「하인인가? 공범인가?」

「하지만 몇 달 전의 일일 수도 있지」

마시방이 지적했다.

「그렇다고 해도, 누군가 이 책을 찾아서 집어들었어야 하잖아요. 이보세요, 어르신……」

보트를레가 남작에게 덤빌 듯이 외쳤다.

「당신은 아무것도 모르십니까? 의심 가는 사람이 전혀 없나요?」

「내 딸아이에게 물어보구려」

「그래요……, 맞아요. 그렇군요. 어쩌면 그녀가 알지도 모르지요」

벨린 씨는 몸종을 불렀다. 몇 분이 지나서 빌몽 부인이 들어왔다. 비탄에 잠겨 세상에서 물러난 듯한 용모의 젊은 여인이었다. 곧바로 보트를레는 그녀에게 물었다.

「부인, 당신은 이 책을 서고 높은 구석에서 찾으셨나요?」

「예, 뜯지 않은 책 꾸러미 속에서 발견했지요」

「그리고 당신은 그걸 읽으셨고요?」

「예, 어제 저녁이었어요」

「당신이 읽었을 때도 저기 있는 두 쪽이 없던가요? 잘 기억해 보세요. 숫자와 점으로 된 표 다음에 나오는 두 쪽인데?」

「전혀요, 전혀 그렇지 않았어요」

그녀는 몹시 놀라서 말했다.

「한 쪽도 모자라지 않았어요」

「그러나 누군가가 뜯어갔는데……」

「하지만 어젯밤 그 책은 제 방에서 나간 적이 없는데……」

「오늘 아침은?」

「오늘 아침, 마시방 씨가 도착했다는 소리를 들었을 때 제가 직접 여기로 가지고 왔어요」

「그래서요?」

「그러니까 저는 이해를 못하겠군요. 혹시, 아니……」

「뭔데요?」

「조르주, 제 아들이 오늘 아침에……. 조르주가 그 책을 가지고 놀았지요」

그녀는 보트를레, 마시방, 남작과 함께 서둘러서 나갔다. 아이는 자기 방에 없었다. 사람들은 아이를 찾아 모든 구석을 뒤졌다. 그리고 마침내 성 뒤쪽에서 놀고 있는 아이를 찾았다. 하지만 세 사람이 너무나 흥분해 있는 것처럼 보이는 데다 너무 무섭게 그 일에 관해 물었기 때문에 아이는 고함을 지르기 시작했다. 모두 갈팡질팡했다. 그들은 하인들에게 질문을 했다. 말로 하기 어려운 소동이었다. 그리고 보트를레는 진실이 마치 손가락에서 물이 빠져나가는 것처럼 멀어져 간다는 끔찍한 예감이 들었다. 그는 정신을 차리고자 애쓰면서 빌몽 부인의 팔을 잡아 뒤따라오는 남작과 마시방과 함께 살롱으로 데려가 말했다.

「책은 모자라는 부분이 있고 두 쪽이 찢겨나갔습니다, 좋아요……. 하지만 당신은 그것들을 읽었어요. 그렇지요, 부인?」

「예」

「어떤 내용이 담겨 있는지 아십니까?」

「예」

「그 내용을 말씀해 주실 수 있겠습니까?」

「물론이지요. 저는 아주 호기심에 차서 몽땅 읽었는데, 특히 그 두 쪽은 충격적이었지요. 그 폭로가 엄청난 이득에 관계되는 만큼이나」

「좋습니다, 말씀해 주세요, 부인. 말해 주세요. 부탁드립니다. 굉장한 중요한 내용입니다. 말씀하세요, 제발 부탁이에요. 이렇게 사라져가는 몇 분이 안타깝습니다. 에귀유 크뢰즈는……」

「아! 아주 간단한 것이랍니다, 에귀유 크뢰즈가 말하고 있는 것은……」

그 순간 하인이 들어왔다.

「부인에게 온 편지입니다」

「어머나, 하지만 우체부는 지나갔는데……」

「제게 이걸 전한 것은 어떤 소년이었습니다」

빌몽 부인은 편지를 뜯어 읽더니 손을 가슴으로 가져갔다. 얼굴이 갑자기 노래지면서 공포에 질려 바로 쓰러질 것처럼 보였다.

종이가 바닥으로 떨어졌다. 보트를레는 그것을 주워서 양해를 구하지도 않고 읽어보았다.

　　입을 다무시오. 그러지 않으면 당신의 아들은 깨어나지 않을 것
　이오…….

「내 아들, 내 아들……」

그녀가 더듬거렸고 너무 맥이 빠져 협박을 받은 당사자를 구하기 위해 달려가지도 못할 지경이었다.

보트를레가 그녀를 위로했다.

「심각한 건 아닙니다. 이것은 장난일 뿐이에요. 생각해 보세요, 누가 왜 그런 짓을 하겠어요?」

「혹시 그것이 아르센 뤼팽이 아니라면 말이지……」

마시방이 암시했다.

보트를레는 그에게 입을 다물라는 신호를 보냈다. 적이 다시 거기에 주의를 기울이며 무엇이든 할 태세로 있다는 것을 그 역시 잘 알고 있었다. 바로 그런 까닭에 빌몽 부인에게서 그렇게 오랫동안 기다려왔던 위대한 말을 바로 그 자리에서, 그 순간에 끌어내기를 원했던 것이다.

「부탁드립니다, 부인. 기운을 차리세요. 우리는 모두 여기 있습니다. 아무 위험도 없어요……」

그녀는 말할 것인가? 그는 믿었고 희망했다. 그녀가 몇 마디 단어를 중얼거렸다. 하지만 문이 다시 한번 열렸다. 이번에는 하녀가 들어왔다. 그녀는 당황한 듯했다.

「조르주 군……. 부인, 조르주 군이……」

단번에 어머니는 모든 힘을 되찾았다. 누구보다도 빨리 결코 어긋나는 적이 없는 본능에 이끌려 그녀는 층계를 구르다시피 내려가 응접실을 지나서 테라스를 향해 달려갔다. 거기 안락의자 위에 꼬마 조르주가 꼼짝 않고 늘어져 있었다.

「이게 뭐야! 자고 있잖아!」

「갑자기 잠이 들었어요, 부인」

하녀가 말했다.

「못 자게 해보려고, 방에까지 데려가려고 했는데……. 벌써 잠들어 있었어요. 그리고 손이……, 손이 차가웠어요」

「차다고!」

어머니가 중얼거렸다.

「그래, 사실이야. 아! 맙소사! 하느님……, 제발 아이가 깨어나기를……」

보트를레는 손가락을 슬그머니 주머니에 집어넣더니 권총 손잡이를 잡아 검지 손가락으로 방아쇠를 쥐었다. 그리고 갑자기 총을 꺼내 마시방을 향해 쏘았다.

그러나 마시방은 미리부터 청년의 움직임을 감시하고 있었던 듯이 총탄을 피했다. 보트를레가 그를 덮치며 하인들을 향해 외쳤다.

「나를 도와줘! 뤼팽이야!」

난폭한 충돌에 마시방은 등으로 된 안락의자 위에 엎어졌다.

그러나 칠팔 초 만에 그는 다시 일어났고, 보트를레를 현기증 속에 숨이 막힌 상태로 놓아두고 청년의 권총을 집어들었다.

「좋았어. 완벽해. 움직이지 마……, 한 이삼 분이면 끝날 테니까……. 더 이상 걸릴 것도 없지. 하지만 정말이지, 자네는 나를 알아보는 데 한참 시간이 걸리더군. 내가 그의 얼굴을 완전히 따온 것일까? 마시방의 머리 말이야」

그는 몸을 펴고 이제는 두 발로 버티고 선 채 단단한 상체와 위협적인 태도를 들이밀며, 돌처럼 굳어 있는 세 하인과 얼이 빠진 남작을 바라보면서 비웃었다.

「이지도르, 자네 정말 일을 망쳐버렸어. 자네가 뤼팽이라는 말만 안 했어도 나를 덮쳤을 테지. 게다가 저기 있는 건장한 녀석들이라면, 제기랄, 대체 내가 어떻게 되었을까, 맙소사! 일 대 사라니!」

그는 그들에게 다가갔다.

「이보라고, 우리 꼬마들, 겁먹지 말라고……. 너희들을 때리지는 않을 테니까……. 자 봐, 보리과자라도 좀 줄까? 좀 기운이 날 거야. 아! 예를 들면 너 말이지, 너는 내 1백 프랑을 다시 내놓아야겠어. 그래그래, 고맙게 생각한다고. 내가 방금 전에 여주인에게 편지를 전해 주라고 돈을 집어줬던 것이 바로 너였지. 자, 빨리, 나쁜 하인 놈아……」

그는 하인이 건넨 푸른 지폐를 집더니 작은 조각들로 찢어발 겼다.

「배신의 돈이라니……, 손가락이 타버릴 것 같군」

그는 모자를 집어들고 빌몽 부인을 향해 깊숙이 몸을 숙였다.

「부인, 저를 용서해 주시겠습니까? 인생의 우연이라는 게, 특히 제 우연이 누구보다도 우선 제가 얼굴 붉힐 만한 잔인한 짓들을 하도록 강요하곤 한답니다. 하지만 당신 아들을 위해서라면 걱정하지 마시지요. 우리가 그에게 질문하고 있을 때 제가 그의 팔에 작은 주사를 놓았을 뿐이니까요. 그저 간단한 주사지요. 아무리 길어도 한 시간 정도면 저런 상태에서 벗어날 겁니다. 다시 한번, 깊이 사과드립니다. 하지만 저는 당신의 침묵이 필요합니다」

그는 다시 한번 절을 하고는 벨린 씨에게 친절한 접대에 대해 감사를 표했고, 지팡이를 집더니 담뱃불을 붙이고 또 한 대는 남작에게 권했다. 그리고 모자를 빙글 돌리고는 약간 보호자 같은 말투로 보트를레에게 외쳤다.

「잘 있어라, 아가야!」

그리고 하인의 코에 담배 연기를 내뱉으며 침착하게 떠났다.

보트를레는 몇 분을 기다렸다. 조금 침착해진 빌몽 부인은 아들을 살폈다. 그는 마지막 호소를 전하려는 목적으로 그녀를 향해 갔다. 그들의 눈이 얽혔다. 그는 아무 말도 하지 않았다. 그는 이제 절대로, 무슨 일이 있어도 그녀가 말하지 않으리라는 것을 이해했다. 어머니의 머릿속에 다시 한번, 에귀유 크뢰즈의 비밀이 과거의 심연만큼이나 깊숙이 매장되었다.

그래서 그는 포기하고 떠났다.

열시 반이었다. 열시 오십분에 떠나는 기차가 있었다. 천천히 그는 정원의 오솔길을 걸어갔고 역으로 이어진 길에 들어섰다.

「글쎄, 어땠나. 이 모든 것들이?」

길가에 인접한 숲 속에서 튀어나온 것은 마시방, 아니 뤼팽이었다.

「썩 잘 짜여졌지 않던가? 자네의 그 나이든 친구는 이런 팽팽한 줄 위에서 춤을 출 줄 모를걸. 자네는 전혀 감을 못 잡고 있는 게 분명해, 그렇지? 그리고 그 학식 있는 마시방, 고고학과 문헌학 학술원 회원인 마시방이 사실은 전혀 존재하지도 않은 인물인가 자문하고 있겠지? 하지만 그렇지 않아, 그는 존재하지. 자네에게 보여주기도 할 거야, 자네가 얌전히만 있으면. 하지만 우선 자네에게 권총을 돌려줘야지. 장전이 되어 있나 살피는 건가? 물론이야, 우리 꼬마……. 남아 있는 다섯 발 고스란히, 그중 하나면 나를 저세상으로 보내버리기에 충분하겠지. 뭐, 좋아. 주머니에 집어넣는 건가? 잘됐군. 그렇게 하는 게 자네가 저기서 한 짓보다 좋군 그래. 자네의 그 고약한 수작이라니! 하지만 뭐, 젊으니까. 갑자기 번개처럼 또 한 번 그 망할 뤼팽에 당했다는 것을 깨닫고 그가 자네 세 발자국 앞에 있다면……, 빵, 쏘는 거지. 나는 자네한테 유감이 없네, 그렇다니까……. 그 증거로 내가 자네를 나의 〈백마력〉에 합석하도록 초대하겠네. 그걸로 되겠지?」

그는 손가락을 입에 대더니 휘파람을 불었다.

뤼팽이 늙은 마시방의 연약해 보이는 외양을 하고 소년같이 떠들고 행동하는 걸 보니 이상했다. 보트를레는 웃음을 터뜨리고 말았다.

「웃었어! 그가 웃었다고!」

뤼팽이 기쁨으로 날뛰면서 말했다.

「알겠니, 아가야? 네게 부족한 것은 말이지, 그건 웃음이란다. 너는 네 나이에 비해서 좀 너무 심각한 것 같더구나. 너는 아주 상냥하고 순진하고 단순함에서 나오는 상당한 매력이 있지만 말이지……. 사실이야, 너는 웃음이 없어」

뤼팽은 그의 앞에 멈춰섰다.

「어이, 나는 내가 너를 울릴 거라고 내기를 해도 좋아. 내가 어떻게 너의 수사에 대해 파악하고 있었는지 알고 싶어? 어떻게 마시방이 너에게 편지를 썼다는 것과 벨린의 성에서 오늘 아침 만나기로 한 것을 알게 되었는지? 네 친구의 수다를 통해서야, 네가 살고 있는 집의 그 친구……. 너는 그 바보 같은 녀석에게 모든 걸 털어놓았고, 그 녀석은 또 그 모든 것을 자기 여자 친구에게 털어놓는 것만큼 바쁜 일이 없나 보더군. 그리고 그 여자 친구는 뤼팽에게 비밀이 없거든. 내가 뭐라고 했어. 지금 네 모습을 보라고. 네 눈이 젖어가는군……. 배신당한 우정, 응? 너는 그것 때문에 가슴이 아프겠지. 저런, 너는 정말 다정해, 우리 꼬마……. 아무것도 아닌 일로도 나는 너를 상대하게 되지. 너는 언제나 곧장 내 가슴을 찌르는 그 놀란 듯한 시선을 하고 있거든. 나는 언제나 가이용에서의 그날 저녁을 기억할 거다. 네가 나한테 자문했을 때 말이야. 하지만 사실이야. 그건 나였어, 늙은 공증인……. 하지만 웃으라고, 꼬마야. 정말이다. 다시 말하지만 너는 웃음이 없어. 이봐, 너한테 부족한 것은……, 뭐라고 할 수 있을까? 너한테 부족한 것은 〈충동적인 저지름〉이야. 나는 그게 있지」

아주 가까운 곳에서 헐떡이는 모터 소리가 들려왔다. 뤼팽은 갑자기 보트를레의 팔을 잡더니 차가운 어조로, 정면으로 쳐다보며 말했다.

「너는 이제 조용히 지내는 거야, 응? 네가 할 수 있는 것은 전혀 없다는 것을 잘 보았지? 그러니까 네 힘을 쓰고 시간을 낭비하는 것이 대체 무슨 소용이겠어? 세상에는 악당들이 잔뜩 있다고. 그놈들을 쫓고 나는 놓아버려. 안 그러면……. 그렇게 정하는 거야, 그렇지?」

뤼팽은 자신의 의지를 드러내기 위해서 그를 잡고 흔들었다. 그러더니 비웃음을 날렸다.

「내가 바보로군! 네가 내 평화를 깨트린다고? 너는 머뭇거리는 그런 것이 없어……, 아! 나도 무엇이 날 망설이게 하는지 모르겠군. 두어 번 눈 깜빡할 순간에, 세 번 정도 움직이면 너를 묶어 재갈을 채울 수 있을 테지. 그리고 두 시간 안에 어느 구석으로 보내 몇 달을 보내게 하는 거야. 그러면 나는 안전하게 한가한 시간들을 보낼 수 있을 거고, 내 선조, 프랑스의 왕들이 날 위해 준비해 준 평화로운 은신처로 물러나, 그들이 친절하게도 나를 위해 모아둔 보물을 즐길 수 있을 거야. 하지만 아니지, 나는 끝까지 멍청한 짓을 할거라고……. 네가 원하는 게 뭐지? 사람들마다 약한 구석이 있게 마련이다……. 그리고 나는 너한테 약하고. 그리고 뭐야, 아직까지 뭘 한 것도 아니잖아. 이제부터 네가 바늘의 빈 곳에다 손가락을 집어넣는 데까지는 정말 먼 길이 남아 있지……, 제기랄! 나, 뤼팽한테 열흘이 걸렸어. 너한테는 십 년은 걸릴 테지. 우리 둘 사이에는 어쨌든 거리가 있으니까」

자동차가 도착했다. 닫힌 사륜마차형의 거대한 자동차였다. 그가 차 문을 열자 보트를레는 비명을 질렀다. 리무진 안에 한 사내가 있었는데 뤼팽, 아니 마시방이었다.

그는 웃음을 터뜨렸다가 갑자기 자신의 행동에 생각이 미쳤다.

뤼팽이 그에게 말했다.

「몸을 사릴 것 없어, 그는 잘 자고 있으니까. 내가 그를 볼 거라고 약속하지 않았던가. 이제 모든 것들이 설명돼나? 자정경에 나는 성에서 너와 한 약속을 알았지. 아침 일곱시에 내가 거기 있었거든. 마시방이 지나갈 때, 그저 줍기만 하면 되더군. 그러고 나서 작은 주사 한 방……. 끝난 거지! 잠드시게, 이 양반아. 비탈길에 모셔둘 테니까……. 햇볕이 잘 쬐는 곳, 춥지 않게 말이야. 그래, 그렇게……. 좋아, 완벽해. 훌륭하군. 그리고 우리 모자를 손에 쥐고! 한 푼 줍쇼, 부탁드립니다……, 아! 마시방, 이 늙은 양반아, 당신이 뤼팽을 상대하겠다고!」

두 명의 마시방이 얼굴을 마주하고 있는 것은 정말 굉장히 우스꽝스런 광경이었다. 하나는 잠든 채 머리를 흔들거렸고, 다른 하나는 진지함과 이해, 존중으로 가득 차 있었다.

「불쌍한 장님이라면 동정심을 가져야지……. 가지게, 마시방, 여기 동전 두 냥하고 내 명함일세」

「그럼 이제 꼬마들, 네번째 속도로 달리자고……. 내 말 들려, 운전사? 시속 120일세. 차에 타, 이지도르. 오늘 학사원에서 총회가 열리지. 그리고 마시방은 세시 반에 거기서 나로서는 무엇에 대한 것인지 알 수 없는 소논문을 발표하기로 되어 있더군.

좋아, 그는 발표를 하는 거야, 그의 소논문을 말이지. 나는 그들에게 진짜보다 더 진짜 같은 완벽한 마시방을 연출해 주겠어. 그리고 호숫가의 비문에 대한 내 자신의 생각을 말이지. 나도 한번 학사원에 서게 되는 거야. 운전사, 더 빨리! 115밖에는 안 내고 있잖아. 겁내는 건가? 네가 뤼팽과 함께 있다는 것을 잊어버린 건가? 아! 이지도르, 사람들은 감히 삶이 단조롭다고 말하지. 하지만 삶은 몹시 사랑스런 것이란다, 우리 꼬마야. 다만 알고 있어야지……. 그리고 나로 말하면, 나는 알고 있어……. 방금 전, 성에서 내가 얼마나 기쁨으로 속을 태웠는지. 저 녀석이 눈치 챘을까, 네가 늙은 벨린과 수다를 떠는 중에 내가 창문 옆에 붙어서 그 역사적인 책의 한 장을 뜯어내려고 했을 때! 그러고 나서 네가 빌몽 부인에게 에귀유 크뢰즈에 대해 질문했을 때! 그녀가 말할까? 그래, 그녀는 말할 거야……. 아냐, 말하지 않을 거야. 그래……, 아냐……. 나는 온몸에 소름이 돋았지. 그녀가 말한다면 나는 인생을 다시 시작해야 하고 모든 발판이 무너지는 거지. 하인이 제시간에 도착할까? 그래……, 아니……. 아, 이제 왔군. 보트를레가 내 가면을 벗겨버릴까? 결코! 너무 서툴러! 그래……, 아니……. 그렇군, 끝나 버렸군. 아니, 끝나지 않았어. 그래, 그가 나한테 곁눈질하고 있어. 끝났어. 권총을 잡을 거야. 아! 얼마나 굉장한 쾌감인지! 이지도르, 너는 너무 말이 많아……. 자자고, 응? 나는 잠이 오는군. 잘 자게나」

보트를레는 그를 바라보았다. 그는 벌써 거의 잠이 든 것 같았다. 아니 그는 자고 있었다.

자동차는 공간을 가로지르며 내달리고 있었고, 끊임없이 다가왔다가 언제나 도망쳐 버리는 지평선을 향해서 달려갔다. 더 이상 도시도 마을도 밭도 숲도 아무것도 없었고, 오로지 삼켜지고 삼켜버리는 공간만이 있었다. 오랫동안 보트를레는 들끓는 호기심으로, 또 거기 덮여 있는 가면을 꿰뚫고 진짜 용모에 다가가고 싶다는 욕망으로 여행의 동행을 바라보았다. 그리고 이렇게 서로의 바로 곁에, 이 자동차의 친밀함 속에 서로를 가두어둔 상황에 대해서 생각해 보았다.

하지만 그날 아침의 흥분과 실망 때문에 그도 피곤을 느껴 곧 잠에 빠져들었다.

그가 일어났을 때 뤼팽은 책을 읽고 있었다. 보트를레는 몸을 숙여 책 제목을 보았다. 철학자 세네카의 「루킬리우스에게 보내는 편지」였다.

케사르에서 뤼팽까지

〈제기랄! 나, 뤼팽한테 열흘이 걸렸어……. 너한테는 십 년은 걸릴 테지!〉

뤼팽이 벨린의 성에서 나오면서 입밖에 내었던 이 문장은 보트를레의 행동에 큰 영향을 끼쳤다.

마음 깊숙한 곳은 언제나 침착하고 자신에 대한 확신에 가득 찬 뤼팽이었지만, 그럼에도 조금 낭만적이면서도 동시에 극적인 심경을 토로하는 열광적인 모습들을 보여주곤 했고, 아이처럼 어떤 고백이나 말이 튀어나와버리는 구석이 있었다. 그리고 보트를레 같은 소년은 거기서 이득을 챙길 수 있었다.

그가 옳건 그르건, 보트를레는 그 문장에서 무의식적으로 튀어나온 고백을 찾을 수 있다고 믿었다. 만일 뤼팽이 에귀유 크뢰즈에 관한 진실을 탐색함에 있어서 그의 노력과 보트를레의 것을 평행으로 놓고 있다면, 그것은 둘이 목적에 도달하기 위해 같은

214

수단을 가지고 있다는 것이다. 그것은 뤼팽이 자신의 상대가 소유하고 있는 것과 똑같은 성공의 요소를 가지고 있었다고 결론을 내리기에 충분한 것이다. 확률은 같았다. 그렇다면 그 똑같은 확률, 똑같은 성공의 요소들을 가지고 뤼팽에게는 열흘로 충분했다. 그 요소들과 수단은 무엇이었을까? 그것은 요컨대 1815년에 출판된 소책자를 알게 되는 것으로 환원시킬 수 있었다. 뤼팽은 분명 그 소책자를 마시방처럼 우연히 찾아냈을 것이며 그것의 도움으로 마리 앙투아네트의 기도책 안에서 반드시 필요한 문서를 찾아내기에 이른 것이다. 그러므로 소책자와 문서, 이것들이 뤼팽이 기대고 있던 두 가지 유일한 근거였다. 그것들만 가지고 뤼팽은 모든 건물을 지어낸 것이다. 다른 것은 필요로 하지 않았다. 소책자의 연구와 문서의 연구, 그게 전부였다.

좋다, 그러면 보트를레가 똑같은 영역으로 한정할 수는 없을까? 불가능한 싸움이 무슨 이득이 있나? 확실한 줄 알았던 탐색들은 결국 소득 없고 아무 쓸모가 없었다. 너무나 확실해서 그의 발 밑에서 증가하는 계략들을 피하는 것만큼이나 나중에 가서는 더 안쓰러운 결과를 가져오지 않았는가?

그는 곧바로 단호하게 결정을 내렸다. 그렇게 하기로 마음을 먹는 순간 제대로 길을 찾았다는 즐거운 직감이 들었다. 제일 먼저, 그는 장송 고등학교 친구를 헛되이 비난하지 않고 떠났다. 가방을 들고 오랫동안 여기저기를 돌고돈 후에, 바로 파리 중심가에 위치한 작은 호텔에 짐을 풀었다. 그 호텔에서 그는 며칠 내내 두문불출했다. 기껏해야 주인의 식당에서 밥을 먹는 것이 다였다. 나머지 시간 동안은 방 문을 잠그고 커튼을 쳐서 방을 완전히 밀폐시킨 채 생각에 빠져 있었다.

아르센 뤼팽은 〈열흘〉이라고 말했다. 보트를레는 소책자와 문서에 나온 요소들 외에는 지금까지 일어난 모든 일을 잊어버리고 생각지 않으려고 노력했으며 그 열흘이라는 기한 안에 해결하려는 야망으로 불타올랐다. 그러나 열번째 날은 지나가 버렸고 열한번째, 열두번째 날도 지나갔다. 열세번째 날, 그의 머릿속에 뭔가 반짝거리기 시작했고, 우리 속에서 자라나는 식물처럼 눈부신 속도로 진실이 모습을 드러내고 펼쳐지더니 형태를 갖추었다. 그 열세번째 날 저녁, 여전히 문제의 단어는 모르고 있었지만 그는 분명 그것을 발견할 수 있는 방법 하나를 확실히 알게 되었다. 뤼팽이 그 방법을 사용하고 결실이 풍부했던 게 거의 분명했다.

그것은 아주 단순한 방법으로 다음 한 가지 질문에서 이끌어졌다. 에귀유 크뢰즈의 수수께끼에 관련된 소책자의 모든 역사적인 사건들 사이에 어떤 중요한 관계가 있는가?

사건의 다양함이 대답을 어렵게 만들었다. 그러나 보트를레가 더 깊이 관찰에 몰두하자, 결국 이 모든 사건들의 핵심적인 특징을 끄집어낼 수 있었다. 모든 사건은 예외 없이 현재의 노르망디와 어느 정도 일치하는 예전의 뉘스트리의 경계 안에서 벌어진 것이었다. 환상적인 모험의 영웅들은 모두 노르망디 인이거나 후에 노르망디 사람이 되거나 노르망디 땅에서 활동했다.

이것은 모든 시대에 걸쳐 있는 정말로 흥미진진한 기마 행렬과 같았다. 완전히 다른 지점에서 출발한 모든 남작과 공작, 왕들이 세계의 이 한구석에서 만나는 것은 진정한 장관이었다.

우연히 보트를레는 역사책을 뒤적였다. 〈생클레르 쉬르 엡트 조약〉 이후 에귀유의 비밀의 주인은 초대 노르망디공인 롤로였다.

깃발의 끝이 바늘의 형태로 구멍이 나 있던 사람은 노르망디공이자 영국에 노르만 왕조를 세운 정복자 기욤이었다.

그리고 영국인들이 잔 다르크, 비밀의 여주인을 불태운 것은 루앙이었다.

또한 모든 모험의 시초에서, 케사르에게 에귀유의 비밀로 몸값을 치렀던 칼레트의 대장이 코 땅 사람들의 대장이 아니라면 그 누구이겠는가? 코 땅은 바로 노르망디의 심장부에 있었다.

가정은 점점 분명해졌다. 영역이 축소되었다. 루앙과 센 강의 하안 지구, 코 땅…… 정말로 모든 도로가 이 방면으로 모여들고 있는 것처럼 보였다. 노르망디공과 그들의 후손인 영국의 왕들이 비밀을 잃어버리고 그것이 프랑스 왕가의 비밀이 되어버린 시점에서 프랑스의 왕 중 특히 두 사람을 들자면, 루앙을 점령하고 디에프의 입구에서 아르크 전투를 승리로 이끈 앙리 4세와 르아브르를 건설하고 〈프랑스의 왕들은 종종 도시의 운명을 결정짓는 비밀을 가지고 있다〉고 의미심장한 발언을 한 프랑스와 1세였다. 루앙, 디에프, 르아브르…… 삼각형의 세 꼭대기, 세 꼭지점을 차지하는 세 개의 큰 도시. 가운데에 코의 땅이 있었다.

17세기가 되었다. 루이 14세는 알려지지 않은 누군가가 비밀을 폭로하는 책을 불태운다. 라르베리 대장은 한 부를 탈취해 내고 그가 깨뜨린 비밀의 소득으로 몇 개의 보석을 훔쳐내고 대로에서 도적들에게 기습적으로 살해당한다. 그러면 그 흉계가 벌어진 장소가 어디였던가? 가이용! 가이용, 르아브르, 루앙, 디에프에서 파리로 가는 도로에 있는 작은 도시.

일 년 후, 루이 14세는 땅을 사서 에귀유 성을 짓는다. 그는 어떤 지역을 선택하는가? 프랑스 중앙이다. 그렇게 해서 호기심 많은 자들의 시선을 돌려놓는다. 사람들은 노르망디에서 찾지 않게 된 것이다.

루앙, 디에프, 르아브르, 코 지방의 삼각형……, 모든 것이 거기에 있다. 한편에 바다가 있다. 다른 한편에는 센 강이 흐른다. 또다른 한편에서 두 개의 골짜기가 루앙에서 디에프를 가로지른다.

보트를레의 정신에 섬광이 번쩍였다. 이 지역의 공간, 센 강의 절벽에서 망슈의 절벽으로 이어지는 높은 고원으로 이루어진 이 지방은 거의 언제나 뤼팽의 작업들이 진행되었던 바로 그 영역이기도 했다.

십 년 전부터 그가 정기적으로 벌목 작업을 벌인 것이 정확히 이 지역이었다. 마치 에귀유 크뢰즈의 전설이 가장 빽빽하게 몰려 있는 바로 그 땅의 중심에 그의 근거지가 있는 것 같았다.

카오른 남작 사건? 루앙과 르아브르 사이의 센 강변이었다. 티베르메닐 사건? 루앙과 디에프 사이, 고원의 또다른 끝이었다. 그뤼셰, 몽티니, 크라빌의 도난? 코 지방 한가운데에서 벌어진 것이었다. 열차 칸에서 라퐁텐가의 살인범인 피에르 옹프레의 공격을 받고 재갈을 물렸을 때, 뤼팽은 어디로 가고 있었던가? 루앙이었다. 뤼팽의 포로, 헐록 숌즈가 배에서 내린 곳이 어디였는가? 르아브르 근처였다.

그리고 현재의 모든 사건들이 벌어진 곳은 어디인가? 르아브르에서 디에프로 가는 도로상에 위치한 앙브뤼메지였다.

그러므로 몇 년 전, 소책자의 소유자이자 마리 앙투아네트가 문서를 감춰둔 비밀 주머니를 알고 있던 아르센 뤼팽은 그 굉장한 기도서를 손에 넣기에 이른다. 문서의 소유자로서 그는 그 지방으로 출정에 나서 찾았으며 그 정복된 땅에 정착했다.

보트를레는 그 지방으로 출정했다.

뤼팽이 떠났던 그런 여행을 하고 있다는 생각에, 뤼팽이 엄청난 힘을 쥐게 만들어준 놀라운 비밀을 발견하려는 시점에서 몸을 떨며 느꼈을 그 똑같은 희망에, 그는 진정으로 흥분을 느끼며 길을 떠났다. 보트를레, 그의 노력도 똑같이 승리에 찬 결과를 가져올 것인가?

그는 아침 일찍, 아주 짙게 분장을 하고 가방을 장대에 달아 등에 둘러멘 채 프랑스를 유람하는 초심자인 것처럼 가장하고 루앙을 떠났다.

그는 곧장 뒤클레르로 가서 점심을 먹었다. 그 읍을 나온 후에 센 강을 따라갔고 그 후로 그 강을 떠나지 않았다. 그의 본능은 여러 가지 가정들로 더욱 힘을 얻어서, 이 아름다운 강의 구불구불한 강가로 그를 데려갔다. 카오른 성에서 도난당한 수집품은 센 강을 통해서 날라졌다. 도둑맞은 샤펠듀 예배당도 고대의 조각된 돌들도 센 강으로 보내졌다. 그는 작은 거룻배들이 루앙에서 르아브르로 정기적인 운행을 하며 백만장자들의 나라로 운송하기 위해 예술 작품과 지방의 재화를 긁어모으는 것을 상상했다.

「속이 타는군! 거의 가까이 와 있어!」

연속적인 엄청난 타격으로 밀려오는 진실의 충격들 아래서 숨을 헐떡이며 청년이 중얼거렸다.

그는 첫째 날의 실패에 전혀 상심하지 않았다. 그는 흔들리지 않는 신념으로 자신의 가정이 올바른 방향을 잡아주고 있다고 믿었다. 무모함과 지나침, 그것은 전혀 중요하지 하지 않았다. 쫓고 있는 적의 명성에 어울릴 만한 것이었다. 그 가정은 뤼팽이라는 이름의 천재적인 현실에 어울렸다. 쥐미에주, 라 마이예레, 생완드릴, 코드벡, 탕카르빌, 퀼뵈프, 그의 추억으로 가득 찬 지역들이었다. 얼마나 자주 뤼팽은 그 지역의 영광스런 고딕풍의 종탑이나 거대한 폐허들의 장려함을 감상했을 것인가!

하지만 르아브르 근처야말로 등불처럼 이지도르를 이끌었다.

〈프랑스의 왕들은 종종 도시의 운명을 결정짓는 비밀을 가지고 있다.〉

그 모호한 말이 갑자기 보트를레에게 선명하게 빛났다. 이 말은 프랑스와 1세가 이 장소에 도시를 건설하려고 결정하게 된 정확한 동기의 선언이 아니었을까, 은총을 입은 르아브르의 운명은 에귀유의 비밀 자체와 연관이 있는 것이 아닐까?

「그거야……, 그거지……」

보트를레는 취기에 가까운 어지러움을 느끼며 웅얼거렸다.

「오래된 노르망디의 강 연안은 본질적인 지점의 하나, 원초적인 핵심 중의 하나로, 그것을 중심으로 프랑스 국가가 형성되었다. 그 오래된 연안은 두 가지 힘으로 완성되었지. 하나는 충만한 하늘 아래 활기에 넘치며 잘 알려져 있고 바다를 면한 새로운 항구로 세상을 향해 열려 있었어. 또다른 힘은 심연 속에 묻힌 채, 보이지 않고 만질 수 없는 것이기에 더욱이 두려운 것이었다. 에귀유는 프랑스와 왕가에 관한 역사의 어떤 부분 전부를 설명해 주고 있고, 마찬가지로 뤼팽의 모든 역사를 설명하고 있어. 같은 힘과 권력의 원천이 왕의 행운과 모험가의 행운을 지탱시키고 새롭게 한 거야」

촌락에서 촌락으로, 강에서 바다로, 보트를레는 바람에 코를 처박은 채 귀를 기울이며 사물들 자체에서 그들의 깊은 의미를 끄집어내려고 노력하며 근처를 뒤졌다. 저 경작지에 대해서 물어야 할까? 저 숲? 이 마을의 집들에 대해서? 이 농부들의 의미 없는 이야기 속에서 비밀을 드러내는 작은 단어를 얻게 될까?

어느 날 아침, 그는 연안에 있는 오래된 도시, 옹플뢰르가 보이는 여관에서 점심을 먹었다. 그의 앞에는 붉은 얼굴에 큼직한 체격을 지닌 노르망디의 말장수 하나가 밥을 먹고 있었다. 말장수들은 손에 채찍을 들고 등 뒤로 긴 작업복을 걸치고 지역의 장터를 돌아다녔다. 그런데 언제부터인가 그 사내는 보트를레를 매우 주의 깊게 살피고 있는 것처럼, 마치 그를 알고 있거나 그를 알아보려고 노력하는 것처럼 보였다.

〈하! 내가 잘못 본 거겠지. 나는 한번도 저 말장수를 본 적이 없고, 그도 마찬가지일걸.〉

실제로 그 사내는 더 이상 그에게 관심을 보이는 것 같지 않았다. 그는 자신의 파이프에 불을 붙이더니 커피와 코냑을 주문했고, 담배를 피우며 음료를 마셨다. 식사가 끝나자 보트를레는 값을 지불하고 일어났다. 그가 나가려는 순간 한 떼의 사람들이 들어왔기 때문에 말장수가 앉아 있는 식탁 옆에서 몇 초 정도 서 있어야 했다. 그리고 말장수의 낮은 목소리가 들렸다.

「안녕하시오, 보트를레 군」

이지도르는 머뭇거리지 않았다. 그는 사내 옆에 자리를 잡았고 말했다.

「예, 접니다……. 하지만 당신은 누구시죠? 어떻게 저를 알아보았죠?」

「별로 어렵지 않았네. 신문에 실린 자네 사진밖에 본 적이 없긴 하지만. 하지만 자네는 지독히도……, 불어로는 뭐라고 하나? 그러니까 지독히 분장을 못했군」

그는 아주 분명한 외국 억양을 가지고 있었다. 보트를레가 그를 살펴보니, 그 역시 가면을 해서 용모를 바꾼 듯했다.

「당신은 누구시죠?」

그가 되물었다.

「당신은 누구신가요?」

그러자 낯선 이가 웃었다.

「나를 몰라보겠나?」

「전혀요. 저는 당신을 본 적이 없는데요」

「나도 그렇지. 하지만 잘 생각해 보게. 나 역시, 신문에 사진이 실린 적이 있으니……, 그것도 자주 말이야. 그러면 알겠나?」

「아뇨」

「헐록 숌즈일세」

그 만남은 독특했다. 의미 있는 것이기도 했다. 곧바로 청년은 가까이 다가갔다. 서로에 대한 칭찬을 주고받은 다음 그는 숌즈에게 말했다.

「제가 짐작하기에 당신이 여기 계시다는 것은……, 그의 문제 때문인가요?」

「그렇다네」

「그러면, 그렇다면……, 당신은 우리에게 확률이 있다고 믿으시는 거군요. 이쪽에서……」

「그렇다고 확신하네」

보트를레는 숌즈의 견해가 그와 일치한다는 것을 확인하면서 어느 정도 뒤섞인 기쁨을 느꼈다. 만일 이 영국인이 목적에 도달한다면, 그것은 승리를 나누어갖는다는 것이고 그가 자신보다 앞서서 도달하지 않으리라는 법도 없지 않은가?

「증거가 있으신가요? 단서나?」

「걱정하지 말게나」

영국인은 그의 걱정을 이해하고 조소를 보냈다.

「나는 자네의 표식을 따라가는 것이 아니니까. 자네는 문서와 소책자를 따르고 있는데……, 나로서는 그것들에 썩 신뢰가 가지 않거든」

「그러면 당신은?」

「나는 그것들이 아니지」

「은밀한 것인가요?」

「전혀 아닐세. 자네는 왕관에 관련된 사건을 기억하겠지? 샤르메라스 공작에 관한 사건 말일세」

「예」

「빅트와르, 뤼팽의 늙은 유모를 잊지 않았겠지? 내 좋은 친구인 가니마르가 가짜 호송차 속에서 놓쳐버린 여인 말이야」

「예」

「나는 빅트와르의 실마리를 다시 찾았다네. 그녀는 르아브르에서 릴로 가는 25번 국도 근방에 있는 농장에서 살고 있지. 빅트와르를 통해서 나는 쉽게 뤼팽까지 가게 될걸세」

「오래 걸릴 텐데요」

「중요하지 않아! 나는 다른 모든 일들에서 손을 놓은 상태네. 지금 이 일밖엔 중요한 게 없어. 뤼팽과 나 사이의 싸움은……, 죽기로 하는 싸움이지」

그의 말엔 일종의 잔혹함이 들어 있었다. 수모를 겪게 만든 것에 대한 원한과 그를 그렇게 잔인하게 패배시켜 버린 거대한 적에게 품은 난폭한 증오심이 느껴지는 것이었다.

「어서 가게. 사람들이 우리를 쳐다보고 있어. 위험한 일이지. 하지만 내 말을 기억해 두게나. 뤼팽과 내가 얼굴을 맞대고 만나게 되는 날……, 그건 비극이 될 거야!」

보트를레는 완전히 안심을 하며 숌즈를 떠났다. 영국인이 재빨리 승리를 차지할까 봐 걱정할 것은 없었다.

그리고 이 우연한 만남은 그에게 증거들을 보태주었다. 르아브르에서 릴로 가는 길은 디에프를 지나갔다. 그 길은 코 지방의 연안선을 따라가는 대로였다. 망슈의 절벽들을 바라보는 해안로인 것이다. 그리고 빅트와르가 정착한 곳은 바로 그 도로에 인접한 농장이었다. 빅트와르는, 즉 뤼팽이었다. 사람은 누군가의 젖을 먹고 자라게 마련이고 주인에게는 맹목적인 헌신을 바치는 하인이 있게 마련이기 때문이다.

「속이 타는군. 거의 가까이 와 있어……」

청년은 반복해서 말했다.

「상황이 나에게 새로운 정보를 가져다주자마자, 그것이 나의 가정들을 확증해 주고 있어. 센 강변이라는 절대적인 확신. 또다른 하나는 국도에 대한 확신이지. 두 가지 교통로는 프랑스와 1세의 도시인 르아브르, 그 비밀의 도시에서 만나지. 경계가 점점 좁혀지고 있어. 코 지방은 별로 크지 않아. 게다가 내가 뒤져야 할 곳은 그 지방의 서쪽 부분뿐이야」

그는 악착스럽게 일에 매달렸다.

「뤼팽이 찾아낸 것이라면 나라고 못 찾아낼 이유가 없어」

그는 끊임없이 자신에게 그렇게 되새겨 말했다. 물론 뤼팽은 여러 가지 상당한 이점을 지니고 있었을 것이고, 어쩌면 이 지역에 대해서 더 잘 알고 있었을지도 몰랐다. 지역의 전설에 대한 더 정확한 자료들을 가지고 있었거나 어떤 추억을 간직하고 있었으리라. 사실 보트를레는 아무것도 몰랐고 이 지방에 대해서 완전히 무지했으며, 앙브뤼메지의 도난 사건 때 처음으로 오랜 시간 지체하지 않고 급히 지나간 것뿐이었다.

하지만 그런 것은 중요하지 않았다!

이 수사에 십 년을 바쳐야만 한다면 그는 끝까지 그렇게 할 것이다. 뤼팽이 거기 있었다. 그를 보았다. 그의 모습을 짐작했다. 그는 저 도로 모퉁이에, 이 숲 경계에, 저 마을 어귀에서 기다리고 있었다. 그리고 실망할 때마다 그는 각각의 실망에서 더 그것에 매달리게 만드는 강렬한 이유를 찾게 되는 것처럼 보였다.

그는 곧잘 길가 비탈 위에 몸을 던지고 문서를 검토하는 데 폭 빠져 있었다. 언제나 몸에 지니고 있는, 숫자에 모음을 대치시킨 복사본이었다.

$$e . a . a . . e . . e . a . . a . .$$
$$a . . . e . e . \qquad . c . o i . e . . e .$$
$$. o u . . e . o . . . e . . e . o . . e$$
$$D \; \overline{DF} \; \square \; 19 \; F + 44 \; \triangle \; 357 \triangle$$
$$a i . u i . . e \qquad . . e u . e$$

또 종종 습관대로 무성한 풀밭에 배를 깔고 누워 몇 시간이고 생각을 하며 보냈다. 그는 시간이 있었다. 미래는 그에게 속해 있었다.

감탄할 만한 인내심으로 그는 센 강에서 바다로, 바다에서 센 강으로 조금씩 멀어졌다가 다시 돌아오면서, 이론적으로 어떤 정보도 얻을 가능성이 없을 때에만 그 지역을 포기했다.

그는 몽빌리에, 생로망, 옥트빌과 곤빌, 크리케토를 연구하고 샅샅이 살폈다.

저녁에는 농부의 집 문을 두드려 숙소를 청했다. 저녁을 먹고 난 후, 사람들은 함께 담배를 피우며 담소를 나눴다. 그리고 그들이 겨울의 긴 밤 시간 동안 나누는 이야기들을 얘기하게 만들었다.

그리고 언제나 이 음흉한 질문을 던졌다.

「그리고 에귀유는요? 에귀유 크뢰즈의 전설인데……. 그건 모르시나요?」

「전혀 모르겠군. 무슨 말인지 모르겠어」

「잘 생각해 보세요. 어느 늙은 여인네의 얘기였던가, 바늘이 나오는 어떤 거요. 이를테면 마법이 걸린 바늘 같은 거요……. 사실 전 아는 게 없답니다」

아무것도 없었다. 어떤 전설도 어떤 기억도 없었다. 그리고 다음날이면 그는 가볍게 떠났다.

어느 날 그는 바다를 마주보고 있는 생주앙의 예쁜 마을을 지나갔고 절벽에서 굴러떨어져 뒤죽박죽된 바위들 사이를 내려갔다.

그리고 다시 고원을 향해 올라가다가 브뤼발의 절벽 사이의 작은 계곡들을 향해, 앙티페르 곶을 향해, 벨플라주의 작은 만을 향해서 떠나갔다. 그는 즐거운 마음으로 가볍게 걸었고 조금 피곤했지만 살아가는 것이 너무나 행복했다. 그는 뤼팽과 에귀유 크뢰즈의 수수께끼, 빅트와르와 숌즈를 잊을 정도로 행복했으며 사물들이 펼쳐내는 장관, 푸른 하늘, 에메랄드빛의 거대한 바다와 눈부신 태양에 관심을 쏟았다.

226

곧은 비탈과 벽돌로 된 벽의 잔해 속에서 로마 병영의 유물을 알아볼 수 있을 것 같았고, 그것이 그의 궁금증을 불러일으켰다. 그러다가 그는 일종의 작은 성채를 보았다. 고대의 요새를 본떠 지은 것으로, 균열이 생긴 작은 첨탑들과 고딕풍의 높은 창문이 달려 있었다. 그 성채는 톱니 모양의 험한 자갈투성이 곳에 위치해 있었는데 거의 절벽에서 떨어져 있었다. 가드레일과 가시들을 덧댄 철책이 좁은 입구를 막고 있었다.

보트를레는 어렵사리 그것을 넘는 데 성공했다. 녹슨 자물쇠로 잠겨 있는 낡은 첨두형 정문 위에 이런 이름이 눈에 띄었다.

프레포세 요새

그는 들어가려고 시도하는 대신 오른쪽으로 몸을 돌려 작은 언덕을 내려갔다. 그리고 땅이 끝나는 곳을 따라 이어진 나무 난간이 있는 작은 길로 접어들었다. 그 끝에 바다에 떨어질 것처럼 놓인 바위 한 끝에 속이 패여서 작은 피신처를 만들고 있는 보잘것없는 크기의 동굴이 있었다.

사람이 동굴 중심에 겨우 서 있을 수 있을 정도였다. 벽들에는 수많은 낙서가 얽혀 있었다. 네모스름한 구멍이 바위를 뚫고 창을 이루며 땅 쪽으로, 정확히 프레포세 요새를 바라보며 열려 있었다. 삼사십 미터 밖 왕관 모양으로 둘러싼 요새의 총안이 보였다. 보트를레는 가방을 내던지고 앉았다. 힘들고 지친 하루였다. 그는 곧바로 잠이 들었다.

동굴 안에 도는 신선한 바람이 그를 깨웠다. 그는 정신이 팔린 채 멍한 눈으로 몇 분을 움직이지 않고 있었다. 그는 생각을 하려고 애썼고, 여전히 정지되어 있는 사고를 일깨우려 했다. 그리고 맑은 정신이 들어 일어나려고 하기도 전에, 눈이 한 곳에 못박혀 휘둥그레졌다. 오한이 그를 덮쳤다. 손이 오그라들고 머리카락 끝에서 땀방울이 솟는 것을 느꼈다.

「아니, 아냐……」

그가 중얼거렸다.

「이건 꿈이야, 환영이야……. 맙소사, 저게 가능한 일이야?」

그는 급히 무릎을 꿇고 몸을 기울였다. 화강암 바닥에서 돋을 새김된 사람 발 크기의 커다란 두 글자가 모습을 드러냈다.

조잡하지만 확실하게 조각되어 있는 그 두 글자는 1백 년이 넘는 시간 동안 모서리가 둥글게 닳고 표면이 흐려져 있기는 했어도 〈D〉와 〈F〉였다.

〈D〉와 〈F〉! 놀라운 기적! 〈D〉와 〈F〉, 정확히 문서의 두 글자! 문서의 유일한 두 글자!

보트를레는 기준과 지시들이 있는 네번째 줄에서 이 글자들을 찾아 확인해 보기 위해 문서를 참고할 필요조차 없었다.

그는 그것들을 너무나 잘 알고 있었다. 그것들은 그의 눈동자 밑바닥에 영원히 새겨져 있고 뇌리에 박힌 것이었다.

그는 일어나 가파른 길을 내려가서 오래된 요새의 한쪽 면을 따라 다시 올라갔다. 그리고 다시 한번 가시로 덮인 보호책으로 다가가 그것을 타넘고, 양떼를 몰고 넘실대는 고원의 언덕들을 지나고 있는 양치기에게 서둘러 걸어갔다.

「저 동굴, 저기에 있는 저 동굴 말입니다……」

입술이 떨렸고 적당한 낱말을 찾을 수 없었다. 양치기는 그를 놀란 듯이 바라보았다. 마침내 그는 자신의 말을 반복했다.

「예, 그 동굴이오. 저쪽에……, 요새 오른편에 있는 거요. 그 동굴에 이름이 있나요?」

「〈아가씨〉요! 에트르타 사람들은 모두 그렇게 말하죠. 그것은 〈아가씨들〉이랍니다」

「뭐요? 뭐라고요? 지금 뭐라고 하셨죠?」

「그러니까 예……, 아가씨들의 방이라고요……」

이지도르는 마치 모든 진실이 그 사내 안에 존재하고 있기라도 한 것처럼, 일격에 그것을 빼앗거나 끄집어낼 수 있다는 듯이 목덜미라도 덮칠 태세였다.

〈아가씨〉! 그 문서에서 알려진 유일한 두 낱말 중의 하나였다!

광기의 바람이 몰아치는 바람에 보트를레는 주저앉고 말았다. 그리고 그의 주변에서 들끓어오른 바람은 먼바다와 먼땅에서 불어온, 모든 곳에서 불어온 맹렬한 광풍처럼 들이쳤고, 진실의 거대한 일격으로 그를 내리쳤다. 그는 이해했다. 문서는 진정한 의미를 가지고 다가왔다! 아가씨들의 방……, 에트르타…….

「바로 그거야……」

그는 온갖 깨달음 속에 생각했다.

〈그것밖에는 될 수 없어. 어째서 좀더 일찍 생각해 내지 못했을까?〉

그는 양치기에게 낮은 목소리로 말했다.

「좋아요, 가세요……. 가셔도 돼요. 고맙습니다」

사내는 어리둥절한 채 휘파람으로 개를 부르고는 멀어져 갔다.

혼자가 되자 보트를레는 요새를 향해 돌아갔다. 거의 요새를 지나쳐 가다가 갑자기 그 자리에 멈춰서더니 벽면에 몸을 붙인 채 얼마 동안 있었다. 그리고 부르고는 생각했다.

〈내가 미쳤나? 만일 그가 나를 본다면? 공범들이 나를 본다면? 벌써 한 시간이나 나는 왔다가 갔다가…….〉

그는 더 이상 움직이지 않았다. 해가 저물어 있었다. 낮에 밤이 조금씩 섞여들었고, 사물들의 그림자를 흐릿하게 만들었다.

그러더니 그는 거의 느낄 수 없을 정도의 작은 몸짓으로 배를 땅에 깔고 몸을 끌고서, 바닥을 기어 곶의 돌출부에서 절벽의 한쪽 끝까지 나아갔다. 그곳에 다다르자 팔을 펼쳐 수풀을 가르고 머리를 그 새로 내밀었다.

맞은편 바다 한복판에 거의 절벽과 같은 높이로 거대한 돌이 있었다. 팔십 미터 이상 높이의 거대한 돌기둥으로, 물 표면에 닿아 있는 커다란 화강암 받침 위에 수직으로 솟아올라 꼭대기로 갈수록 뾰족해졌고, 마치 바다 괴물의 이빨 같았다.

절벽과 마찬가지로 돌기둥은 잿빛이 도는 지저분한 흰빛을 띠었다. 그 무시무시한 바윗덩이엔 규석 자국으로 수평의 줄무늬가 새겨져 있었고, 석회질층과 자갈층이 층층이 쌓이면서 누적된 몇 세기 동안의 작업을 볼 수 있었다.

여기저기 갈라지거나 굴곡이 있었으며 곧이어 약간의 흙과 풀, 잎사귀들이 있었다.

이 모든 것은 성난 파도와 태풍의 공격도 절대 파괴할 수 없는 어떤 것처럼 힘에 넘치고 단단하고 놀라운 것이었다. 이 모든 것은 거대한 성벽으로 이어지는 절벽의 지배하에 있으면서도 결정적이고 내재적이며 장엄한 것이었고, 광대한 공간 속에 세워져 있음에도 거대했다.

보트를레의 손톱이 먹이를 향해 달려들 태세를 갖춘 짐승의 발톱처럼 땅을 파고들었다. 그의 눈길이 울퉁불퉁한 바위 껍질, 그가 느끼기에는 바위의 피부와 살을 뚫었다. 그는 그것을 만지고 느끼고, 알고 소유하게 되었다. 그는 그것과 하나가 되었다.

수평선은 사라진 태양의 모든 열기로 붉어졌다. 불타오른 긴 구름은 하늘에 걸려 움직이지 않은 채 장엄한 풍경과 비현실적인 석호(潟湖), 불꽃으로 가득한 초원, 황금의 숲, 피의 강, 모든 열정적이면서도 평화로운 몽환의 풍경을 형성했다.

쪽빛 하늘이 점점 어두워졌다. 화성이 아름답게 반짝이며 빛을 발하더니 별들이 수줍게 불을 밝혔다.

그리고 보트를레는 갑자기 눈을 감고 충동에 밀려 손으로 이마를 감쌌다. 오! 그는 기쁨에 겨워 죽을 것만 같았다. 감정에 벅차 가슴이 죄어들 정도였다. 거기, 에트르타 바늘바위의 거의 꼭대기, 갈매기들이 퍼덕이며 날아다니는 꼭대기 지점에서 조금 내려온 곳에, 약간의 연기가 어느 균열인가 보이지 않는 굴뚝에서 스며나오고 있었다. 그 약간의 연기는 천천히 소용돌이를 그리며 어스름이 지는 조용한 하늘로 올라갔다.

열려라, 참깨!

에트르타의 바늘바위는 속이 비어 있었다.

자연적인 현상일까? 내부의 자연적인 붕괴나 부글거리는 바다와 스며드는 빗물의 미세한 침식 작용으로 형성된 동굴일까? 아니면 켈트 족과 골 족, 선사 시대 인간들이 이루어낸 초인적인 작품일까? 분명 풀 수 없는 문제였다. 그런 건 중요하지 않았다. 핵심은 여기에 있었다. 바늘은 비어 있었다.

사오십 미터에 이르는 아치가 사람들이 아발 항구라고 부르는 항구를 감싸안으며 절벽 높이로 솟아 있었고, 한 나무의 거대한 가지가 바다 밑의 바위에 뿌리를 내리고 엄청난 크기의 석회암 원뿔을 이루고 있었는데, 바로 그 원뿔은 허공 위에 놓인 껍데기, 뾰족한 모자에 지나지 않았다.

경이로운 비밀의 발견! 뤼팽 다음으로 이제 보트를레가 2천 년도 넘게 떠돌아다니던 거대한 수수께끼의 단어를 찾은 것이다!

한 떼의 야만인들이 말을 타고 낡은 세상을 휩쓸던 머나먼 시대부터 그것을 소유하는 자에게 지고의 가치를 지니던 단어! 적 앞에서 부족 전체가 숨을 수 있는 키클롭스 족의 동굴을 여는 마법의 단어! 누구도 훼손할 수 없는 성역의 문을 지키는 신비의 단어! 권력을 주고 주도권을 보장해 주는 특권의 단어!

바로 그 단어를 알기 위해서 케사르는 골 족을 노예로 만들 수도 있었다. 그 단어를 알기 위해서 노르망디 인들은 나라를 세웠고, 후에 그것을 바탕으로 이웃 섬을 정복하고 시칠리아를 정복하고 동양을 정복하고 신세계를 정복한 것이다.

비밀의 지배자, 영국 왕들은 프랑스를 지배하고 모욕하고 분할하고 파리에서 왕의 대관식을 올리게 만들었다. 그러나 그들은 비밀을 잃어버리고 그것으로 길을 잃어버리고 말았다.

비밀의 지배자, 프랑스 왕들은 번영을 누리고 그들 지역의 좁은 경계를 넘어서 조금씩 거대한 국가를 세워나가 찬란한 영광과 힘을 누리게 된다. 그러나 그들은 그 비밀을 잃어버렸거나 이용할 줄 몰랐고, 그러자 죽음, 망명, 쇠퇴가 찾아왔다.

물 속에 잠긴 땅 밑 열길 속의 보이지 않는 왕국! 잊혀진 성채, 노트르담의 종탑보다 높으며 광장보다 더 넓은 화강암 기반 위에 세워진 성채……. 파리에서 바다까지는 센 강을 통해 이어져 있었다. 거기에 반드시 필요한 도시, 르아브르가 있었다. 그리고 거기서 삼십 킬로미터 떨어진 곳에 〈속이 빈 바늘바위〉가 있었다. 정말 공략 불가능한 은신처이지 않은가?

그것은 은신처이자 굉장한 비밀 창고였다. 몇 백 년이 흐르며 불어난 왕들의 모든 보물, 프랑스의 모든 황금, 민중에게서 착취한 모든 것, 성직자에게서 빼앗은 모든 것, 유럽의 전쟁터에서 주은 모든 전리품들이 왕가의 굴 속에 쌓여 있었다. 오래된 금화 수들, 빛나는 에퀴들, 두블롱, 뒤카, 플로린, 기니, 희귀석, 다이아몬드, 온갖 보석과 장신구들이 거기에 있었다. 누가 그것을 발견할 것인가? 누군가 언젠가는 바늘바위의 침범할 수 없는 비밀을 알게 될 것인가? 아무도 없었다.

아니, 뤼팽이 있었다.

그리고 뤼팽은 사람들이 알기에 정말로 균형이 맞지 않는 종류의 존재가 되었고, 진실이 어둠 속에 남아 있는 한 설명할 수 없는 기적이 되었다. 그의 천재성의 자원이 무한하다 하더라도 그것만으로는 사회에 맞서 그가 수행하는 싸움에는 충분하지 못했을 것이다. 더 물질적인 어떤 것이 필요했다. 안전한 은거지가 필요했고, 처벌받지 않을 확신이 필요했고, 계획의 실행을 보장해 줄 평화가 있어야 했다.

〈속이 빈 바늘바위〉가 아니었다면, 뤼팽은 이해할 수 없고 현실과 아무 관계 없는 전설이나 소설에 나오는 인물이 되었을 것이다. 비밀의 지배자! 그리고 그것은 어마어마한 비밀이었다. 그는 다른 이와 마찬가지로 평범한 인간이었지만, 운명이 선사해 준 놀라운 무기를 우월한 방식으로 다룰 줄 알았던 것이다.

그러므로 바늘바위의 속이 비어 있음은 이론의 여지 없는 사실이었다. 남은 것은 어떻게 거기에 들어가느냐 하는 문제뿐이었다.

당연히 바다를 통해서였다. 해변 쪽으로 조수가 맞는 몇 시간 동안 배를 댈 수 있는 어느 정도의 틈이 있을 게 분명했다. 하지만 땅 쪽으로는?

저녁까지 보트를레는 동굴 위에 매달린 채 남아 있었고, 피라미드 같은 어두운 덩어리에 눈을 못박은 채 온 정신을 기울여서 생각하고 궁리했다.

그리고 에트르타를 향해 내려가, 가장 허름한 여관을 택해 저녁을 먹고 그의 방으로 올라가 문서를 펼쳤다.

이제 의미를 분명하게 밝히는 것은 아이들 장난에 불과했다. 곧바로 그는 에트르타의 세 모음이 첫번째 줄에 딱 들어맞는 순서와 간격으로 주어져 있다는 것을 보았다. 그러자 그 첫번째 줄은 다음과 같은 모습을 하게 되었다.

e.a.a..étretat

에트르타에 앞설 만한 낱말이 무엇이 있을까? 분명히 바늘바위의 위치를 마을과 연관해서 알려주는 낱말일 것이다. 그런데 바늘바위는 왼편, 서쪽에 놓여 있으니까……. 그는 낱말을 찾았다. 해변가에서는 서풍을 〈아발(aval, 상류라는 뜻 ── 옮긴이)〉의 바람이라고 부르는 것을 기억해 냈고, 또 마침 항구가 아발 항구라고 불린다는 것을 기억해 내고는 이렇게 적었다.

En aval d' Etretat

두번째 줄은 〈아가씨들 Demoiselles〉이 있는 줄이었고, 곧바로 그 낱말 앞에 모든 모음들이 〈……의 방 la chambre des〉을 이루고 있다는 것을 알아차릴 수 있었다. 그는 두번째 문장을 적었다.

En aval d' Etretat ── La chambre des Demoiselles.

세번째 줄은 더 어려워서 한참을 궁리했다. 상황을 되새겨보고, 아가씨들의 방 근처에 있는 프레포세 요새의 자리에 건설된 성이 있다는 것을 기억해 내고서야 문서를 거의 완전하게 재구성해 낼 수 있었다.

〈에트르타의 상류──아가씨들의 방──프레포세 요새 아래 ── 에귀유 크뢰즈(En aval d' Etretat ── La chambre des Demoiselles ── Sous le fort de Fréfossé ── Aiguille creuse)〉

바로 이것이 네 줄의 위대한 문구이자 본질적이고 일반적인 문구였다. 그것을 통해서 사람들은 에트르타의 상류를 향해 가고, 아가씨들의 방에 들어가, 거의 분명히 프레포세 요새 아래를 통해 바늘바위에 도달하는 것이다.

어떻게? 바로 네번째 줄을 이루는 기준과 지시를 통해서였다.

$$D \ \overline{DF} \ \square \ 19 \ F + 44 \ \triangleright 357 \triangleleft$$

바로 이것, 이것이야말로 가장 특별한 문구로 사람들이 어디로 들어가야 할지 바늘바위로 이어지는 길을 찾기 위해 고안한 것이었다.

그의 가정은 문서의 논리적인 귀결을 따랐다. 보트를레는 곧장 육지와 바늘바위 기둥이 실제로 연결되어 있다면, 그 지하도는 〈아가씨들의 방〉에서 출발해서 프레포세 요새 밑을 지나 1백 미터 정도의 절벽을 수직으로 내려가 바다의 바위 밑에 설치된 터널을 통해 바늘바위에 이를 것이라고 가정했다.

지하도로 가는 입구라? 아주 선명하게 부각된 〈D〉와 〈F〉의 두 글자가 그것을 가리키고 어떤 놀라운 기계 장치를 통해서 입구에 이르도록 해주는 게 분명했다.

다음날 오전 내내 이지도르는 에트르타를 거닐며 이쪽저쪽에서 수다를 떨어 유용한 정보를 몇 가지 모아보려 했다. 마침내 오후, 그는 절벽 위로 올라갔다. 선원으로 변장을 했는데, 더욱 어려 보여 열두 살 먹은 어린애 같았다. 반바지는 아주 짧았으며 어부의 셔츠를 입고 있었다.

동굴에 들어가자마자 그는 글자들 앞에 무릎을 꿇고 앉았다. 실망이 그를 기다리고 있었다. 그는 그 밑을 때리고 그것들을 밀어보고 모든 방향으로 움직여 보았지만 꼼짝하지 않았다. 그는 재빨리 그것들이 현실적으로 움직일 수 없으며 그러므로 어떤 기계 장치도 움직이도록 되어 있지 않다는 것을 알았다. 그렇지만……, 그렇지만 그것들은 무엇인가를 의미했다! 마을에서 모은 정보들에 따르면, 아무도 그것이 왜 있는지 설명하지 못했고, 코셰 신부가 에트르타에 대해 쓴 귀중한 책에서 그 역시 이 작은 글자 수수께끼에 헛되이 매달렸다는 것을 알았다. 하지만 이지도르는 그 노르망디 고고학자가 모르는 것을 알고 있었는데, 즉 그는 그 똑같은 두 글자가 문서의 지시를 주는 줄에 나온다는 것을 알고 있었다. 우연한 일치? 그건 불가능했다. 그러면?

어떤 생각이 갑작스레 떠올랐고 너무나 그럴 법하고 단순해서 그는 그것이 옳다는 것을 확신했다. 그 〈D〉와 〈F〉는 문서의 가장 중요한 두 단어의 첫글자였다. 즉 〈바늘 Aiguille〉이라는 낱말과 함께 따라가야 할 길의 주요한 지점을 표시하는 말이었다. 아가씨들의 방과 프레포세의 요새. 〈아가씨들 Demoiselles〉의 〈D〉와

〈프레포세 Fréfossé〉의 〈F〉, 그것을 우연이라고 하기에는 너무도 이상한 관계였다.

그런 경우에 문제는 다음과 같이 나타났다. 〈DF〉의 묶음은 아가씨들의 방과 프레포세의 요새 사이의 관계를 나타내고 있는 것이다. 줄의 시작에 나오는 홀로 있는 〈D〉라는 글자는 아가씨들, 즉 무엇보다 우선 들러야 할 동굴을 나타내는 것이다. 그리고 줄의 중간에 나오는 홀로 있는 〈F〉라는 글자는 프레포세, 즉 아마도 지하로 들어가는 입구를 가리키는 것이다.

그 다양한 기호들 사이에 두 가지가 남았다. 왼쪽에 표시가 된 울퉁불퉁한 일종의 사각형과 밑에 숫자 19는 거의 확실히 동굴에 있는 요새 밑으로 들어가는 방법을 지시하는 기호였다.

이 사각형의 형태가 이지도르의 흥미를 끌었다. 그의 주위 벽에, 아니면 시선이 닿는 곳에 사각형의 형태를 연상하게 하는 어떤 표식이 있을까?

그는 오랫동안 찾다가 이 실마리를 따라가는 것을 거의 포기하려는 참이었는데, 방 창문처럼 내어져 바위에 패인 작은 출구에 시선이 닿았다. 이 출구의 경계는 정확히 울퉁불퉁하고 삐뚤어지고 엉성하지만 어쨌든 사각형을 그리고 있었고, 보트를레는 문서의 두 글자 위에 그어진 선이 설명하는 대로 바닥에 새겨진 〈D〉와 〈F〉에 두 발을 놓으면 정확히 창문 높이에 이르게 된다는 것을 바로 깨달았다.

그는 그 위치에 자리를 잡고 바라보았다. 이미 말했듯이 창문이 육지를 향하고 있었으므로 우선은 동굴을 육지로 이어주는 두 심연 사이에 걸려 있는 오솔길을 볼 수 있었고, 그러고 나서 요새가 세워진 언덕의 기반 자체를 볼 수 있었다. 요새를 보려고 애쓰느라 보트를레가 왼쪽으로 몸을 숙이자, 그제야 쉼표처럼 문서의 밑, 왼쪽을 차지하는 동그란 표시의 의미를 이해할 수 있었다. 창문의 왼쪽 밑에는 규석 한 조각이 튀어나와 있었는데, 그 조각의 한 끝은 갈고리처럼 휘어 있었다. 진짜 조준점이라고 할 만했다. 그리고 그 조준점에 눈을 맞추면, 마주하고 있는 언덕의 경사면 위에 거의 전체가 벽돌로 된 오래된 벽, 옛 프레포세 요새의 잔해 아니면 그 자리에 세워져 있던 로마의 옛 성곽이 차지하고 있는 제한된 영역의 땅만이 분리되어 시선이 들어왔다.

보트를레는 그 벽면을 향해 달려갔다. 벽면은 길이가 십 미터 정도 되었고 풀과 잡초들로 뒤덮여 있었다. 그는 아무 단서도 찾아내지 못했다.

그는 동굴로 돌아왔고, 바지 주머니에 지니고 있던 실과 줄자를 꺼내, 실을 규석의 구부러진 곳에 묶은 후 19미터 되는 곳에 자갈 하나를 묶어 육지를 향해 던졌다. 자갈은 겨우 오솔길이 끝나는 곳에 닿았다.

보트를레가 생각했다.

「나는 정말 바보로군. 그 시대 사람들이 미터법으로 길이를 쟀을 리 없지. 19는 19투와즈(toise, 길이의 옛 단위로 1투와즈는 1.919미터──옮긴이)인 게 분명해」

계산을 해내고서 그는 37미터를 재어 매듭을 묶었고, 벽면을 더듬거리며 아가씨들의 방의 창에서 37미터에 묶인 매듭이 정확하고 유일하게 프레포세의 벽에 닿을 지점을 찾았다. 얼마간의 시간이 지나 그는 접점을 찾아냈다. 자유로운 손으로 그는 틈새에서 뻗어나온 미역취 이파리를 치웠다.

그의 입에서 탄성이 터져나왔다. 그가 검지 손가락 끝으로 누르고 있던 매듭은 벽돌 하나에 돋을새김된 작은 십자가의 중앙에 놓여 있었다.

십자가는 문서에서 숫자 19 뒤에 이어지는 기호였다!

그는 벅차오르는 감정을 조절하기 위해서 모든 의지를 모아야만 했다. 서둘러서 뻣뻣하게 굳은 손가락으로 그는 십자를 잡아 누르며 바큇살을 돌리듯 그것을 돌렸다. 벽돌이 흔들렸다. 그는 더욱 힘을 주어 돌렸다. 그것은 더 이상 움직이지 않았다. 그러자 그는 돌리는 대신 더 세게 눌렀다. 곧바로 움직이는 느낌이 전해졌다. 그리고 갑자기, 마치 시동이 걸린 것처럼 자물쇠가 열리는 소음이 들렸다. 그리고 벽돌 오른쪽으로 1미터 정도 넓이의 벽면이 돌더니 지하로 들어가는 입구가 나타났다.

미친 사람처럼 보트를레는 벽돌이 붙은 철문을 움켜쥐었다가 난폭하게 되돌려 문을 닫았다. 놀라움, 기쁨, 발각될 것에 대한 두려움으로 그의 얼굴이 거의 알아볼 수 없을 정도로 경련을 일으켰다. 그는 거기 문 앞에서 지난 2천 년 동안 일어났을 모든 일들, 위대한 비밀을 전수받고 이 장소를 통해 그 안으로 들어간 모든 이들의 환영을 보았다. 켈트 족, 골 족, 로마 인, 노르만 인, 영국인, 프랑스 인, 남작, 공작, 왕 그리고 그들 모두 이후에 아르센 뤼팽……. 그리고 뤼팽 다음에 바로 자신, 보트를레……. 그는 뇌가 빠져나가는 것 같았다. 그의 속눈썹이 떨렸다. 그는 기절해 쓰러졌고 비탈 밑으로 절벽 경계까지 굴러떨어졌다.

그의 임무는 끝났다. 적어도 그가 가지고 있는 자원만으로 혼자 해낼 수 있는 임무는 그랬다.

저녁에 그는 검찰청장에게 긴 편지를 썼다. 그 편지에서 그는 수사의 결과를 성실하게 전하고 〈속이 빈 바늘〉의 비밀을 알렸다. 그는 작업을 끝내기 위한 도움을 청하고 자신의 주소를 적었다.

대답을 기다리면서 그는 이틀 밤을 아가씨들의 방에서 보냈다. 그는 공포로 얼어붙은 채 그 두 밤을 보냈고 신경은 심야의 소음들로 인해 더욱 큰 두려움에 휩싸여 있었다. 어느 순간에라도 그를 향해 다가오는 그림자를 보는 것 같았다. 그들은 그가 동굴에 있다는 것을 알고……, 다가와 그의 목을 자르고……. 그렇지만 그의 시선은 필사적으로, 온 의지의 힘으로 벽면에 못박혀 있었다.

첫번째 밤에는 아무것도 움직이지 않았지만, 두번째 밤에는 별빛과 가는 초승달빛 아래 문이 열리고 심연 속에서 나오는 사람들의 윤곽이 보였다. 그는 수를 세었다. 둘, 셋, 넷, 다섯……

그 다섯 사내는 상당히 부피가 큰 짐 더미를 옮기고 있는 듯했다. 그들은 르아브르로 통하는 도로까지 곧장 밭을 질러갔고 멀어지는 자동차 소리가 들렸다.

그는 몸을 일으켜서 커다란 농장을 따라갔다. 하지만 거기서 이어진 길로 돌아서려는 참에, 간신히 비탈을 올라가 나무 뒤에 몸을 숨겼다. 아직도 사람들이 지나가고 있었다. 넷……, 다섯……. 그리고 모두 짐 꾸러미를 들고 있었다. 2분쯤 지나서 또다른 자동차가 시동을 걸고 으르렁거렸다. 이번에는 원래의 위치로 돌아갈 기운이 없었고 그는 잠을 자러 돌아왔다.

그가 일어나자 여관 종업원이 봉투를 전해 주었다. 그는 봉투를 개봉했다. 가니마르의 명함이었다.

「마침내!」

추적이 너무나 힘들었던 까닭에 보트를레는 진정으로 도움의 필요를 느끼면서 외쳤다.

그는 서둘러 손을 내밀었다. 가니마르는 그 손을 잡고 잠시 생각에 잠기더니 말했다.

「자네는 정말 만만치 않은 사람이야, 친구」

「이런, 우연히 그렇게 된 것뿐이죠」

보트를레가 말했다.

「그에 관한 일에는 우연이란 것이 없네」

뤼팽에 대해서는 언제나 엄숙한 어조로, 그의 이름을 말하지 않으면서 이야기하는 경감이 장담했다.

그가 앉았다.

「그러면 우리는 그를 잡은 것인가?」

「이미 사람들이 스무 번 넘게 그를 잡았던 것처럼이라면 그렇지요」

보트를레가 웃으며 말했다.

「그래, 하지만 지금은……」

「지금은 확실히 상황이 다르지요. 우리는 그의 은신처, 그의 견고한 성, 따져보면 뤼팽을 지금의 뤼팽으로 만든 바로 그것을 알고 있으니까요. 그는 빠져나갈 수 있습니다. 하지만 에트르타의 바늘바위는 그럴 수 없지요」

「자네는 왜 그가 빠져나갈지도 모른다고 생각하는 건가?」

가니마르가 걱정하는 기색으로 물었다.

「그는 빠져나가야 할 필요가 없을지도 모르죠」

보트를레가 대답했다.

「아무것도 그가 현재 바늘바위 안에 있다는 것을 증명하지 못합니다. 오늘밤 그의 공범 열한 명이 거기서 나왔습니다. 그도 그 중 하나였을 수 있지요」

242

가니마르가 생각에 잠겼다.

「자네가 옳아. 중요한 것은 속이 빈 바늘바위이지. 나머지에 대해선 운이 따르기를 바라는 수밖에 없지. 그리고 이제 우리 이야기를 해보세」

그가 다시 심각한 목소리와 설득력 있는 위엄을 갖추더니 말을 꺼냈다.

「친애하는 보트를레 군, 나는 자네에게 이 사건에 관련해서 가장 철저한 비밀 유지를 명하려고 하네」

「누구의 명령이죠? 경찰총장인가요?」

장난치듯 보트를레가 말을 받았다.

「더 높은 곳이야」

「상원의장이오?」

「더 높은 곳」

「맙소사!」

가니마르는 목소리를 낮추었다.

「보트를레 군, 나는 엘리제 궁에서 오는 길일세. 사람들은 이 사건을 무엇보다 중요한 국가 기밀로 여기고 있네. 사람들이 이 보이지 않는 성곽을 모르고 넘어야 하는 아주 심각한 이유들이 있어. 특히 전략적인 이유들이지. 그곳은 새로운 보급 기지, 새로운 폭약과 새롭게 개발된 포탄의 저장고가 될 수 있지. 나는 뭐가 될지 알 수 없다네. 하지만 이건 프랑스의 알려지지 않은 병참고인 거야」

「하지만 어떻게 그런 비밀을 간직할 수 있기를 바라는 거죠? 예전에는 단 한 사람만이 비밀을 지니고 있었죠. 왕만이. 지금은 이미 그것을 아는 사람만도 여럿이에요. 뤼팽의 도당들을 세지 않고서도요」

「에, 단지 10년만이라도, 5년의 침묵이라도 얻어낼 수 있다면! 그 5년의 기간이 구원이 될 수도 있지……」

「하지만 그 성채, 그 미래의 병참기지를 점령하려면 우선 공격해야 하고 확실하게 뤼팽을 내쫓아야 하죠. 그리고 이 모든 것이 소문 없이 이루지지는 않을 텐데요」

「물론 그럴 테지. 사람들은 몇 가지 사실을 알아낼 테지만 뭔지는 모를 거야. 게다가 뭐랄까, 시도는 해보는 거지」

「좋습니다. 당신의 계획은 무엇이죠?」

「두 마디로 하면 이거네. 우선 먼저 자네는 이지도르 보트를레가 아니고, 두번째로 이것은 아르센 뤼팽에 관한 문제가 전혀 아닌 거야. 자네는 에트르타의 소년이고 그 소년으로 남을걸세. 그는 주변을 거닐다가 지하에서 나오는 사람들을 본 것뿐이야. 자네는 절벽 꼭대기에서 바닥으로 뚫려 있는 층계가 존재한다고 가정한 거지. 그렇지 않은가?」

「예, 이 해변가에는 그런 층계가 여럿 있습니다. 이걸 보세요. 사람들이 제게 알려준 바로는 바로 이 근처 베누빌 맞은편에 바닷가에서 수영하는 사람들에게 잘 알려진 퀴레의 층계가 있습니다. 그리고 어부들이 사용하는 서너 개의 터널에 대해서는 이야기하지 않겠습니다」

「그렇다면 내 부하의 반과 나는 자네의 인도를 받아 가겠네. 나 혼자 들어갈지 부하들을 데리고 들어갈지는 두고봐야 할 일이지. 어쨌든 공격은 그쪽에서 시작되는 것이야. 만일 뤼팽이 바늘 바위 안에 없다면 우리는 함정을 놓을 거고 어느 날엔가 걸려들겠지. 만일 그가 거기 있다면……」

「만일 그가 거기 있다면, 가니마르 씨, 그는 바늘바위의 뒤쪽, 바다를 향해 있는 면으로 도망칠 겁니다」

「그런 경우 그는 곧바로 나머지 내 부하들에 의해서 체포될걸세」

「예, 하지만 만일 제 예상처럼 물이 빠져서 바늘바위의 밑둥이 드러났을 때를 당신이 택하신다면 추적이 공개될 겁니다. 어부들과 그 주변의 바위에 몰려가서 홍합과 새우, 조개를 잡으러 나온 여인들 앞에서 추적이 벌어질 테니까요」

「바로 그래서 나는 물이 들어와 있는 시간을 택하려고 하네」

「그러면 배를 타고 도망갈 텐데요」

「그러면 거기 있는 열두 척의 고깃배에 부하들을 하나씩 나누어 태운 후에 내가 지휘해서 잡을걸세」

「만일 그가 그 열두 척의 배들 사이를 물고기가 그물 빠져나가듯이 새나간다면요?」

「좋아, 그러면 나는 그를 침몰시켜 버리겠네」

「맙소사! 그러면 대포가 있단 말씀이세요?」

「그렇고말고. 지금 이 순간 르아브르에 어뢰정이 와 있다네. 내 전화 한 통화이면 그 배가 그 시간에 바늘바위 근처로 올걸세」

「뤼팽이 자랑스러워하겠군요! 어뢰정이라니! 이제 알겠습니다, 가니마르 씨. 당신은 정말 모든 준비를 해놓으셨네요. 출발하기만 하면 되겠어요? 언제 공격을 개시합니까?」

「내일」

「밤이오?」

「한낮이네. 조수가 올라왔을 때, 열시 정각일세」

「좋습니다」

보트를레는 쾌활한 겉모습 밑에 굉장한 불안을 숨기고 있었다.

그 다음날까지 그는 한잠도 안 자고 차례차례 가장 실현 불가능한 계획들을 떠올렸다. 가니마르는 그를 떠나 에트르타에서 십여 킬로미터 떨어진 곳, 이포르에 들렀다. 조심하느라 그는 거기서 부하들과 만나기로 약속했고 해변가의 수심을 측정한다는 구실 아래 열두 척의 고깃배를 빌렸다.

아홉시 45분, 열두 명의 단단하고 건장한 장정들의 호위를 받으며 그는 절벽으로 올라가는 길목 아래서 이지도르를 만났다. 정확히 열시에 그들은 벽면에 도착했다. 그리고 이제 결정적인 순간이었다.

「아니, 너 무슨 문제라도 있어, 보트를레? 새파랗게 질렸잖아?」

가니마르가 놀리듯이 청년에게 반말을 하며 비웃었다.

「그럼 당신은, 가니마르 씨? 곧 숨이 넘어가겠다고 하겠는걸요」

보트를레가 되받아쳤다.

그들은 잠시 앉아야 했고 가니마르는 럼주 몇 모금을 삼켰다.

「빌어먹을, 불안해서 이러는 게 아니라 감정이 북받쳐서 그러네. 그를 몰아야 할 때면 언제나 이런 식으로 내장이 뒤집히지. 럼주 좀 마시겠나?」

「아뇨」

「길에 남아 있지 않겠나?」

「차라리 죽는 게 낫겠습니다」

「맙소사! 어쨌든 결국 알게 되겠지. 그리고 이제 문을 열게나. 누가 우릴 보지는 않았겠지, 응?」

「아닙니다. 바늘바위는 절벽보다 낮고, 게다가 우리는 땅이 패인 곳에 있으니까요」

보트를레는 벽에 다가가 벽돌을 눌렀다. 기계가 작동하고 지하로 가는 입구가 나타났다. 그들이 켠 손전등 빛에 통로가 궁륭 형태로 패여 있으며 그 궁륭과 바닥 역시 완전히 벽돌로 덮여 있는 게 보였다.

그들이 몇 초 동안 걸어가자 곧바로 층계가 나타났다. 보트를레가 계단을 세보니 마흔다섯 개였고, 벽돌로 된 계단이었지만 오랫동안 수많은 사람들이 디딘 까닭에 가운데가 닳아 있었다.

「망할!」

가니마르가 머리를 쳐들고 마치 어떤 것에 상처를 입기라도 한 것처럼 멈추더니 욕을 했다.

「무슨 일이지요?」

「문이야!」

「맙소사」

보트를레가 그것을 바라보며 중얼거렸다.

「부수기가 쉽지 않겠는데요. 그냥 철덩어리로 된 거잖아요」

「우린 망했군. 자물쇠가 없네」

가니마르가 말했다.

「바로 그게 제게 희망을 주는 거죠」

「무슨 말인가?」

「문은 열기 위해서 만드는 거죠. 그리고 자물쇠가 없다면 열기 위해 무슨 비밀 장치가 있다는 뜻이지요」

「그리고 우리는 그 비밀을 모르고 있으니까……」

「알게 될 겁니다」

「아니 어떻게?」

「문서를 통해서죠. 네번째 줄은 바로 그런 어려움이 나타났을 때 그 문제를 풀기 위해서 고안된 것이지요. 그리고 해답은 비교적 쉬울 겁니다. 그것은 사람들을 헷갈리게 하려고 적은 게 아니라 찾는 사람들을 도와주려고 적은 것이니까요」

「비교적 쉽다고! 나는 전혀 자네 의견에 동의할 수 없네」

문서를 펼쳐든 가니마르가 외쳤다.

「〈44〉라는 숫자와 왼쪽에 점이 찍힌 삼각형이라니……, 이건 좀 모호하지 않은가」

「아뇨, 전혀 그렇지 않습니다. 문을 살펴보세요. 네 귀퉁이가 삼각형으로 된 철판으로 덧대어져 있다는 것과 그 철판들이 커다란 못으로 고정되어 있음을 보실 수 있을 겁니다. 왼편, 저 밑에 있는 철판을 택하셔서 삼각형의 각에 있는 못을 움직여 보세요. 열이면 아홉은 우리가 맞을 겁니다」

시도를 해보더니 가니마르가 말했다.

「열번째 경우로군 그래」

「그렇다면 〈44〉라는 숫자가……」

낮은 목소리로 계속 생각하면서 보트를레가 말을 이었다.

「생각해 보죠……. 가니마르 씨와 저는 여기 있습니다. 둘 모두 층계의 마지막 계단에 있지요. 계단은 마흔다섯 개가 있습니다. 어째서 〈45〉일까요, 문서의 숫자는 〈44〉인데? 우연의 일치일까요? 아닙니다. 이 사건에서 우연의 일치란 것은 없었습니다. 적어도 의도하지 않은 것은 없었지요. 가니마르 씨, 한 계단만 다시 내려가 주실 수 있겠습니까. 바로 그겁니다. 44번째 계단에서 움직이지 말아주세요. 그러면 지금 저는 이 철못을 움직여 보도록 하지요. 그러면 빗장이 열릴 겁니다……. 그렇지 않으면 라틴어 시험을 망칠 거예요」

실제로 육중한 문이 경첩 위로 돌았다. 상당히 널찍한 동굴이 그들의 시선 앞에 펼쳐졌다.

「우리는 이제 프레포세 요새 바로 밑에 있을 겁니다」

보트를레가 말했다.

「이제 흙으로 된 지역을 지나온 거죠. 벽돌은 이제 끝났습니다. 이제는 전부 석회암 덩어리입니다」

방은 다른 끝에서 나오는 한 줄기 빛에 희미하게 밝혀져 있었다. 가까이 다가가자 그것이 절벽의 틈으로 내벽의 돌출 부위에 설치되어서 일종의 관찰대 역할을 하고 있음을 볼 수 있었다. 그들 맞은편에 오십 미터 정도 떨어져서 바늘바위가 인상적인 모습으로 솟아올라 있는 게 보였다. 오른쪽, 가장 가까운 곳이 아발 항구의 아치였고 왼쪽 저 멀리에는 거대한 만의 조화로운 곡선 안에 더욱 인상적인 또다른 아치가 절벽을 가르고 있었다. 그 만 포르트 아치는 너무나 커서 범선이 돛대를 세우고 모든 돛을 펼치고도 통과할 수 있을 정도였다. 그 밑으로는 사방이 온통 바다였다.

「우리들의 작은 함대가 안 보이네요」

보트를레가 말했다.

「볼 수가 없지」

가니마르가 말했다.

「아발 항구는 에트르타와 이포르의 모든 해변을 감추어주거든. 하지만 보게나, 저쪽 해변가의 수면에 바짝 붙은 검은 선을 보라고……」

「그래서요?」

「그러니까 저게 우리들의 전투 선단이네. 어뢰정 25호지. 저것이라면 뤼팽이 달아나고 싶다면 그렇게 해도 좋을 거야……. 그가 바닷속 풍경을 보고 싶다면 말이지」

틈 근처의 비탈이 층계가 시작됨을 알려주었다. 그들은 층계로 내려갔다. 가끔씩 내벽에 작은 창문이 패여 있었고, 그때마다 바늘바위의 모습이 점점 더 거대해졌다. 수면 높이에 도달하기 얼마 전에 창문들이 사라졌고 어둠이 시작되었다.

이지도르는 큰 목소리로 계단을 세었다. 358번째에 역시 철판과 못을 댄 철문으로 막힌 통로가 나왔다.

「우린 답을 알고 있지요. 문서에는 357이라는 숫자와 뾰족한 쪽이 오른쪽으로 향해 있는 삼각형이 나와 있어요. 아까의 작업을 반복하면 되는 거지요」

두번째 문도 첫번째처럼 순순히 열렸다. 아주 긴 터널이 나타났고, 여기저기 천장에 매달린 등불이 환하게 불을 밝혔다. 벽은 축축이 젖어 있었고 바닥으로 떨어지는 물방울들 때문에, 한 끝에서 다른 끝으로 걷는 것을 수월하게 만들기 위해 나무판으로 만든 보도라고 할 만한 것이 놓여 있었다.

「우리는 바다 밑을 지나가고 있어요. 따라오고 계시나요, 가니마르 씨?」

수사관은 나무로 된 발판을 따라 터널을 살피며 나아갔고, 등불 앞에서 멈춰서더니 그것을 떼어냈다.

「받침 자체는 중세까지 거슬러 올라가겠군. 하지만 불을 밝히는 방법은 현대적이야. 그 신사 분들은 백열등으로 불을 밝혔군」

그는 계속 길을 갔다. 터널은 더 널찍이 뚫려 있는 또다른 동굴로 끝났고, 그 맞은편으로 올라가는 층계의 첫번째 계단이 보였다.

「이제 바늘바위를 오르는 길이 시작되는군. 일이 더 심각해지는걸」

가니마르가 말했다.

하지만 부하 하나가 그를 불렀다.

「경감님, 저쪽 왼편으로 또다른 계단이 있습니다」

그리고 곧이어 오른편으로 세번째 계단을 발견했다.

「맙소사, 상황이 복잡하게 꼬이는군. 우리가 이곳으로 가면 그들은 저쪽으로 도망칠 테지」

「사람을 나누죠」

보트를레가 제안했다.

「아니, 아니야……. 그러면 힘이 약해질걸세. 우리 중 한 사람이 정찰을 가는 게 나을 거야」

「원하신다면 제가 가죠」

「자네가, 보트를레 군? 좋아. 나는 부하들과 함께 남아 있겠네. 그러면 걱정할 게 없지. 우리가 지나온 절벽으로부터 시작되는 길 말고도 다른 길이 있을 수 있고, 바늘바위 안에서도 여러 갈래 길이 있을 수 있어. 하지만 확실한 것은 절벽과 바늘바위 사이엔 이 터널밖에 다른 통로가 없다는 거야. 그러니까 누구든지 이 동굴을 통과해야 하는 것이지. 그러니 나는 자네가 돌아올 때까지 여기 남아 있겠네. 가게나, 보트를레 군. 그리고 조심하게……, 조금이라도 수상한 것이 있으면 돌아오라고……」

이지도르는 씩씩하게 가운데 계단으로 사라졌다. 30번째 계단에서 나무로 된 진짜 육중한 문 하나가 그를 멈춰세웠다. 그는 자물쇠의 단추를 잡아서 돌렸다. 잠겨 있지 않았다.

그는 너무나 거대해서 아주 낮게 느껴지는 방으로 들어갔다.

육중한 기둥이 환한 등으로 밝혀진 방을 받치고 있었고, 기둥들 사이로 깊숙한 공간이 펼쳐져 있는데, 거의 바늘바위 자체의 크기 같았다. 궤짝들이 발에 채이고 숱한 장식품과 가구, 의자, 길쭉한 궤, 찬장, 상자들이 골동품상의 지하실처럼 뒤죽박죽되어 있었다. 왼편과 오른편에서 보트를레는 두 계단의 출구를 볼 수 있었는데, 동굴 내부에서 시작된 다른 계단과 같은 것임이 분명했다. 그러므로 그는 다시 내려가서 가니마르에게 그 사실을 알릴 수 있을 것이다. 하지만 그의 맞은편에 새로운 계단이 위로 향해 있었고, 그는 혼자서 수색을 진행하려는 호기심에 끌렸다.

또다시 서른 계단. 문 하나. 그러더니 보트를레가 보기에 이전보다 좀 작은 방이 나왔다. 그리고 여전히 그 맞은편에 위로 올라가는 계단이 있었다.

또다시 서른 계단. 문 하나. 더 작은 방⋯⋯.

보트를레는 바늘바위의 내부에서 이루어진 작업의 구도를 이해했다. 여러 개의 방들이 하나가 다른 하나 위에 줄지어 포개져 있었고, 결과적으로 점점 좁아졌다. 모든 방들은 창고로 쓰이고 있었다.

네번째 층에는 더 이상 등이 없었다. 갈라진 곳으로 약간의 불빛이 스며들었고, 보트를레는 약 십 미터 아래서 바다를 볼 수 있었다.

그 순간, 그는 가니마르에게서 너무나 멀어진 것처럼 느껴져 약간의 불안감이 몰려들기 시작했다. 신경을 다스리지 않았다면 전속력으로 도망치고 말았을 것이다. 그러나 아무런 위험도 보이지 않았고, 심지어 그를 둘러싼 침묵이 너무나 무거워서 뤼팽과 일당들이 바늘바위를 버리고 떠난 것이 아닌가 자문할 정도였다.

〈다음 층에서는 멈춰야지.〉

그가 생각했다.

여전히 서른 개의 계단. 그리고 이번에는 좀더 가벼운 문으로 더 현대적인 모습을 하고 있었다. 그는 도망갈 준비를 하며 조심스럽게 문을 밀었다. 아무도 없었다. 하지만 방은 다른 방들과 목적이 달랐다. 벽에는 태피스트리가 걸려 있고 바닥에는 카펫이 깔려 있었다. 굉장한 장식장 두 개가 마주보고 서 있었고, 금은 세공품으로 채워져 있었다. 깊고 좁은 틈 사이에 설치된 작은 창문들은 유리가 끼워져 있었다.

방의 한가운데에는 레이스로 된 식탁보와 과일 바구니, 케이크, 유리병에 담긴 샴페인, 쌓아올린 꽃 더미로 화려하게 장식된 식탁이 있었다.

그리고 식탁 위에는 세 벌의 식기가 놓여 있었다.

보트를레는 가까이 다가갔다. 냅킨 위에는 연회에 참석할 손님의 이름이 적힌 카드가 놓여 있었다.

그는 제일 먼저 이 이름을 읽었다. 아르센 뤼팽.

그 앞에는 아르센 뤼팽 부인.

그는 세번째 카드를 집었고 놀라서 펄쩍 뛰었다. 그 카드엔 자신의 이름이 적혀 있었다. 〈이지도르 보트를레〉!

프랑스 왕의 비밀

커튼이 젖혀졌다.

「안녕한가, 우리의 보트를레 군. 자네가 조금 늦었군. 점심은 정오로 잡혀 있었는데 말이야. 뭐, 몇 분 정도이니까…… 아니 무슨 일인가? 자네, 나를 몰라보는 건가? 내가 그렇게 변했다는 말인가?」

뤼팽과 싸움이 진행되는 동안 보트를레는 확실히 여러 번 놀랐고, 이제 결말이 나려는 시점에서 여러 감정들을 겪게 되리라 예상했지만 이번의 충격은 전혀 예상치 못한 것이었다. 그것은 놀라움이 아니라 경악이고 공포였다.

그와 마주하고 있는 사내, 사건의 모든 난폭한 진행이 아르센 뤼팽으로 인정하도록 강요하는 사내, 그는 발메라였다. 발메라! 바늘성의 소유자. 발메라! 자신이 아르센 뤼팽에 대항하기 위해서 도움을 청했던 바로 그자. 발메라! 크로장으로 함께 탐사를 떠

254

났던 동료. 발메라! 복도의 어둠 속에서 뤼팽의 일당을 쳐서, 아니 치는 것처럼 꾸며서 레몽드의 구출을 가능하게 만들었던 용감한 친구!

「당신, 당신이…… 그러니까 당신이었군요!」

그가 웅얼거렸다.

「그러지 말라는 법이 있나?」

뤼팽이 외쳤다.

「자네는 그러니까 성직자의 모습을 하고 있거나 마시방 씨의 외양을 하고 있는 내 모습을 봤다는 이유로 나를 완전하게 파악했다고 생각한 건가? 저런! 내가 택한 것과 같은 사회적인 위치를 선택하면 사회의 작은 재주들을 잘 활용할 줄 알아야 한다네. 만일 뤼팽이 자신이 원하는 대로 개혁 교회의 목사나 문학과 고고학 학회 회원이 될 수 없다면 그것은 뤼팽이 될 수 없지. 그러니까 뤼팽, 진짜 뤼팽이라네, 보트를레. 자, 여길 보라고! 눈을 크게 뜨고 보게나, 보트를레」

「하지만 당신이라면…… 그러면 아가씨는……」

「바로 그렇지, 보트를레. 자네가 말했잖나」

그는 다시 장막을 걷었고 신호를 보내더니 선언했다.

「아르센 뤼팽 부인이시네」

「아! 생베랑 양이……」

청년이 완전히 혼란에 빠져 중얼거렸다.

「아니, 아니지. 아르센 뤼팽 부인이네. 뭐, 자네가 원한다면 루이 발메라 부인도 좋아. 가장 엄격한 법률 용어를 따르더라도 갓 결혼한 내 부인이지. 그리고 다 자네 덕이라네, 친애하는 보트를레 군」

그는 손을 내밀었다.

「진정으로 감사하네. 그리고 자네 쪽에서 아무런 원한이 없었으면 좋겠군」

이상하게도 보트를레는 전혀 아무런 원한의 감정도 느끼지 않았다. 전혀 수치스럽다는 느낌도 없었다. 아무런 씁쓸함도 없었다. 그는 상대의 엄청난 우월함을 너무나 강렬하게 겪었기 때문에 패한 것이 전혀 부끄럽지 않았다. 그는 상대가 내민 손을 잡았다.

「식사가 준비되었습니다」

하인이 음식이 담긴 쟁반을 식탁에 내려놓았다.

「보트를레 군, 양해해 주게나. 요리사가 휴가를 가는 바람에 찬 음식밖에는 대접할 수가 없게 되었네」

보트를레는 전혀 뭔가를 먹을 기분이 아니었다. 어쨌든 그는 뤼팽의 태도에 굉장한 관심을 느끼며 앉았다. 그는 지금 자신이 위험하다는 것을 알고 있을까? 가니마르와 부하들의 존재를 모르는 걸까? 그리고 뤼팽은 계속 말을 이었다.

「그래, 자네 덕이지. 존경하는 친구. 확실히 레몽드와 나는 첫날부터 서로 사랑에 빠졌다네. 완전하게, 어린 친구…… 레몽드의 납치, 감금, 그 장난들, 그 모든 것에도 불구하고 우리는 서로 사랑했어. 하지만 그녀는, 그녀 못지않게 나도 자유롭게 사랑할 수 있다고는 해도 이런 지나가는 관계에 만족할 수는 없었던 걸세. 상황은 뤼팽이 풀 수 없는 것이었어. 하지만 내가 어린 시절 이후 언제나 그랬던 것처럼 루이 발메라가 된다면 또 그렇지 않았지. 그래서 나는 이런 수를 생각해 낸 거야. 왜냐하면 자네는 한번 잡은 것은 놓지 않을 것이고 바늘성을 찾아내고야 말 테니까. 난 자네의 고집을 이용한 것뿐일세」

「그리고 제 어리석음이죠」

「허! 거기에 안 넘어간 사람이 어디 있겠나?」

「그래서 제 신분 아래, 제 행동을 통해서 당신은 성공할 수 있었던 것이군요?」

「맙소사! 어떻게 발메라가 뤼팽이라고 의심할 수 있었겠나. 발메라는 보트를레의 친구이고 뤼팽이 사랑하는 이를 빼앗아가려고 오지 않았는가? 그리고 정말 매력적이었지. 아! 즐거운 기억들이지. 크로장까지 갔던 탐사! 발견된 꽃다발들, 이른바 내가 레몽드에게 썼다는 연애편지들! 그리고 더 나중에 나, 발메라가 나, 뤼팽에 대항해 결혼에 앞서 취해야 했던 안전 조치들! 그리고 그 기억할 만한 자네를 위한 연회, 자네가 내 팔 안에서 패배하고 쓰러졌을 때! 즐거운 기억들이지」

한동안 침묵이 흘렀다. 보트를레는 레몽드를 살펴보았다. 그녀는 뤼팽의 말을 한마디 말없이 듣고 있었고 그를 사랑과 열정이 담긴 눈으로 바라보고 있었다. 거기에는 젊은 청년이 뭐라고 정의할 수 없는 일종의 걱정스런 불편함, 그리고 혼란스러운 슬픔 같은 것이 있었다. 하지만 뤼팽이 그녀에게 눈을 돌리자 그녀는 다정한 미소를 보냈다. 식탁 너머로 그들의 손이 서로 얽혔다.

「내 이 조그만 숙소에 대해서 자네는 어떻게 생각하나? 보트를레?」

뤼팽이 외쳤다.

「품위 있지 않나, 그렇지? 이곳이 가장 편안한 곳이라고 주장할 마음은 전혀 없다네. 그러나 몇몇 사람들은 이것으로 만족했고 보통 사람들이 아니었지. 이 바늘바위의 소유자였던 사람들의 목록을 보게. 이곳에 지나간 흔적을 남기는 것을 명예로 여긴 사람들이지」

벽에는 한 이름 밑에 또다른 이름이, 다음과 같은 이름들이 새겨져 있었다.

케사르, 샤를마뉴, 롤, 정복자 기욤, 영국 왕 리처드, 루이 11세, 프랑스와 1세, 앙리 4세, 루이 14세, 아르센 뤼팽

「다음에는 누가 이름을 남기겠나?」

그가 말을 이었다.

「저런! 목록은 끝나 버렸지. 케사르에서 뤼팽까지, 그것으로 끝이네. 이제 곧 이상한 성채를 방문하려 몰려드는 이름 없는 군중들만이 남겠지. 그리고 뤼팽이 아니었다면 이 모든 것은 영원히 사람들에게 알려지지 않았을 거야! 아! 보트를레, 내가 이 버려진 땅에 발을 들여놓았던 그날 얼마나 큰 자부심을 느꼈던지! 잃어버린 비밀을 다시 찾아 유일한 지배자가 되는 것! 이 엄청난 유산의 상속자! 그 수많은 왕들에 이어서 바늘바위에서 사는 것!」

부인의 몸짓이 그의 말을 끊었다. 그녀는 아주 걱정스러운 듯했다.

「소리가 들려요」

그녀가 말했다.

「우리 밑에서 들리는 소리예요, 당신도 들리죠?」

「물이 찰랑거리는 소리요」

뤼팽이 말했다.

「아뇨, 아녜요. 파도 소리라면 저도 잘 알아요. 이건 다른 소

리예요」

「다른 무슨 소리이기를 바라는 거요, 내 다정한 친구……」

뤼팽이 웃으며 말했다.

「나는 점심에 보트를레밖에는 초대하지 않았는걸」

그리고 하인에게 물었다.

「샤롤레, 이 신사 분이 들어오신 다음에 층계 문을 확실히 닫았겠지?」

「예, 그리고 빗장을 쳐두었지요」

뤼팽이 일어났다.

「이봐요, 레몽드. 그렇게 떨지 말아요. 아! 이런 당신 온통 창백하잖아!」

그는 낮은 목소리로 그녀에게 몇 마디 말을 건네고, 하인에게 몇 가지 지시를 하더니 커튼을 올려 두 사람을 내보냈다.

밑에서는 소음이 가까워졌다. 똑같은 간격으로 반복되는 둔탁한 충격음이었다. 보트를레가 생각했다.

〈가니마르가 인내심을 잃었군. 문을 부수고 있어.〉

그러나 뤼팽은 아주 침착하게 마치 정말로 그 소리가 들리지 않는다는 듯이 말을 이었다.

「예를 들어 내가 이곳을 발견하는 데 성공했을 때 바늘바위는 손대기 힘들 정도로 손상된 상태였네! 루이 16세와 혁명기 이후로 한 세기 동안 비밀을 소유한 자가 아무도 없었다는 게 확실했지. 터널은 거의 폐허에 가까웠어. 층계는 부스러져 내리고 있었지. 물이 내부로 새어들고 있었네. 나는 무너지는 곳을 떠받치고 보안하고 다시 지어야만 했다네」

보트를레는 이렇게 묻지 않을 수 없었다.

「당신이 도착했을 때 이곳은 비어 있었나요?」

「거의 그랬지. 왕들은 바늘바위를 이렇게 내가 사용하는 것처럼 창고로 사용할 수 없었으니까」

「그러면 은신처로?」

「그래, 분명 그렇겠지. 침략이 있을 때를 위해서. 내전이 있을 때도 마찬가지였을 거야. 하지만 이곳의 진정한 목적은……, 뭐라고 말해야 할까? 프랑스 왕의 금궤 노릇을 하는 것이었네」

벽을 울리는 소리가 더욱 커졌고 이제는 그렇게 둔탁하지도 않았다. 가니마르는 첫번째 문을 부순 것이 분명했고 이제 두번째 문을 공략하고 있었다.

침묵이 계속되더니 더욱 가깝게 새로운 울림이 들렸다. 이번에는 세번째 문이었다. 이제 둘밖에 남지 않았다.

창문 하나를 통해서 보트를레는 바늘바위 주변으로 몰려드는 배들과 그리 멀지 않은 곳에 커다란 검은 물고기처럼 떠 있는 어뢰정을 볼 수 있었다.

「굉장한 소란이군!」

뤼팽이 소리쳤다.

「이야기도 할 수 없겠어! 올라가자고, 그러겠나? 어쩌면 자네는 바늘바위를 구경해 볼 마음이 있을지 모르겠군」

그들은 위층으로 올라갔고, 그 층은 다른 층과 마찬가지 문으로 보호되고 있었다. 뤼팽이 뒤에서 문을 닫았다.

「내 그림 전시관이라네」

그가 말했다.

벽은 회화들로 덮여 있었고, 보트를레는 곧바로 서명되어 있는 가장 유명한 이름들을 볼 수 있었다. 라파엘의 「신의 양과 함께

260

있는 성처녀」가 있었고, 안드레아 델 사르토의 「루크레치아 페데의 초상」, 티티아노의 「살로메」, 보티첼리의 「성처녀와 천사」가 있었다. 그리고 틴토레토, 카라파치오, 렘브란트, 벨라스케스……

「훌륭한 모사품이네요!」

보트를레가 인정했다.

뤼팽은 그를 어이없다는 듯이 바라보았다.

「뭐라고! 모사품이라고! 자네 미쳤나! 모사품은 마드리드에 있어, 이 친구야. 플로렌스, 베니스, 뮌헨, 암스테르담에 있지」

「그러면 이것들은?」

「원래 작품들이지. 유럽의 모든 미술관에서 인내심을 갖고 수집한 거야. 나는 정직하게 아주 뛰어난 모사품들로 바꿔치기해 두었지」

「하지만 언젠가는……」

「언젠가는 사기가 들통날 거라고? 뭐, 좋아! 사람들은 그 작품들 하나하나에서 나의 서명을 찾을 수 있을걸세. 회화 뒷면에서 말이지. 그리고 진귀한 원작들을 내 조국에 선사한 것이 나라는 것을 알게 되겠지. 결국 나는 나폴레옹이 이탈리아에서 한 짓을 다시 한 것뿐이니까. 아! 이걸 보게나, 보트를레. 여기에 제브르 씨의 네 점의 루벤스가 있다네」

바늘바위의 빈 속으로 울림소리가 멈추질 않았다.

「더 이상 못 견디겠군!」

뤼팽이 말했다.

「더 올라가세나」

새로운 층계, 새로운 문이 나왔다.

「태피스트리의 방이라네」

뤼팽이 설명했다.

그것들은 벽에 걸려 있지 않고, 돌돌 말려 끈으로 묶여 설명이 담긴 상표가 붙어 있는 채로 뒤섞여 있었다. 뤼팽은 그 사이에 흩어져 있는 상자 속에서 오래된 천을 펼쳐들었다. 놀랄 만큼 훌륭한 자수 장식, 감탄할 만한 벨벳, 부드러운 비단, 바랜 색조의 금과 은실로 된 제복들…….

그들은 더 올라갔고 보트를레는 시계와 추의 방, 책들의 방(호화로운 장정들과 어디서도 찾을 수 없는 고귀한 판본들, 거대한 도서관에서 훔친 유일본들!), 레이스의 방, 장식품의 방을 보았다.

그리고 매번 방을 이루는 원은 줄어들었다. 그리고 매번 벽을 울리는 소리가 멀어졌다. 가니마르는 적을 놓치고 있었다.

「마지막일세, 보물의 방이네」

뤼팽이 말했다.

이 방은 전혀 달랐다. 여전히 둥근 방이긴 했지만 아주 높이 원추형을 이루며 이 성채의 꼭대기를 차지했고, 바닥은 바늘바위의 꼭대기에서 15미터에서 20미터 정도 떨어져 있었다.

절벽 쪽으로는 작은 구멍만 있을 뿐이지만 바다 쪽으로는 어떤 엿보는 시선도 두려워할 게 없었으므로 유리가 끼워진 커다란 창문이 펼쳐져 있었고, 그곳을 통해서 빛이 넘쳐 들어왔다. 바닥은 귀한 나무판자가 동심원의 무늬를 그리며 깔려 있었다. 벽에는 진열장과 몇 점의 그림이 걸려 있었다.

「내 최고의 수집품들일세」

뤼팽이 말했다.

「지금까지 자네가 본 것들은 모두 파는 물건이지. 물건들은 팔려나가고 다른 것들이 들어오곤 하는 것이야. 그건 장사에 지나지 않아. 여기, 이 성역에서는 모든 것이 성스럽네. 선택된 핵심적인 것, 최고 중의 최고, 가치를 따질 수 없는 것밖에는 없네. 이 보석들을 보게나, 보트를레. 칼데아 지방의 부적과 이집트의 목걸이, 켈트 족의 팔찌, 아랍의 사슬 목걸이……. 이 조각상들을 보게, 보트를레. 이 그리스의 비너스 상, 코린트의 아폴로 상……. 이 타나그라 섬의 조상들을 보게나, 보트를레! 모든 진짜 타나그라(티나그라 섬에서 출토된 작은 여인상——옮긴이)는 여기에 있지. 이 진열장 바깥 이 세상 어디에 있는 어느 하나도 진품이 아니라네. 이렇게 말할 수 있다는 것이 얼마나 기쁜 일인가! 보트를레, 자네는 지중해에 있는 교회의 약탈범들, 토머스와 그의 일당들을 기억하나. 지나가며 하는 이야기지만 내 요원들이었다네. 자, 보게나. 여기 이것이 바로 앙바작의 성궤야. 진품이지, 보트를레! 자네는 루브르의 소동도 기억하겠지. 교황의 관이 현대 예술가의 상상으로 만들어진 가짜로 판명되었던 사건 말일세. 여기 사이타파르네 왕(이탈리아 옛 올비아의 세번째 왕——옮긴이)의 관이 있네, 진품이지, 보트를레! 보게나, 잘 보라고, 보트를레! 여기 바로 고귀하고도 고귀한 것, 최고의 작품, 신의 사상인 진품, 다 빈치의 지오콘다(모나리자의 별칭——옮긴이)가 있네. 무릎을 꿇게나, 보트를레. 모든 여인들이 자네 앞에 있는 것일세!」

그들 사이에 아주 긴 침묵이 흘렀다. 밑에서 벽을 울리는 소리가 점점 가까워졌다. 둘이나 세 개의 문, 그보다는 많지 않은 문들이 그들과 가니마르 사이를 가르고 있었다.

만 쪽으로 어뢰정의 검은 등과 배의 모습이 점점 커졌다. 청년이 물었다.

「그러면 보물은요?」

「아! 꼬마, 아무래도 너의 관심을 끄는 것은 그것이지! 그렇지 않나? 이 모든 인간 예술의 결작들도 너의 보물에 대한 호기심은 넘지 못하는 거야. 그리고 다른 사람들도 역시 너와 같겠지! 가자고, 만족해야겠지!」

그는 거칠게 발을 굴러서 상자 뚜껑을 열듯이 마룻바닥을 이루는 판자 하나를 뒤집었고, 아주 둥그렇고 돌바닥 자체를 파서 만든 통을 발견했다. 그것은 비어 있었다. 좀 떨어져서 그는 같은 작업을 반복했다. 또다른 통이 나타났다. 역시 비어 있었다. 그는 똑같은 일을 세 번 반복했다. 세 개의 다른 통도 비어 있었다.

「흥!」

뤼팽이 비웃었다.

「얼마나 실망이 클까! 루이 11세, 앙리 4세, 리슐리외 밑에서 다섯 개의 통은 모두 차 있었을 테지. 하지만 루이 14세에 대해 생각해 보게. 베르사유의 광기, 전쟁과 그 통치기의 거대한 재난들! 그리고 루이 15세를 생각해 보게. 그 어린 왕, 퐁파두르와 뒤바리(루이 15세의 애인들——옮긴이)에 대해 생각해 보라고! 그때 얼마나 파냈겠나! 그 흰 손톱으로 얼마나 돌들을 긁어댔겠어! 너도 보이지? 더 이상 아무것도 없어」

그는 멈췄다.

「아니, 보트를레. 아직 여섯번째 비밀 상자가 남아 있지! 손댈 수 없는 것이었어, 그것은……. 그들 중 누구도 감히 그것은 건드리지 못했네. 그것은 궁극의 자원이었지. 말하자면 갈증을 달래주는 천상의 배와 같은 것이었어. 보라고, 보트를레」

그는 몸을 숙여 뚜껑을 열었다. 철로 된 궤짝이 통을 채우고 있었다. 뤼팽은 주머니에서 굴곡지고 복잡한 홈들이 있는 열쇠를 꺼내서 궤를 열었다.

눈이 부셨다. 온갖 보석들이 반짝이고 있었고 모든 색들이 불타 오르고 있었다. 하늘빛의 사파이어, 불꽃 같은 루비, 초록빛의 에메랄드, 태양빛의 토파즈.

「보게나. 보라고, 꼬마 보트를레 군. 그들은 모든 금화와 은화들, 에퀴, 뒤카, 모든 두블롱을 삼켜버렸지만 보석이 담긴 궤만은 건드리지 않았어! 세공을 보게나. 모든 시대와 모든 세기, 모든 나라가 다 있지. 왕비의 지참금이 여기 있네. 각자가 자기 몫을 가져온 것이지. 스코틀랜드의 마르그리트와 사브와의 샤를로트, 영국의 메리와 메디치 가의 카트린 드 메디치, 오스트리아의 대후작부인들, 엘레노어, 엘리자베스, 마리 테레즈, 마리 앙투아네트……. 이 진주들을 보게나, 보트를레! 그리고 이 다이아몬드들! 이 다이아몬드의 엄청난 크기를 보라고. 그들 중 어떤 것도 황비의 권위에 부족한 것이 없어. 프랑스의 왕관에 박힌 다이아몬드도 이것보다 아름답지는 않을걸세!」

그는 일어나 맹세의 표시로 손을 내밀었다.

「보트를레, 너는 세상을 향해서 뤼팽이 이 왕가의 궤에 있던 돌멩이 하나도 가져가지 않았다는 것을 말해야 해, 단 하나도. 명예를 걸고 맹세하지! 나는 그럴 권리가 없어. 그것은 프랑스의 재산이니까」

저 밑에서 가니마르가 서두르고 있었다. 소리가 울리는 정도로 보아 마지막에서 하나 앞의 문, 장식품의 방으로 들어가는 문을 공격하고 있다는 것을 쉽게 판단할 수 있었다.

「궤짝을 열어놓도록 하지. 그리고 다른 통들도 열어놓자고. 저

작은 빈 관들 모두 말이야」

그는 방 전체를 돌며 진열장을 살피고 그림들을 감상하고 생각에 잠긴 듯한 태도로 거닐었다.

「이 모든 것을 떠난다니 정말 슬프군! 가슴이 찢어지는 것 같아! 가장 아름다운 시간들을 나는 여기서 보냈지. 내가 사랑하는 이것들을 마주보고서……. 그리고 내 눈은 다시는 저것들을 보지 못할 것이고, 내 손은 다시는 저것들을 만지지 못하겠지」

그의 일그러진 얼굴엔 너무나 큰 낙담의 표정이 드러나 있어서, 보트를레는 혼란스러운 연민의 감정을 느꼈다. 저 사내에게 고통이란 그에게 기쁨이나 오만, 굴욕이 그러하듯이 다른 이들보다 몇 배나 큰 것처럼 보였다.

창문 가까이에서 그는 이제 수평선을 향해 손가락을 내밀고 말했다.

「그보다 더 슬픈 것은 저것들이지. 저 모든 것들을 이제 버려야 한다네. 아름답지 않은가? 거대한 바다와 하늘……. 오른편과 왼편을 감싸는 에트르타의 절벽과 거기 있는 세 개의 문, 아몽의 문, 아발의 문, 만포르트……. 지배자를 위해 충분한 개선문이지. 그리고 지배자는 나였어! 모험의 왕! 속이 빈 바늘바위의 왕! 이상하고 초자연적인 왕국! 케사르에서 뤼팽까지……, 엄청난 운명이지!」

그는 웃음을 터뜨렸다.

「요정의 왕! 대체 왜 그래야 하지? 차라리 이브토의 왕이 낫겠군. 웃기는 소리야! 이 세계의 왕, 그래, 그것이 진실이야! 이 바늘바위의 자리에서 나는 세상을 지배했지. 나는 그걸 먹이처럼 내 발톱 안에 쥐고 있었어! 사이타파르네의 관을 들어보게, 보트를레……. 저 전화기 두 대가 보일 테지. 오른쪽은 파리와 교신을 하지, 특별선이야. 왼쪽은 런던과 통해 있지, 역시 특별선이야. 런던을 통해서 나는 아메리카와 아시아, 오스트레일리아에 닿아 있지! 그 모든 나라들에 계산대와 판매상과 몰이꾼, 밀고자가 있지. 이건 국제적인 조직이야. 예술품과 골동품의 거대한 시장이고 세계 장터지. 아! 보트를레, 가끔 내가 가진 권력에 내 자신이 어지러워질 때가 있다네. 내 힘과 권위에 취하는 거지」

밑에 있는 문이 무너졌다. 가니마르와 그의 부하가 달려들어 찾고 있는 소리가 들렸다. 잠시 후 뤼팽은 낮은 목소리로 말을 이었다.

「자, 보게나. 이제는 끝났네. 금발의 슬픈 눈을 가진 한 작은 소녀가 지나갔어. 그녀는 정직한, 그래 정직한 마음을 가지고 있었고, 그리고 끝났어. 내 스스로 이 놀라운 성채를 무너뜨리네. 나머지 전부가 나에게는 부조리하고 유치해 보이네. 그 머리카락……, 슬픈 눈……, 그 정직한 조그만 마음 외에는 더 이상 중요한 것이 없네」

사람들이 층계를 올라오고 있었다. 충격이 문을 뒤흔들었다. 마지막 문이었다. 뤼팽은 갑자기 청년의 팔을 잡았다.

「이해하겠니, 보트를레? 왜 내가 너를 자유롭게 활동하도록 내버려두었는지. 사실 요 몇 주 동안 몇 번이나 너를 뭉개버릴 수 있었음에도 말이지. 네가 어떻게 여기까지 올 수 있었는지 이해해? 내가 내 부하들에게 각자의 몫을 나누어주었다는 것, 그리고 네가 어느 밤 절벽에서 그들을 만났다는 것을 알겠니? 너는 이해하겠지, 그렇지? 바늘바위, 그것은 모험이야. 그것이 나에게 속해 있는 동안 나는 모험가로 남는 거지. 바늘바위를 넘기는 것, 그

것은 모든 과거가 나에게서 떨어져 나가는 거야. 그리고 미래가
시작되는 거지. 평화와 행복의 미래이고, 그러면 나는 나를 바라
보는 레몽드의 눈을 보며 낯을 붉히는 일이 더 이상 없을 테지.
미래……」

그는 분노에 차서 문을 향해 돌아섰다.

「제발 입닥치라고, 가니마르. 내 얘긴 아직 안 끝났다고」

문을 두드리는 소리가 더 빨라졌다. 기둥 같은 것으로 문을 내
리치는 충격음이 들리는 듯했다. 뤼팽과 마주하고 선 보트를레는
그의 술책을 전혀 모른 채 호기심으로 넋을 잃고 사건의 진행을
기다렸다. 그가 바늘바위를 건네주려는 것인가, 그건 그럴 수 있
었다. 하지만 어째서 자기 자신조차 넘기려는 것일까? 그의 계획
은 무엇일까? 그는 가니마르에게서 벗어나기를 바라고 있을까?
그러면 레몽드는 어디에 있는 것일까?

그러나 뤼팽은 꿈꾸는 듯 중얼거렸다.

「정직……, 아르센 뤼팽은 정직한 사람이 된다. 더 이상 도둑
질도 안 하고 다른 모든 사람들같은 삶을 살아간다. 그렇게 못할
이유는 또 뭐겠어? 거기서도 역시 이만큼의 성공을 거두지 말라
는 법은 없지. 하지만 그러니 제발 나를 좀 평화롭게 내버려두라
고, 가니마르! 이 멍청한 놈아, 내가 지금 역사적인 발언을 하려
는 것이라는 것을 모르는 건가? 그리고 보트를레가 우리들의 손
자들을 위해서 귀담아 듣고 있다는 걸?」

그는 웃기 시작했다.

「시간 낭비로군. 가니마르는 절대 내 역사적인 발언의 가치를
이해하지 못하겠지」

그는 붉은 분필 조각을 집어들더니 작은 사다리를 타고 벽에

268

다가가 커다란 글씨로 적었다.

아르센 뤼팽은 프랑스에 바늘바위의 모든 보물을 다음의 단 한 가지 조건하에 양도한다. 그 조건은 이 보물들이 루브르 박물관에 〈아르센 뤼팽관〉이라는 이름을 가진 방에 전시되어야 한다는 것이다.

「이제 내 양심은 평화를 지킬 수 있겠군. 프랑스와 나는 서로 빚을 갚은 것이지」

그가 말했다.

습격자들은 이번에는 팔로 문을 내리쳤다. 판자 하나가 부서졌다. 손 하나가 튀어나와 자물쇠를 찾았다.

「맙소사, 가니마르가 이번만은 목적에 도달하려나 보군」

뤼팽이 말했다.

그는 자물쇠로 달려가더니 열쇠를 낚아챘다.

「와지끈! 늙은이, 이 문은 단단하다고……. 나는 충분히 시간이 있어. 보트를레, 너한테 잘 있으라는 인사를 해야겠군. 그리고 고맙네! 정말이지, 너는 공격을 복잡하게 만들었을 수도 있을 테니까……. 하지만 너는 섬세한 녀석이지, 너 말이야!」

그는 반 데르 바이덴이 동방박사를 그려놓은 커다란 세 폭 제단화를 향해 다가갔다. 그가 오른쪽 폭을 접자 작은 문이 나타났고 그는 손잡이를 쥐었다.

「열심히 쫓아보게나, 가니마르. 자네 집도 안녕하기를!」

총성이 울려퍼졌다. 그는 앞쪽으로 펄쩍 뛰었다.

「아! 너절한 놈, 심장 한복판이잖아! 넌 지난 일에서 뭔가 교훈을 얻었나 보지? 동방박사를 쏴버리다니! 심장 한복판에! 장터의 술통처럼 부숴놨군 그래」

「항복해라, 뤼팽!」

가니마르가 권총을 부숴진 판자 틈으로 내밀고 소리쳤다. 틈새로 반짝이는 두 눈이 보였다.

「항복해, 뤼팽!」

「그러면 경찰은, 그들이 항복하는 법이 있던가?」

「움직이기만 하면 쏘겠어……」

「이것 보라고, 너는 여기 있는 나를 맞출 수가 없어!」

사실 뤼팽은 멀리 떨어져 있었기 때문에, 가니마르가 문에 난 틈으로 곧장 쏜다면 뤼팽을 맞출 수가 없었다. 그는 전혀 뤼팽 쪽을 겨냥할 수가 없었다. 뤼팽의 상황도 더 좋을 것은 없었다. 그가 빠져나가려는 입구인 제단화의 작은 문은 가니마르의 앞쪽에 놓여 있었기 때문이다. 도망가려 한다면 경관의 총구에 몸을 갖다대는 꼴이 될 것이다. 그리고 권총에는 다섯 발의 총알이 남아 있었다.

「젠장, 기대에 못 미치는 일인걸. 잘했어. 뤼팽, 이 친구야, 너는 마지막 감동을 느껴보려고 했고 너무 오래 줄타기를 했어. 그렇게 지껄이지 말았어야지」

가니마르는 벽에다 몸을 바싹 붙였다. 부하들의 노력으로 또다른 판자벽이 무너졌고 가니마르는 좀더 편하게 움직일 수 있었다. 3미터, 그 이상은 넘지 않았다. 3미터가 두 적수를 가로막고 있었다. 하지만 황금으로 칠한 나무 진열장이 뤼팽을 보호해 주었다.

「나를 도와줘, 보트를레」

270

분노로 이를 갈며 늙은 경관이 외쳤다.

「위에서 쏘라고. 그렇게 바라만 보지 말고!」

이지도르는 확실히 정신을 못 차리고 있었고, 열심히 보고 있기는 했지만 아직까지 결정을 못한 상태였다. 그는 온힘을 짜내어 싸움에 끼어들어 그의 손아귀에 있는 먹이를 덮치고 싶었다. 그러나 모호한 감정이 그것을 방해했다.

가니마르의 요청이 그를 깨어나게 했다. 그의 손은 권총의 방아쇠를 그러쥐었다.

〈내가 끼어든다면 뤼팽은 패하겠지……. 그리고 나는 그럴 권리가 있어. 그건 내 의무야.〉

그가 생각했다.

그들의 눈이 서로 얽혔다. 뤼팽의 눈은 차분하고 사려 깊었고 마치 그를 위협하는 이런 끔찍한 위험 속에서도 청년을 얽어매는 윤리적인 문제 외에는 거의 관심 없다는 듯이 호기심에 차 있었다. 이지도르는 패한 적에게 결정적인 자비를 베풀기로 결정할 것인가? 문이 위쪽에서 바닥까지 부숴져내렸다.

「우리 쪽으로, 보트를레! 우리가 그를 잡을 거야」

가니마르가 고함을 쳤다.

이지도르는 권총을 들었다.

그 다음에 일어난 일은 순식간에 진행되었기 때문에 벌어지고 난 후에야 의식할 수 있었다. 그는 뤼팽이 몸을 숙이고 벽을 따라 달려, 가니마르가 헛되이 휘두르던 무기 바로 밑으로 문을 향해 덮쳐드는 것을 보았다. 그리고 갑자기 보트를레 자신이 땅에 내팽개쳐졌다가 곧바로 다시 저항할 수 없는 힘에 들려지는 것을 느꼈다.

뤼팽은 그를 마치 살아 있는 방패처럼 공중으로 치켜들고 그 뒤에 몸을 숨겼다.

「십 대 일이라도 나는 빠져나가지, 가니마르! 알겠나, 뤼팽에게는 언제나 자원이 있는 법이지」

그는 빠르게 제단화를 향해 물러섰다. 한 손으로 보트를레를 가슴에 댄 채 다른 손으로 입구를 열고 다시 작은 문을 닫았다. 그는 살아났다. 곧바로 그들 앞에 층계가 나타났고 층계는 급경사를 이루고 있었다.

「가자고. 육지의 군사들은 격퇴했지」

뤼팽이 앞에 있는 보트를레를 밀며 말했다.

「이제 프랑스 해군을 상대해야지. 워털루 전투가 끝나자마자 트라팔가 전투로군. 너도 애쓴 보람이 있었어, 꼬마, 응? 아! 정말 재미있군. 저기, 이제는 제단화를 부수고 있는데. 너무 늦었어, 아가들아. 하지만 이제 사라지자고, 보트를레」

층계는 바늘바위의 겉벽 안에 바로 붙어서 패어 있었고 피라미드의 주위를 돌아 미끄럼틀처럼 소용돌이 모양으로 원을 그렸다.

한 사람이 다른 한 사람을 밀면서 그들은 두세 계단씩 한꺼번에 건너뛰며 서둘러 계단을 내려갔다. 여기저기 틈 사이로 빛줄기가 뿜어져 나왔고 보트를레는 열 길 정도의 거리로 다가오는 고깃배와 어뢰정의 모습에 정신이 팔렸다.

그들은 내려가고 또 내려갔다. 이지도르는 침묵을 지켰고 뤼팽은 여전히 활기에 넘쳤다.

「가니마르가 무얼 하고 있는지 꼭 알고 싶어지는데. 터널 입구에서 나를 막기 위해 다른 쪽 층계를 서둘러 내려가고 있을까? 아니, 그가 그렇게 멍청하지는 않아. 그는 거기에 네 명의 부하들을 남겨두었을 거야. 그리고 네 명의 부하면 충분하지」

그는 멈췄다.

「들어보게. 그들은 저 위에서 외쳐대고 있어. 그렇군, 창문을 열고 그들의 선단을 부르고 있어. 보라고. 사람들이 배 위에서 소란을 피우고 있어. 서로 신호를 주고받고 있군. 어뢰정이 움직이는데. 용감한 어뢰정! 아, 네가 누군지 알겠군. 너는 르아브르에서 오는 거지? 포수가 제 위치로……. 맙소사, 저기 함장이 있군. 안녕하신가, 뒤귀에트루앵」

그는 창문으로 손을 내밀어 손수건을 흔들었다. 그러더니 다시 걷기 시작했다.

「적의 선단은 힘껏 노를 젓고 있군. 착륙이 다가오고 있어. 맙소사, 정말 신나는데!」

그들 밑에서 목소리가 들려왔다. 그때 그들은 수면 높이에 다가가고 있었고, 거의 곧장 거대한 동굴로 빠져나왔다. 두 개의 등불이 어둠 속에서 이리저리 흔들리고 있었다. 그림자 하나가 나타났고 한 여인이 뤼팽의 목에 매달렸다.

「어서! 어서요! 난 걱정했어요! 뭘 하고 있었던 거예요? 아니, 혼자가 아니잖아요?」

뤼팽이 그녀를 안심시켰다.

「우리들의 친구 보트를레라오……. 우리 친구 보트를레가 섬세하다는 사실을 아오? 하지만 나중에 이야기를 해주지……. 우리는 시간이 없어. 샤롤레, 거기 있나? 좋아. 배는?」

샤롤레가 대답했다.

「배는 준비됐습니다」

「시동을 걸게」

뤼팽이 말했다.

잠시 후에 모터소리가 타닥거리는 소리를 냈다. 보트를레는 눈이 점점 희미한 어둠에 익숙해지자 그들이 물에 닿아 있는 일종의 부두에 와 있으며 그들 앞에 보트가 떠 있다는 것을 알았다.

「자동 보트지」

뤼팽이 보트를레의 관찰에 덧붙여 말했다.

「이 모든 것들에 놀랐나, 이지도르 이 친구야? 모르겠어? 네가 보고 있는 물은 조수가 찰 때마다 이 동굴로 스며드는 바닷물과 같은 것이니까, 결과적으로 나는 보이지 않는 안전한 정박지를 가지고 있다는 것이지」

「하지만 닫혀 있다면 아무도 들어올 수도 없고 아무도 못 나가죠」

보트를레가 반문했다.

「아니, 나는 할 수 있어. 그리고 너에게 증명해 보이지」

뤼팽이 말했다.

그는 먼저 레몽드를 데려가더니 보트를레를 찾기 위해 돌아왔다. 보트를레는 망설였다.

「겁이 나는가?」

뤼팽이 말했다.

「뭐가요?」

「어뢰정 때문에 바닥으로 가라앉을까 봐」

「아니오」

「그러면 너는 뤼팽 쪽, 즉 수치와 치욕, 불명예의 편에 서기보다는 가니마르의 편, 정의, 사회, 윤리의 편에 남아 있는 것이 너의 의무가 아닌가 자문하고 있는 거로군」

「정확히 그래요」

「불행히도 꼬마야, 너는 선택의 여지가 없어. 지금 이 순간 사람들은 우리 둘 모두 죽었다고 믿어야 해. 그리고 미래의 정직한 사내에게 사람들이 마땅히 그래줘야 하는 것처럼 나를 평화롭게 남겨두어야 하지. 더 나중에 내가 너를 자유롭게 해주었을 때, 그때는 네 좋을 대로 이야기해. 나는 더 이상 두려워할 것이 없을 테니까」

뤼팽이 그의 팔을 죄었고, 보트를레는 모든 저항이 헛됨을 느꼈다. 게다가 저항할 까닭이 무엇인가? 모든 것에도 불구하고 그에게는 이 사내가 불러일으키는 저항할 수 없는 공감에 몸을 맡길 자유가 있지 않은가? 그 감정은 너무나 분명해서 이렇게 말하고 싶은 열망까지 들었다.

〈들어봐요, 당신은 더 심각한 위험에 빠져들고 있어요. 숌즈가 당신을 쫓고 있어요.〉

「가자고, 오게나」

그가 말을 꺼내기로 결심하기도 전에 뤼팽이 말했다.

그는 그의 말에 복종했고 배까지 끌려갔다. 그 배의 형태는 아주 독창적이고 전혀 예상하지 못한 특징을 지니고 있었다.

일단 갑판에 이른 후, 그들은 작고 가파른 층계, 아니 그보다는 사다리 같은 것을 타고 내려갔다. 사다리는 어떤 뚜껑에 연결되어 있었고 그들 위에서 닫히도록 되어 있었다.

사다리 밑에는 등불로 환하게 밝혀진 아주 비좁은 공간이 있었다. 거기에 이미 레몽드가 자리하고 있었고 정확히 그들 세 명이 앉을 자리가 있었다. 뤼팽은 소리를 전달하는 나팔을 집어 명령을 내렸다.

「출발하게, 샤롤레」

이지도르는 엘리베이터를 타고 내려갈 때 바닥과 땅이 밑으로 꺼진다고 느끼는 것처럼 관성의 불쾌한 감각을 느꼈다. 이번에 꺼져 내리는 것은 물이었고 진공이 서서히 그곳을 채웠다.

「흠, 우리가 가라앉는다고?」

뤼팽이 비웃었다.

「걱정하지 말아라. 우리가 있는 위쪽의 큰 동굴을 지나 저 바닥에 있는 바다에 반쯤 열려 있는 작은 동굴로 가는 시간 동안뿐이지. 조수가 빠져나갔을 때는 사람들이 그 작은 동굴까지 들어갈 수 있다네. 조개 줍는 이들은 모두 알고 있어. 아! 10초 정도 멈추는 것뿐이야! 우리는 지나갈 거야. 그리고 통로는 아주 좁아! 딱 잠수함이 지나갈 만한 크기지……」

「하지만 어떻게 저 밑의 동굴에 들어간 어부들이 그게 위까지 패어 있고 바늘바위를 지나가는 층계가 시작하는 또다른 동굴과 통해 있다는 것을 모르는 거죠? 처음 오는 사람들 누구라도 진실을 알 수 있는 것 아닌가요?」

보트를레가 물었다.

「틀렸어, 보트를레! 열려 있는 작은 동굴의 천장은 조수가 낮을 때는 바위 색깔로 된 움직이는 천장 벽에 의해서 닫혀 있거든. 수면이 올라가면서 그것을 밀어올렸다가 다시 내려가면 작은 동굴 위를 완전히 덮는 거지. 그래서 조수가 높을 때면 내가 통과할 수 있는 거야. 흠! 교묘하지 않은가. 바로 내 생각이었다네. 사실 케사르도 루이 14세도, 간단히 말해서 내 모든 선조들은 잠수함이 없었으니까 이런 걸 가질 수 없었어. 그들은 그저 층계가 저 밑에 있는 작은 동굴까지 이어진 것으로 만족했지. 하지만 나는 마지막 계단들을 없애버리고 이 움직이는 천장을 고안해 낸 거야. 내가 프랑스에게 주는 선물이지. 사랑스런 레몽드, 당신 옆에 있는 등을 꺼주겠소? 우리는 이제 더 이상 등이 필요 없으니까. 오히려 그 반대라오」

확실히 물빛과 거의 비슷한 희미한 불빛이 동굴에서 나오는 그들을 반겨주었다. 선실 벽에 달린 두 개의 현창과 갑판 바닥보다 높게 솟아올라 위쪽의 바닷물을 살펴볼 수 있도록 해주는 커다란 반원형의 유리 천장을 통해 빛이 선실로 쏟아져 들어왔다.

그리고 곧장 그림자 하나가 그들 위를 지나갔다.

「공격이 시작되겠군. 적의 선단이 바늘바위를 에워싸고 있어. 하지만 바늘바위가 패였다고는 해도 어떻게 그 안으로 들어가려는 것인지 궁금한데」

그는 소리를 전하는 나팔을 들었다.

「바닥에 붙어 있게, 샤롤레. 우리가 어디로 가는 거지? 자네에게 이야기했잖아. 뤼팽 항으로 가라고……. 그리고 전속력으로, 알겠나? 착륙할 수 있는 물이 있어야 하니까……. 우리는 숙녀 분을 모시고 있어」

그들은 수많은 바위들을 스치며 나갔다. 솟아오른 해초들이 검고 무거운 식물처럼 깔려 있었고, 우아하게 일렁이며 풀어헤치고 떠 있는 머리카락 같은 바닥의 해류에 몸을 눕혔다. 또다른 그림자가 지나갔고 이번에는 더욱 길었다.

「저건 어뢰정이야. 대포가 큰 소리를 쳐대겠지. 뒤귀에트루앙은 어떻게 할 참이지? 바늘바위를 폭격한다? 보트를레, 뒤귀에트루앙과 가니마르의 만남을 지켜보지 못해서 안타깝군! 육군과 해군의 만남! 이봐, 샤롤레! 자고 있나」

그러나 그들은 빠르게 달려나갔다. 모래밭이 바위들의 뒤를 잇더니 곧바로 에트르타의 오른쪽 지점, 아몽의 문을 표시하는 또다른 바위들이 보였다. 그들이 다가오자 물고기들이 달아났다. 물고기들 중 좀더 대담한 놈은 현창에 매달려 그들을 크고 움직이지 않는 고정된 눈으로 바라보았다.

「좋은 시간에 가고 있군」

뤼팽이 외쳤다.

「내 이 검은 조개에 대해서 어떻게 생각하나, 보트를레? 나쁘지 않지, 그렇지? 〈하트 7〉의 모험을 기억하나? 기술자 라콩브의 비참한 종말 말일세. 내가 그 살인범들을 처치한 후에 어떻게 새로운 잠수함의 건설 계획을 국가에 기증했는지 말이야. 프랑스에게 주는 또다른 선물이었지. 어쨌든 좋아. 그 계획 중에서 나는 이 잠수 가능한 자동 보트의 설계를 남겨두었고, 그래서 자네가 이렇게 나와 함께 항해하는 영광을 가지게 된 거지」

그는 샤롤레를 불렀다.

「올라가도록 하지. 더 이상 위험은 없으니까……」

그들은 해면까지 솟아올랐고 유리로 된 반원이 떠올랐다. 그들은 해변에서 1.5킬로미터쯤 떨어져 적의 시야에서 벗어난 곳에 있었으며, 보트를레는 그제야 그들이 달려온 현기증 나는 속도를 정확히 가늠할 수 있었다.

페캉이 우선 그들 앞을 지나가더니 그 뒤로 노르망디의 모든 해안들이 지나갔다. 생피에르, 레프릿달, 뷜레트, 생발레리, 빌, 퀴베르빌.

뤼팽은 여전히 농담을 해댔고 이지도르는 이 사내의 재치와 쾌활함, 그의 장난기와 비웃음 섞인 태평함, 그의 삶의 기쁨에 반해 그를 바라보고 말을 듣는 것을 멈출 수가 없었다.

그는 레몽드 또한 살펴보았다. 젊은 여인은 조용히 사랑하는 이를 붙들고 있었다. 그녀는 자신의 두 손으로 그의 손을 마주잡고 간간이 눈을 들어 그를 보았는데, 보트를레는 몇 번이나 그녀가 더 세게 손을 움켜쥐고 눈 속의 슬픔이 강조되는 것을 보았다. 그리고 그때마다 그것은 뤼팽의 재담에 대한 침묵의 고통스런 답변인 것 같았다. 그 말들의 가벼움, 삶에 대한 냉소 섞인 시선이 고통을 불러일으키는 거라고 말할 수도 있을 것이다.

「조용히해요」

그녀가 중얼거렸다.

「웃는 것은 운명에 도전하는 거예요. 아직도 수많은 불행이 우리에게 닥쳐올 수 있어요!」

디에프를 마주보고서 그들은 정박한 고깃배들의 눈에 띄지 않기 위해 다시 잠수해야 했다. 그리고 이십 분이 지나서 그들은 해안을 비스듬히 돌았다. 배는 바위 사이의 불규칙한 홈으로 인해 형성된 작은 물 속의 항구로 들어갔고 방파제 옆에 선체를 붙인 후 서서히 수면 위로 올라갔다.

「뤼팽 항이네」

뤼팽이 말했다.

디에프에서 이십 킬로미터 정도, 트레포르에서 십이 킬로미터 정도 떨어진 장소로 왼편과 오른편은 붕괴된 절벽으로 보호받고 있었으며 완벽하게 인적으로부터 고립되어 있었다. 고운 모래가 작은 해변을 뒤덮고 있었다.

「땅으로 내려오게, 보트를레. 레몽드, 손을 줘요. 샤롤레, 자네는 바늘바위에 돌아가서 가니마르와 뒤귀에트루앵 사이에 무슨 일이 일어나는지 보고 오늘밤 나에게 이야기해 주게. 관심이 가

거든. 거기서 벌어지는 일들 말이야」

보트를레는 절벽 밑바닥에서 철로 된 사다리가 올라가는 것을 보자 그들이 어떻게 뤼팽 항이라고 불리는 이 사방이 막힌 만을 빠져나갈 것인지 약간의 궁금증이 일었다.

「이지도르, 지리와 역사 공부를 제대로 했다면 너도 우리가 파르퐁발의 골짜기 바닥에 있다는 것을 알겠지. 1백 년도 더 된 일이지만 1803년 8월 23일, 조르주 카두달과 세 명의 일당이 제1집정관 보나파르트를 납치할 목적으로 프랑스에 상륙해서 너에게 보여줄 길을 통해 꼭대기까지 올라갔지. 그 후 낙반 때문에 그 길은 무너졌어. 하지만 아르센 뤼팽이라는 이름으로 더 잘 알려진 발메라가 자원을 대서 그것을 복구했고 그는 뇌빌레트의 농장을 샀지. 거기서 신혼 부부가 첫밤을 보내고 사업에서 은퇴한 채 세상과 사물들에 관심을 끊고 그의 어머니와 부인 사이에서 존경할 만한 시골 귀족의 삶을 살아가게 되는 것이지. 신사 도적은 죽었어. 신사 농부 만세!」

사다리를 오르자 갑자기 계곡이 좁아지며 빗물에 패인 가파른 작은 골짜기가 나타났다. 골짜기 깊숙한 곳에 난간이 달린 층계 비슷한 것이 달려 있었다. 뤼팽의 설명에 따르면 그 난간은 말뚝에 고정된 긴 줄 대신에 설치된 것으로 예전에 이 지역 사람들은 그 줄을 타고 해변으로 내려가곤 했다는 것이다.

반 시간쯤 절벽을 기어오른 후 그들은 평원으로 나왔고 멀지 않은 곳에 해변 세관원의 움막 역할을 하는 오두막이 있었다. 아니나 다를까 오솔길을 돌아서자 세관원이 나타났다.

「별일 없었나, 고멜?」

뤼팽이 말했다.

「없습니다. 대장」

「수상한 사람은 없고?」

「없어요, 대장님. 그런데……」

「뭐지?」

「제 마누라요……. 뉘빌레트에서 재봉사를 하고 있지요」

「그래, 나도 알고 있네. 세자린이지. 그런데?」

「어떤 선원 하나가 오늘 아침 마을을 어슬렁거리고 다녔던 것 같답니다」

「용모가 어떻다던가, 그 선원은?」

「자연스럽지가 않아요. 영국인 같은 용모였답니다」

「아!」

걱정에 잠긴 뤼팽이 말했다.

「세자린에게 말해 뒀겠지?」

「눈을 크게 뜨고 지켜보라고요? 예, 대장」

「잘했네. 여기서 두세 시간쯤 샤롤레가 돌아오는 것을 지켜보고 있게나. 혹시 무슨 일이 있으면 연락하게. 나는 농장에 있네」

그는 다시 길을 가면서 보트를레에게 말했다.

「걱정스런 일이야. 숌즈일까? 아! 만일 그라면, 게다가 분명화가 머리끝까지 솟아 있을 텐데 몹시 위험한 일이군」

그는 잠시 망설였다.

「우리가 되돌아가야 하는 것이 아닌가 의심스러운데. 그래, 나쁜 예감이 들어」

약간 구불구불한 평야가 지평선 너머로 펼쳐져 있었다. 조금 왼편으로 가로수가 늘어선 아름다운 산책로가 이제 건물이 보이는 뉘빌레트를 향해 이어져 있었다. 그가 준비해 둔 보금자리, 레몽드에게 약속한 휴양지였다. 그가 어처구니없는 생각 때문에 막 목적에 도달하려는 순간 행복을 포기해 버릴까?

그는 이지도르의 팔을 붙들더니 앞서가는 레몽드를 가리켰다.

「그녀를 봐. 그녀가 걸을 때 작게 떨리는 몸을 보면 나도 몸을 떨지 않을 수 없지. 하지만 그녀의 몸짓만큼이나 그녀가 가만히 있는 것, 그녀가 얘기하는 것만큼이나 침묵하는 것, 그녀의 모든 것이 나에게 감정과 사랑의 떨림을 불러일으켜. 세상에, 그녀의 발자국 위로 걷고 있다는 단순한 사실만으로도 진정 살아 있음을 느끼지. 아! 보트를레, 그녀는 내가 뤼팽이었다는 사실을 잊어줄까? 나는 그녀가 혐오하는 모든 과거를 그녀의 기억 속에서 지워 버릴 수 있을까?」

그는 감정을 자제하며 고집스런 자신감을 되찾았다.

「그녀는 잊을 거야!」

그가 단언했다.

「내가 그 모든 것을 포기했으니 그녀는 분명 잊을 거야. 나는 누구도 침입할 수 없는 바늘바위의 은신처를 희생했고 내 보물, 내 힘, 내 오만을 희생했어. 나는 모든 것을 희생하겠어. 나는 더 이상 아무것도 되고 싶지 않아. 사랑하는 사내 이상의 어떤 것도 되고 싶지 않다고. 그녀는 정직한 사내만을 사랑할 수 있으니 정직한 사내가 되겠어. 어차피 정직해지는 것이 뭐 그리 해롭겠어. 다른 것보다 더 불명예스러울 것도 없지」

그가 의식하지 않는 사이에도 재담은 흘러나왔다. 그의 목소리는 심각했고 아무런 냉소도 없었다. 그리고 안으로 갈무리된 난폭함을 담아 그가 중얼거렸다.

「아! 알겠나, 보트를레. 내 모험의 일생 동안 맛본 모든 광적인 즐거움 중에 그녀가 나에게 만족하고 있을 때 보내는 시선에 값할 만한 것은 하나도 없어. 그러면 나는 완전히 약해지지. 그리고 울고 싶은 기분이 든다네」

그가 운다고? 보트를레는 직감으로 눈물이 그의 눈을 적시고 있다고 느꼈다. 뤼팽의 눈에 눈물이! 사랑의 눈물이!

그들은 농장으로 들어가는 낡은 문에 다가갔다. 뤼팽은 한순간 멈추더니 낮게 중얼거렸다.

「어째서 내가 두려워하는 걸까? 숨이 막히는 것 같군. 바늘바위의 모험은 끝났잖아? 운명이 내가 선택한 결말에 동의하지 않는 것인가?」

레몽드가 몹시 걱정스러운 안색으로 몸을 돌렸다.

「세자린이군요. 그녀가 뛰어와요」

정말로 세관원의 아내가 서둘러 농장에서 도착했다. 뤼팽이 달려나갔다.

「뭔가! 무슨 일이지? 말을 해!」

숨이 차 헉헉거리며 세자린이 우물거렸다.

「어떤 남자가……, 살롱에서 어떤 남자를 보았어요」

「오늘 아침의 영국인인가?」

「예. 하지만 다른 변장을 하고 있었지요」

「그가 당신을 보았나?」

「아뇨. 당신 어머님을 보았어요. 발메라 부인이 그가 나가려던 참에 보았죠」

「그 다음에는?」

「그는 루이 발메라를 찾는다고, 당신 친구라고 했어요」

「그래서?」

「그러자 부인이 당신 아들은 여행을 떠났다고 대답했어요. 몇 년 동안 떠나 있다고⋯⋯」

「그는 떠났나?」

「아뇨. 그는 창문 밖으로 평야를 향해서 무슨 신호를 보냈어요. 꼭 누군가를 부르는 것처럼요」

뤼팽은 망설이는 듯이 보였다. 커다란 고함 소리가 공기를 찢었다. 레몽드가 신음했다.

「어머님이에요. 목소리를 알겠어요」

그는 맹수와 같은 열정에 이끌려 그녀에게 달려갔다.

「어서 와, 도망쳐야 해. 우선 당신부터⋯⋯」

하지만 곧바로 그는 멈췄고 넋을 잃고 당황한 듯이 보였다.

「아냐, 그럴 수 없어. 가증스런 행동이야⋯⋯ 나를 용서해요, 레몽드. 레몽드⋯⋯, 불쌍한 여인이 저기에 있어. 여기 있어요. 보트를레, 그녀를 떠나지 마」

그는 농장을 둘러싼 경사면을 따라 평야 쪽으로 난 울타리까지 달렸다. 레몽드는 보트를레를 뿌리치고 거의 동시에 그곳에 도착했고 보트를레는 나무 뒤에 몸을 숨겼다.

태양이 지고 있었다. 그러나 보트를레는 헐록 숌즈를 알아보았다. 여인은 상당히 늙은 여자였다. 백발이 창백한 얼굴을 감싸고 있었다. 그들 넷이 다가왔다. 울타리에 이르자 숌즈가 빗장을 열었다. 뤼팽이 앞으로 나가 그를 마주보았다.

거의 엄숙하다 할 정도의 침묵 때문에 더욱 끔찍한 긴장이 흘렀다. 오랫동안 두 적수는 시선을 겨뤘다. 똑같은 증오심이 그들의 얼굴에 경련을 일으켰다. 그들은 움직이지 않았다.

뤼팽이 두려울 정도로 차분하게 말을 꺼냈다.

「부하에게 저 여인을 놓으라고 해」

「안 돼」

서로가 궁극의 싸움을 시작하는 것을 두려워하는 것처럼, 자신들의 모든 힘을 모으고 있는 것 같았다. 그리고 이번에는 더 이상 쓸모없는 말이나 조롱 섞인 자극이 없었다. 침묵, 죽음의 침묵뿐이었다.

불안으로 미칠 지경인 레몽드는 결투가 시작되기를 기다렸다. 보트를레는 그녀가 움직이지 않도록 팔을 붙들고 있었다. 잠시 후에 뤼팽이 되풀이했다.

「부하에게 저 여인을 놓으라고 해」

「안 돼!」

뤼팽이 말했다.

「들어봐. 숌즈」

하지만 그는 말하는 것의 어리석음을 깨닫고 말을 멈췄다. 숌즈라고 불리는 저 오만과 의지로 가득 찬 거인을 마주하고 협박이 무슨 의미를 갖겠는가?

무슨 짓이든 할 각오로 갑자기 그는 외투 주머니에 손을 가져갔다. 영국인이 알아채고 포로에게 몸을 날려 총구를 관자놀이에서 5센티미터쯤 떨어진 곳에 갖다붙였다.

「움직이지 마, 뤼팽. 아니면 쏜다」

같은 순간 두 명의 부하가 무기를 꺼내 뤼팽을 겨눴다. 뤼팽의 몸이 굳으며 치밀어오르는 분노를 다스리더니 차갑게 두 손을 주머니에 넣고서 가슴을 적에게 들이밀며 다시 말했다.

「숌즈, 세번째로 말하겠다. 그 여자를 가만히 놔둬」

영국인이 비웃었다.

「건드릴 권리가 없는 거겠지, 아마! 이봐, 그만둬. 허풍은 그 정도로 끝내라고! 너는 뤼팽이 아닌 것만큼이나 발메라도 아니지. 그건 네가 훔친 이름이야. 마치 네가 샤르메라스라는 이름을 훔친 것처럼……. 그리고 네가 어머니라고 주장하는 그 여자는 빅트와르야. 너의 오랜 공범, 너를 길러준 여인……」

숌즈는 틀렸다. 복수의 욕망에 휩싸여 그는 레몽드가 그 폭로에 깜짝 놀라는 것을 바라보았다. 뤼팽은 그런 부주의를 놓치지 않았다. 그가 잽싸게 총을 쏘았다.

「망할!」

숌즈가 악을 썼고 총에 맞은 팔이 몸 쪽으로 떨어졌다.

그리고 부하들을 향해 명령했다.

「총을 쏴, 너희들! 쏘라고!」

하지만 뤼팽이 그들에게 달려들었고 이 초도 안 되어 오른쪽에 있는 이가 가슴뼈가 부서진 채 땅바닥을 굴렀고 다른 이는 턱뼈가 나가서 울타리 쪽으로 밀려났다.

「피하세요, 빅트와르. 그들을 묶어요. 그리고 이제 우리 둘이 남았다, 영국인」

그는 몸을 숙이며 욕했다.

「아! 망할 놈……」

숌즈는 왼손으로 무기를 주워서 그를 겨냥했다.

폭음이 들리고 이어 고통에 찬 절규가 울려퍼졌다. 레몽드가 영국인을 마주보고 두 사내 사이에 달려들었던 것이다. 그녀는 비틀거리더니 손으로 목을 쥐고 돌아서서 뤼팽의 발치에 쓰러졌다.

「레몽드! 레몽드!」

그가 그녀 위로 쓰러져 그녀를 가슴에 안았다.

「죽었어」

그가 말했다.

경악의 순간이 지나갔다. 숌즈는 자신이 저지른 일 때문에 당황한 듯했다. 빅트와르가 중얼거렸다.

「우리 아가, 우리 아가……」

보트를레는 젊은 여인 쪽으로 나아가서 몸을 숙여 살펴보았다. 뤼팽이 마치 아직도 이해하지 못하겠다는 듯이 따져보는 말투로 되풀이했다.

「죽었어……. 죽었어……」

하지만 그의 얼굴이 더 수그러들면서 갑자기 고통에 사로잡혀 일그러졌다. 그리고 이제 미친 사람처럼 의미 없는 행동을 하기 시작했고 고통받는 어린아이처럼 주먹을 비틀며 발을 굴렀다.

「불쌍한 사람!」

그가 갑자기 증오심에 넘쳐 소리쳤다.

그는 쿵 하고 숌즈를 넘어뜨리더니 구부러진 손가락으로 목젖을 누르기 시작했다. 영국인은 저항하지도 않고 숨을 헐떡였다.

「아가, 아가……」

빅트와르가 애원했다.

보트를레가 달려나갔다. 하지만 뤼팽은 이미 손을 놓았고 땅바닥에 누워 있는 그의 적 옆에서 오열을 터뜨렸다.

가슴 아픈 광경이었다. 보트를레는 레몽드를 향한 뤼팽의 사랑, 위대한 모험가가 사랑하는 사람의 얼굴에 미소를 띄우기 위해 포기한 모든 것을 알고 있었다. 그는 결코 이 비극적인 공포를 잊지 못할 것이다.

전투가 벌어진 장소에 수의 같은 밤의 그림자가 내렸다. 세 명의 영국인은 묶이고 재갈이 물린 채로 무성한 수풀 속에 쓰러져 있었다. 노랫소리가 평야의 광막한 침묵을 흔들었다. 일을 마치고 돌아오는 뉘빌레트의 사람들이었다.

뤼팽이 몸을 일으켜세웠다. 그는 단조로운 노랫소리를 들었다. 그러더니 레몽드 옆에서 평화롭게 살기를 희망했던 행복한 농장을 바라보았다. 그런 다음 사랑 때문에 죽은, 완전히 창백하게 영원한 잠에 빠진 불쌍한 연인을 바라보았다.

농부들이 다가왔다. 그러자 뤼팽은 몸을 숙여서 죽은 이를 힘센 팔로 잡아 단번에 들더니 어깨에 들쳐멨다.

「떠납시다, 빅트와르」

「떠나자꾸나, 우리 아가」

「잘 있게, 보트를레」

그가 말했다.

그리고 귀중하지만 끔찍한 꾸러미를 짊어진 채 뒤따르는 늙은 유모와 함께, 조용히 야수처럼 바닷가를 떠나 깊은 어둠 속으로 사라져 갔다.

옮긴이 | 소서영

연세대학교 전산학과를 졸업했다. 홍익대학교 철학대학원 미학과 석사과정을 마치고 현재 프랑스 파리
제4대학 박사준비과정에 있다. 옮긴 책으로 『시간의 도둑』이 있다.

아르센 뤼팽 전집 3

기암성

1판 1쇄 펴냄 2002년 4월 1일
1판 15쇄 펴냄 2021년 3월 30일

지은이 | 모리스 르블랑
옮긴이 | 소서영
발행인 | 박근섭
펴낸곳 | 황금가지

출판등록 | 2009. 10. 8 (제2009-000273호)
주소 | 135-887 서울 강남구 신사동 506 강남출판문화센터 5층
전화 | 영업부 515-2000 편집부 3446-8774 팩시밀리 515-2007
홈페이지 | www.goldenbough.co.kr

ISBN 978-89-8273-420-5 04860 (3권)
ISBN 978-89-8273-417-5 (set)

㈜민음인은 민음사 출판 그룹의 자회사입니다.
황금가지는 ㈜민음인의 픽션 전문 출간 브랜드입니다.